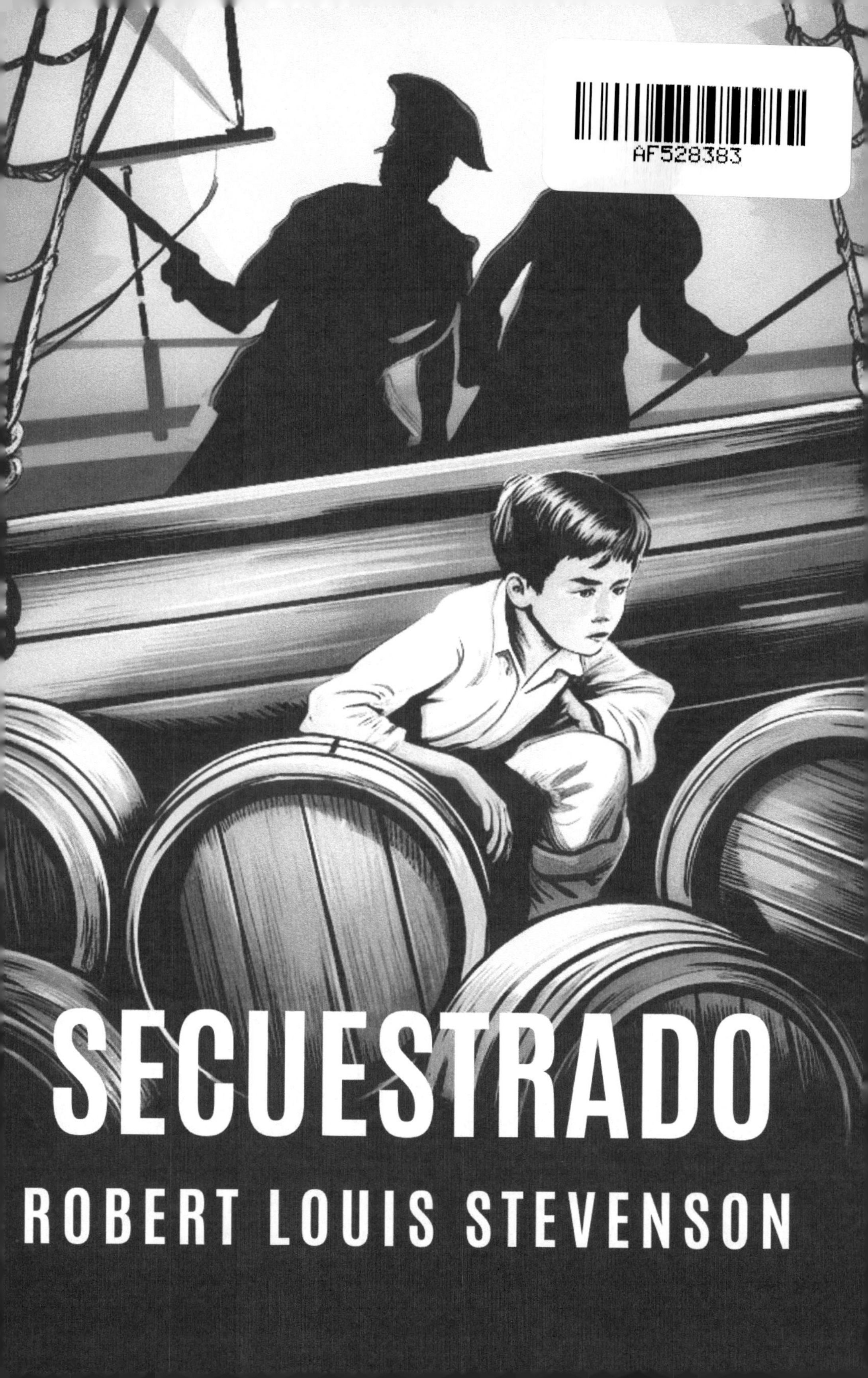

SECUESTRADO

ROBERT LOUIS STEVENSON

Publicado por
GOLDEN BOOKMARK PUBLISHING

Correo electrónico: goldenbookmarkpublishing@gmail.com

Para obtener más detalles o consultas, comuníquese con el editor al correo electrónico anterior.

Publicado por primera vez por GOLDEN BOOKMARK PUBLISHING en 2025

Golden Bookmark

Contents

I. Emprendo mi viaje a la casa de Shaws

Comenzaré la historia de mis aventuras por cierta mañana, temprano, de primeros de junio del año de gracia de **1751**, en que eché por última vez la llave a la puerta de la casa de mis padres. El sol empezaba a brillar sobre las cimas de los montes cuando bajaba yo por el camino, y al llegar a la casa rectoral, los mirlos silbaban ya en las lilas del jardín, y la niebla que rondaba el valle al amanecer comenzaba a levantarse y se desvanecía. El señor Campbell, el pastor de Essendean, estaba esperándome a la puerta del jardín. ¡Qué bueno es! Me preguntó si había desayunado, y cuando le dije que no me faltaba nada, apretó mi mano entre las suyas y me dio el brazo bondadosamente.

—Bien, Davie, muchacho —dijo—. Te acompañaré hasta el vado para ponerte en camino.

Y echamos a andar en silencio.

—¿Te apena abandonar Essendean? —me preguntó al cabo de un rato.

Os diré, señor —repuse—; si supiese adónde voy, o lo que va a ser de mí, os contestaría francamente. Es cierto que Essendean es un buen lugar, y en él he sido muy feliz; pero también es cierto que nunca he estado en otra parte. Muertos mi padre y mi madre, no estaré más cerca de ellos en Essendean que en el reino de Hungría, y, a decir verdad, si yo supiese que donde voy tenía posibilidades de superarme, iría de muy buen grado.

—¿Sí? —dijo el señor Campbell—. Muy bien, Davie. Ahora me corresponde a mí decirte tu suerte, o por lo menos lo que puedo decirte de ella. Cuando tu madre se fue de este mundo, y tu padre (hombre digno y cristiano) comenzó a contraer la enfermedad que le llevó a su fin, me encargó de cierta carta que, según me dijo, era tu herencia, y añadió: «En cuanto yo muera y hayan sido arreglados la casa y los efectos personales (todo lo cual se ha hecho ya, Davie), entregad esta carta a mi hijo en mano, y mandadle a la casa de Shaws, que no queda lejos de Cramond. De allí vine yo, y es muy lógico que allí vuelva mi chico. Es un muchacho sensato —añadió tu padre— y sagaz, y no dudo que sabrá apañárselas y que será querido dondequiera que vaya».

—¡La casa de Shaws! —exclamé—. ¿Qué tenía que ver mi pobre padre con la casa de Shaws?

—No lo sé —respondió el señor Campbell—. ¿Quién puede decirlo con seguridad? Pero el nombre de esa familia es el mismo que tú llevas, Davie, muchacho... Balfour de Shaws: una antigua, honrada y respetable casa, aunque venida a menos en estos últimos tiempos. Tu padre, por lo demás, era un hombre de saber, como correspondía a su posición. Nadie dirigía la escuela mejor que él; no tenía los modales ni la manera de hablar de un dómine cualquiera, por eso yo, como muy bien recordarás, me complacía en traerlo a la rectoría para que se reuniese con la gente distinguida, pues su compañía agradaba a todos los miembros de mi casa, a los Campbell de Kilrennet, a los Campbell de Dunswire, a los Campbell de Minch y a otros muchos, todos caballeros muy conocidos. En fin, para que estés al corriente de todo lo concerniente a este asunto, aquí tienes la carta testamentaria, escrita de puño y letra de tu padre, nuestro difunto hermano. Y me dio la carta, cuyo sobre decía: «Para entregar en mano a Ebenezer Balfour, señor de Shaws, en la casa de Shaws, por mi hijo, David Balfour».

El corazón me latía con violencia ante el gran horizonte que ahora se abría de improviso ante un muchacho de dieciséis años, hijo de un pobre maestro de escuela del bosque de Ettrick.

—Señor Campbell —dije balbuceando—, ¿iríais vos si estuvieseis en mi lugar?

—Sin duda alguna —respondió el pastor—, claro que iría, y sin dilación. Un muchacho tan robusto como tú puede llegar a Cramond, que está cerca de Edimburgo, en dos días de camino, y en el peor de los casos, suponiendo que tus ilustres parientes (pues no puedo menos de imaginar que llevan algo de tu sangre) te pusieran de patitas en la calle, no tienes más que volver a andar otros dos días de camino y llamar a la puerta de la rectoría. Pero yo confío en que serás bien recibido, como preveía tu pobre padre, y además, si algo sé, es que con el tiempo llegarás a ser un gran hombre. Y ahora, Davie, muchachito —concluyó—, mi conciencia me obliga a aprovechar esta separación para ponerte en guardia contra los peligros del mundo.

En este punto buscó un asiento cómodo, eligió una gran piedra lisa, al pie de un abedul del borde del camino, se sentó con la cara muy seria, y como el sol brillaba entre dos crestas de los montes, y nos daba en la cabeza, se puso el pañuelo sobre su sombrero de tres picos para protegerse. Luego, con el dedo índice levantado, empezó por prevenirme contra un considerable número de herejías, por las cuales yo no sentía la más mínima tentación, y me pidió con insistencia que fuera constante en mis oraciones y en la lectura de la Biblia. A continuación me hizo una descripción de la gran casa adonde estaba destinado, y me explicó cómo debía comportarme con sus moradores.

—Sé dócil, Davie, en las cosas sin importancia —dijo—. Ten presente que, aunque de buena familia, has recibido una educación campesina. ¡No nos avergüences, Davie, no nos avergüences! En esa casa tan grande, tan opulenta, con todos aquellos criados, arriba y abajo, muéstrate tan amable, tan circunspecto, tan agudo en la comprensión y tan comedido en las palabras como el que más. En cuanto al dueño de la casa, recuerda siempre que es el amo. No te digo más. Honra a quien debas honrar. Es una satisfacción obedecer al dueño de la casa, o debe serlo para los jóvenes.

—Bien, señor; así debe de ser —dije yo—, y os prometo que intentaré hacerlo como decís.

—Así, muy bien hablado —repuso el señor Campbell con entusiasmo—. Y ahora vayamos a lo material, o para hacer un juego de palabras, a lo inmaterial. Aquí traigo este paquetito, que contiene cuatro cosas.

Mientras hablaba lo extrajo con bastante dificultad del bolsillo de los faldones de su casaca.

—De estas cuatro cosas, la primera es tu herencia legal: el poco dinero por los libros de tu padre y demás objetos, que he comprado, como te he explicado antes, con el objeto de revendérselos al nuevo maestro. Las otras tres cosas son regalitos que la señora Campbell y yo desearíamos fuesen de tu agrado. El primero, que es redondo, probablemente será el que más te guste al primer pronto; pero ¡ay, Davie, muchacho!, no es sino una gota de agua en el mar; te ayudará para dar un paso, y después se desvanecerá como la mañana. El segundo, que es plano y cuadrado y tiene cosas escritas, estará siempre a tu lado, como un buen bastón para el camino y una buena almohada para tu cabeza cuando estés enfermo. En cuanto al último, que es cúbico, te llevará, y ése es mi más piadoso deseo, a una tierra mejor.

Habiendo dicho esto, se puso en pie, se quitó el sombrero, rezó un momento en voz alta, en términos conmovedores, por el joven que emprendía su camino en el mundo, y después, repentinamente, me tomó entre sus brazos, me estrechó muy fuerte, me apartó de sí con los brazos extendidos, me miró con el semblante contraído por la pena y, finalmente, dio media vuelta y, diciéndome adiós a gritos, fue alejándose por donde habíamos venido, con una especie de paso al trote. A cualquier otra persona aquello le hubiera parecido cómico; pero yo no estaba para risas. Me quedé mirándole hasta que desapareció de mi vista, y vi que no dejó de correr y que no volvió la cabeza siquiera una vez. Entonces comprendí que todo aquello era por la pena que le causaba mi partida, y sentí un gran remordimiento de conciencia, porque por mi parte apenas podía contener la alegría que me producía dejar aquel tranquilo pueblo para ir a una casa grande y bulliciosa, entre gente rica y respetada, de mi nombre y de mi sangre.

«¡Davie! ¡Davie! —me dije—, ¿dónde se ha visto ingratitud más negra? ¿Eres capaz de olvidar los antiguos favores y a tus antiguos amigos por la simple mención de un nombre? ¡Qué vergüenza!».

Y me senté en la piedra que el buen hombre acababa de dejar para abrir el paquete y ver en qué consistían mis regalos. El que había llamado cúbico no me ofrecía demasiadas dudas; era, efectivamente, una pequeña Biblia para llevar en el bolsillo del tartán. El que había dicho que era redondo resultó ser un chelín de plata, y el tercero, el que tan maravillosamente útil había de serme en la salud y en la enfermedad durante todos los días de mi vida, era un trozo de papel basto y amarillento, con un escrito en tinta roja que decía así:

«Para hacer Agua de lirio de los valles.

Tómense las flores del lirio de los valles y destílense en vino dulce, y bébanse una cucharada o dos según los casos. Esta bebida devuelve el habla a los que padecen parálisis en la lengua. Es buena contra la gota; reanima el corazón y fortalece la memoria; y metiendo las flores en un frasco bien tapado, colocando éste en un hormiguero durante un mes, y sacándolo después, se conseguirá un licor que procede de las flores. Este licor, guardado en un frasco, es bueno tanto para el hombre como para la mujer, estén sanos o enfermos».

Y después de esto, de puño y letra del pastor, se añadía:

«Del mismo modo, para los esguinces, por medio de friegas, y para el cólico, tómese una cucharada grande cada hora».

Como es de suponer, me reí de esto, pero era una risa más bien trémula, y me alegré cuando até el hatillo al extremo de mi bastón, atravesé el vado y empecé a subir por la colina de enfrente, hasta que, al llegar al verde camino que se extendía a través del brezal, contemplé por última vez la iglesia de Essendean, los árboles que rodean la rectoría y los grandes serbales del cementerio donde yacían mi padre y mi madre.

II. Llego al final de mi viaje

En la mañana del segundo día, al llegar a la cima de un monte, vi toda la comarca que descendía hacia el mar; y a la mitad de aquel descenso, en una larga loma, la ciudad de Edimburgo, humeando como un horno. Una bandera ondeaba en el castillo. Unos barcos se movían y otros permanecían anclados en el estuario; y a pesar de estar tan distantes unos y otros, los distinguía con toda claridad, y todo aquello me trajo el nombre de mi patria a los labios.

Poco después llegué a una casa donde vivía un pastor, el cual me indicó vagamente la dirección de la vecindad de Cramond, y así, preguntando a unos y a otros, seguí mi camino hacia el oeste de la capital, por Colinton, hasta llegar a la carretera de Glasgow. Y allí, con gran satisfacción y maravilla, vi un regimiento que marchaba al compás de los pífanos y marcando el paso a un tiempo. Un viejo y coloradote general, montado en un caballo rucio, iba delante, y siguiéndole, la compañía de granaderos, con sus sombreros muy parecidos a tiaras. El orgullo de mi vida parecía subírseme a la cabeza al ver a los casacas rojas y al escuchar aquella alegre música.

Un poco más lejos me dijeron que me hallaba en la parroquia de Cramond, y empecé, pues, a preguntar por la casa de Shaws. Pero este nombre parecía sorprender a todos aquellos a quienes preguntaba el camino. En un principio pensé que la sencillez de mi aspecto, mi indumentaria de aldeano y el polvo de la carretera que me cubría casaban mal con la grandeza del lugar al que me dirigía. Pero, después de que dos o quizá tres personas me hubieran mirado del mismo modo y dado igual contestación, empecé a sospechar que algo extraño había en lo referente a Shaws.

Para calmar aquellos temores, creí más oportuno cambiar la forma de mis preguntas, y viendo a uno que tenía apariencia de buen hombre, y que iba por el camino, encaramado en el varal de su carro, le pregunté si había oído hablar de la casa que llamaban de Shaws. El individuo paró el carro y me miró como lo hicieran los anteriores.

—Sí —respondió—. ¿Por qué?

—¿Es una gran casa? —le pregunté.

—Desde luego —repuso—. La casa es grande, muy grande.

—Ya —dije—; pero ¿y la gente que la habita?

—¿La gente? —exclamó—. ¿Estás loco? Allí no hay gente que pueda llamarse tal.

—¿Cómo? —repliqué—; ¿no vive allí el señor Ebenezer?

—¡Ah, sí! —dijo el hombre—. Allí está el amo, ¡claro!, si es a él a quien buscas. ¿Y qué asuntos te llevan allí, muchacho?

—Me han dado a entender que puedo encontrar una colocación —respondí lo más modestamente que pude.

—¿Cómo? —exclamó el carretero con un tono de voz tan agudo que hasta el caballo se sobresaltó; y luego añadió—: Bien, jovencito, eso no es asunto mío; pero como pareces un muchacho decente, si quieres aceptar mi consejo, aléjate de la casa de Shaws. La persona que encontré después era un atildado hombrecillo, con una bonita peluca blanca, y me pareció que era un barbero que iba haciendo su recorrido. Y sabiendo yo que los barberos son grandes charlatanes, le pregunté abiertamente qué clase de hombre era el señor Balfour de los Shaws.

—¡Eh, eh! —dijo el barbero—. Ese no es ninguna clase de hombre, ninguna clase de hombre.

Y empezó a preguntarme de forma muy astuta por los asuntos que me llevaban hasta allí; pero en ese punto era yo más astuto que él, y tuvo que marcharse en busca de su próximo cliente sin saber mucho más de lo que sabía al encontrarme.

No puedo expresar el golpe que todo esto asestó a mis ilusiones. Cuanto más confusas eran las acusaciones, menos me agradaban, porque dejaban ancho campo a la fantasía. ¿Qué clase de gran casa era aquélla, que toda la parroquia se quedaba asustada y asombrada cuando preguntaba yo el camino para llegar hasta ella? ¿Y qué clase de señor era aquél, cuya mala fama era tan conocida incluso por aquellos andurriales? Si una hora de camino hubiese bastado para volverme a Essendean, hubiera abandonado mi aventura en seguida y habría regresado a casa del señor Campbell. Pero ya que había llegado tan lejos, mi propio pundonor me impedía desistir hasta no poner a prueba el asunto. Por respeto a mí mismo, estaba obligado a llevarlo adelante, y aunque me agradaban muy poco los rumores que había oído, y aunque ya empezaba a aminorar el paso, seguí preguntando el camino y seguí avanzando.

Cercana ya la caída de la tarde, me encontré con una mujer fornida, morena, de huraño semblante, que bajaba con dificultad por una colina. Cuando le hice mi acostumbrada pregunta, dio repentinamente media vuelta, me acompañó hasta la cima que ella acababa de dejar, y me señaló un enorme edificio, que se alzaba desangelado en una pradera del fondo del cercano valle. El paisaje del entorno era muy agradable, con colinas bajas deliciosamente surcadas por arroyos y pobladas de árboles. Los sembrados que se ofrecían a mi vista aparecían maravillosamente lozanos; pero la casa en sí era una especie de ruina; no existía camino alguno que condujera a ella; no salía humo de sus chimeneas; allí no había nada que se asemejara a un jardín. Aquello me descorazonó.

—¿Es ésa? —exclamé.

El semblante de la mujer se iluminó de una ira malévola.

—¡Esa es la casa de los Shaws! —exclamó—. Se construyó con sangre; la sangre interrumpió su construcción; la sangre la derribará. ¡Mira! —volvió a exclamar—. ¡Escupo en el suelo y maldigo a ese hombre! ¡Negra será su caída! Si ves al amo, dile lo que me has oído; dile que con ésta son ya mil doscientas diecinueve las veces que Jennet Clouston le maldice a él y a su casa, a sus establos y cuadras, hombres y huéspedes, amo y esposa, hijos e hijas... ¡Negra, negra será su caída!

Y la mujer, cuya voz había elevado hasta una especie de sobrenatural sonsonete, se volvió de repente y se marchó. Yo me quedé donde me dejó, con los pelos de punta. Por aquellos días aún creía la gente en las brujas y temblaba ante una maldición, y ésta de ahora, lanzada tan oportunamente que parecía un presagio del camino para impedirme que llevara a cabo mi propósito, me dejó sin fuerzas en las piernas.

Me senté y me quedé mirando fijamente la casa de Shaws. Cuanto más la miraba, más agradable me parecía aquel paisaje. Todo estaba cuajado de matas de espinos blancos, llenos de flores; los campos aparecían salpicados de ovejas; una hermosa bandada de grajos volaba en el cielo; todo indicaba la bondad del suelo y del clima, y, sin embargo, el edificio que se alzaba en el centro hería mi fantasía.

Mientras estaba sentado en la cuneta los campesinos volvían de los campos, pero me faltaban ánimos para darles las buenas tardes. Al fin se puso el sol, y entonces, destacándose sobre el amarillo cielo, vi elevarse una espiral de humo, según me pareció, no mucho más espesa que la del humo de una vela; pero después de todo allí estaba ese humo que significaba que había una lumbre y calor y algo preparándose en la cocina, y algún ser viviente que la había encendido, y esto consoló mi corazón mucho más, estaba seguro, que un frasco entero de agua de lirio de los valles que tanto valoraba la señora Campbell.

De manera que eché a andar por un caminito casi borrado por la hierba, que se extendía en mi dirección. Era ciertamente un sendero demasiado vago para ser el único paso que llevaba a un lugar habitado, pero no vi otro. El sendero me llevó a unos pilares de piedra, con una casa de guarda sin tejado junto a ellos, y unos escudos de armas en lo alto. Parecía ser una entrada principal, aunque nunca acabó de construirse; en vez de puertas de hierro forjado, había un par de zarzos atados con una cuerda de paja; no existían vallas de jardín ni signo alguno de avenida, solamente el sendero que yo iba siguiendo se dirigía sinuosamente hacia la casa y pasaba por el lado derecho de los pilares.

Cuanto más me aproximaba a la casa, más temible me resultaba. Se parecía al ala de una casa que no había sido nunca terminada. Lo que hubiera debido ser la parte interior permanecía descubierta en los pisos superiores, y se destacaban sobre el cielo peldaños y escaleras de albañilería sin acabar. Muchas de las ventanas estaban sin cristales, y los murciélagos entraban y salían por ellas como palomas en un palomar.

La noche comenzaba a caer cuando llegué a la casa. En tres de las ventanas inferiores, que eran muy altas y estrechas y bien enrejadas, la luz cambiante de un pequeño fuego empezaba a brillar.

¿Era éste el palacio al que yo iba? ¿Era entre aquellas paredes donde debía buscar nuevos amigos y grandes fortunas? ¡Porque en casa de mi padre, en Essen-Waterside, el resplandor del fuego y de las luces se veían a una legua, y la puerta estaba abierta a la llamada del mendigo!

Avancé cautelosamente, aguzando el oído, y sentí que alguien hacía ruido con platos y una tosecilla seca y nerviosa, como salida a trompicones; pero no se oía hablar, ni siquiera se oía el ladrido de un perro.

La puerta, por lo que pude distinguir con aquella débil luz, era una gran pieza de madera toda tachonada de clavos. Con el corazón en un puño alcé la mano y llamé una vez. Me quedé esperando. La casa se había sumido en un silencio mortal; un minuto entero transcurrió y nada se movió excepto los murciélagos allá en lo alto. Volví a llamar, y escuché de nuevo. Pero esta vez mis oídos se habían acostumbrado de tal manera al silencio, que pude oír el tic-tac del reloj que dentro de la casa iba contando lentamente los segundos; pero quienquiera que estuviese en aquella casa permanecía mortalmente silencioso, y sin duda contenía la respiración.

Dudaba yo si debía o no echar a correr; pero me dominaba la rabia, y comencé a descargar patadas y puñetazos sobre la puerta y a llamar a voces al señor Balfour. Me encontraba en pleno paroxismo, cuando oí la tos sobre mi cabeza y, dando un salto atrás y mirando hacia arriba, vi la cabeza de un hombre con un gran gorro de dormir y la acampanada boca de un trabuco asomando a una de las ventanas del primer piso.

—Está cargado —dijo una voz.

—Vengo a traer una carta —dije— para el señor Ebenezer Balfour de Shaws. ¿Vive aquí?

—¿De quién es la carta? —preguntó el hombre del trabuco.

—Eso no importa —dije, porque estaba empezando a ponerme nervioso.

—De acuerdo —fue la respuesta—; puedes dejarla en el escalón de la puerta y marcharte.

—No pienso hacer tal cosa —grité—. Quiero entregársela en propia mano al señor Balfour, tal como se me ha indicado. Es una carta de presentación.

—¿Una qué? —gritó a su vez la voz ásperamente.

Repetí lo que había dicho.

—¿Y quién eres tú? —fue la siguiente pregunta, después de una pausa considerable.

—No me avergüenzo de mi nombre —contesté—. Me llamo David Balfour. Estoy seguro de que mis últimas palabras estremecieron al hombre, porque oí el golpeteo del trabuco sobre el alféizar de la ventana; y sólo tras una larga pausa, y con un curioso cambio de tono, vino la siguiente pregunta:

—¿Ha muerto tu padre?

Aquello me dejó tan sorprendido, que me quedé sin voz para contestar, mirándole fijamente.

—Sí —concluyó el hombre—, debe de haber muerto, no hay duda, y eso es lo que te trae a destrozarme la puerta.

Hubo otra pausa, y después, con tono desafiante, añadió:

—Bien, muchacho, te dejaré entrar. Y desapareció de la ventana.

III. Conozco a mi tío

Luego se oyó un gran ruido de cadenas y cerrojos, y la puerta se abrió cautelosamente y volvió a cerrarse detrás de mí apenas hube entrado.

—Ve a la cocina y no toques nada —dijo la voz.

Y mientras la persona que me había abierto se dedicaba a poner de nuevo las defensas de la puerta, busqué a tientas el camino y entré en la cocina.

La lumbre ardía con bastante vivacidad y me descubría la más desnuda habitación que mis ojos habían visto jamás. En los vasares habría una media docena de platos; la mesa estaba puesta para la cena, con un tazón de gachas de avena, una cuchara de asta y un vaso de cerveza floja. Aparte de lo que acabo de enumerar, no había en aquella gran estancia, de techo de piedra abovedado, más que unas arcas con firmes cerraduras, dispuestas a lo largo de la pared, y un aparador rinconero con un candado. Apenas echada la última cadena, el hombre vino a reunirse conmigo. Era un ser de aspecto miserable, cargado de espaldas, estrecho de hombros, y con el semblante arcilloso; su edad podría oscilar entre los cincuenta y los setenta años. El gorro de dormir era de franela, lo mismo que el camisón que llevaba en vez de chaqueta y chaleco sobre su andrajosa camisa. Hacía mucho tiempo que no se afeitaba; pero lo que más me angustió y hasta me asustó fue que ni me quitaba ojo ni tampoco me miraba francamente a la cara. Quién era, cuál su oficio y su origen, era más de lo que yo podía adivinar; pero parecía más bien un criado viejo e inútil, a quien hubieran dejado al cuidado de aquella enorme casa a cambio de la pitanza.

—¿Tienes hambre? —me preguntó, mirándome a la altura de las rodillas—. ¿Quieres comerte esas gachas?

Le contesté que no quería dejarle sin cena.

—¡Oh! —replicó—, puedo pasarme sin ella. Me tomaré la cerveza para ablandar la tos. Bebió hasta la mitad del vaso, sin dejar de quitarme ojo mientras bebía; y luego, repentinamente, extendió la mano.

—Veamos esa carta —dijo.

Yo le repliqué que la carta era para el señor Balfour, y no para él.

—¿Pues quién piensas que soy yo? —repuso—. ¡Dame la carta de Alexander! —¿Sabéis el nombre de mi padre?

—Sería muy extraño que no lo supiese —replicó—, porque era mi hermano; y aunque, según parece, te gusten tan poco mi persona, mi casa y mis excelentes gachas, yo soy tu tío carnal, Davie, amigo mío, y tú eres mi sobrino. De manera que entrégame la carta, siéntate y llénate la barriga.

Si hubiera tenido unos cuantos años menos, creo que me habría echado a llorar de vergüenza, de cansancio y de desilusión; pero lo que pasó fue que no pude encontrar palabras ni buenas ni malas para contestarle, y me limité a entregarle la carta y a comerme las gachas con tan poco apetito como jamás tuvo joven alguno.

Mientras tanto, mi tío, inclinado sobre la lumbre, daba vueltas y más vueltas a la carta que tenía en las manos.

—¿Sabes lo que dice? —me preguntó de pronto.

—Vos mismo podéis ver que el lacre no ha sido roto —repuse.

—Ya —dijo él—; pero ¿qué te ha traído por aquí?

—He venido para entregaros la carta —repliqué.

—Tal vez —dijo con astucia—, pero sin duda habías concebido ciertas esperanzas, ¿verdad?

—Os confieso, señor —respondí—, que, cuando me dijeron que tenía parientes ricos, efectivamente concebí la esperanza de que pudieran ayudarme en la vida. Pero no soy un mendigo; no busco favores de vuestras manos, ni quiero nada que no se me dé de buen grado. Pues por pobre que parezca, tengo amigos que se complacerían en ayudarme.

—¡Bueno, bueno! —dijo mi tío Ebenezer—; no te me subas a las barbas. Ya nos entenderemos. Y ahora, Davie, muchacho, si no quieres más gachas, yo tomaré unas pocas.

—Sí —continuó en cuanto me hubo desposeído del taburete y de la cuchara—, están muy buenas, son muy sanas... Son todo un manjar las gachas.

Masculló una breve oración, y empezó a comer.

—A tu padre, lo recuerdo bien, le gustaba mucho comer; tenía un buen saque, aunque no era glotón; pero yo nunca he podido hacer otra cosa que picotear la comida. Echó un trago de cerveza floja, lo cual probablemente le recordó sus deberes de hospitalidad, porque sus siguientes palabras fueron:

—Si tienes sed, encontrarás agua detrás de la puerta.

No le contesté, y permanecí de pie, tieso, y mirándole, con el corazón lleno de rabia. Él, por su parte, continuaba comiendo como si tuviera prisa, y lanzando furtivas miradas a mis zapatos, unas veces, y otras a mis medias tejidas en casa. Una sola vez, cuando se aventuró a alzar un poco más la vista, nuestras miradas se encontraron, y seguramente no hubiera demostrado más vivas señales de angustia un ladrón que fuese cogido con la mano en el bolsillo del prójimo. Aquello me hizo pensar si su timidez sería resultado del largo tiempo que hacía que vivía sin compañía humana, y si acaso, después de un pequeño ensayo, se le pasaría y mi tío se convertiría en un hombre completamente distinto. De todos estos pensamientos míos me sacó su áspera voz.

—¿Hace mucho que murió tu padre? —preguntó.

—Tres semanas, señor —respondí.

—Era un hombre muy reservado Alexander, un hombre muy reservado y muy callado —continuó—. De joven hablaba muy poco. No te habrá contado mucho de mí, ¿verdad?

—No he sabido nunca, señor, hasta decírmelo vos, que él tuviera un hermano.

—¡Dios mío! ¡Dios mío! —dijo Ebenezer—. Tal vez tampoco nunca te dijo nada de

Shaws, ¿verdad que no?

—Poco más que el nombre, señor —respondí.

—¡Habrase visto! —exclamó—. ¡Qué hombre tan extraño!

Al parecer, todo esto le complacía especialmente; pero lo que yo no podía descifrar era si su satisfacción provenía de sí mismo, de mí o de la conducta de mi padre. Sin embargo, lo cierto era que parecía haber disminuido aquella aversión o mala voluntad que había concebido al principio contra mi persona, porque luego se levantó de un brinco, atravesó la habitación, se acercó a mí y, dándome una palmada en la espalda, añadió:

—Nos entenderemos bien. Me alegro mucho de haberte dejado entrar. Y ahora, venga, te diré cuál es tu cama.

Con gran sorpresa por mi parte, no encendió lámpara ni vela, sino que echó a andar por el oscuro corredor, subió a tientas, respirando fatigosamente, un tramo de escalera, y se detuvo ante una puerta, que abrió. Yo iba pisándole los talones y avanzando a tropezones, para seguirle como mejor podía. Me invitó a que entrase, pues aquélla era mi habitación. Yo hice lo que me mandó, pero me detuve a los pocos pasos y le pedí una luz para irme a la cama.

—¡Vamos, vamos! —dijo tío Ebenezer—. Hace una noche muy clara.

—¡Pero si no hay ni luna ni estrellas, señor, y esto está más oscuro que un pozo! —repliqué—. Ni siquiera alcanzo a ver la cama.

—¡Vamos, vamos! —exclamó—. Las luces en una casa son cosas que no me gustan. Temo extraordinariamente los incendios. Buenas noches, Davie, muchacho. Y antes de que tuviera tiempo de añadir una protesta más, cerró la puerta y le oí echar la llave por fuera.

Yo no sabía si reír o llorar. La habitación estaba tan fría como un pozo, y la cama, cuando por fin pude llegar a ella, tan húmeda como una turbera. Pero por suerte había cogido mi hatillo y mi manta, y envolviéndome en ésta, me eché en el suelo, al pie de la enorme cama, y rápidamente me quedé dormido.

Con los primeros albores del día abrí los ojos, y me encontré en un gran aposento, con adornos de cuero estampado, equipado con hermosos muebles e iluminado por tres bellas ventanas. Diez años atrás, tal vez veinte, debió de haber sido una habitación todo lo agradable que pudiera desear un hombre; pero desde entonces la humedad, la suciedad, el abandono, las ratas y las arañas habían causado estragos. Además, muchos de los cristales de las ventanas estaban rotos, característica tan común en aquella casa que imagino que mi tío alguna vez se había visto sitiado por sus indignados vecinos..., tal vez Jennet Clouston había ido a la cabeza.

Como el sol brillaba fuera y hacía mucho frío en aquel mísero cuarto, golpeé la puerta y vociferé hasta que vino mi carcelero y me dejó salir. Me llevó a la parte trasera de la casa, donde había un pozo, y me dijo que «me lavase allí la cara, si quería»; y cuando lo hube hecho, regresé como pude a la cocina, donde mi tío había encendido ya la lumbre y estaba haciendo las gachas. La mesa estaba puesta, con dos tazones y dos cucharas de asta, pero con un único vaso de cerveza floja. Tal vez mi vista se fijó en este detalle con cierta sorpresa, y acaso mi tío lo notó, porque habló como contestando a mis pensamientos, preguntándome si me gustaría beber cerveza inglesa, que así llamaba él a aquello. Respondí que tenía costumbre de bebería, pero que no se preocupase por ello.

—No, no —dijo—, no quiero negarte nada que sea de razón.

Alcanzó otro vaso de la alacena; pero, con gran sorpresa mía, en vez de echar más cerveza, vertió la mitad exacta de la de su vaso en el mío. Había en aquel acto una especie de nobleza que me impresionó; si mi tío era realmente un avaro, lo era de esa casta que hace casi respetable el vicio.

Cuando hubimos terminado nuestra comida, mi tío Ebenezer abrió un cajón, y sacó una pipa de barro y un pedazo de tabaco, del que cortó lo suficiente para cargar la pipa antes de volver a guardarlo. Luego se sentó al sol en una de las ventanas y se puso a fumar en silencio. De cuando en cuando sus ojos me buscaban y me disparaba alguna de sus preguntas. Una de ellas fue:

—¿Y tu madre? —y cuando le dije que también ella había muerto, exclamó—: En fin, era una buena mujer.

Y después de otra larga pausa, añadió:

—¿Quiénes son esos amigos tuyos que dijiste?

Le dije que eran diferentes caballeros de la familia Campbell, aunque realmente sólo uno de ellos, el pastor, me había prestado un poco de atención; pero ya empezaba a pensar que mi tío menospreciaba mi situación, y como me sentía completamente solo con él, no quería que me creyese desamparado.

Pareció darle vueltas a este asunto en su cabeza, y luego dijo:

—Davie, amigo mío, has hecho lo correcto viniendo a tu tío Ebenezer. Tengo en gran estima a la familia, y pienso portarme bien contigo; pero mientras medito lo que es más acertado para ti, si las leyes, o el sacerdocio o tal vez el ejército, que es lo que más gusta a los muchachos, no quisiera que los Balfour sean humillados por unos plebeyos de las Highlands como los Campbell, y te pido que mantengas la boca cerrada. Nada de cartas; nada de recados; ni una palabra a nadie, o de lo contrario ahí tienes la puerta.

—Tío Ebenezer —contesté—, no tengo ningún motivo para suponer que no queráis para mí otra cosa que mi bien. Con todo y con eso, quiero que sepáis que también yo tengo mi orgullo. He venido a buscaros, no por mi voluntad, y si volvéis a mostrarme la puerta de vuestra casa, os aseguro que os tomaré la palabra.

Pareció seriamente agraviado.

—¡Vamos, vamos! —dijo—. Tranquilo, hombre, tranquilo. Espera uno o dos días. No soy ningún brujo que pueda encontrarte una fortuna en el fondo de un tazón de gachas; pero concédeme un día o dos y no digas nada a nadie, y ten por seguro que haré por ti todo lo que pueda.

—Perfectamente —repuse—. Ya hemos hablado bastante. Si queréis ayudarme, no os quepa duda de que me alegraré y de que nadie os lo agradecerá mejor que yo. Me pareció (demasiado pronto, a mi entender) que comenzaba a imponerme a mi tío, de manera que lo primero que le dije fue que quería airear y poner a secar al sol la cama y las ropas de cama, pues nada en el mundo me haría acostarme en semejante salmuera.

—¿Es ésta tu casa o la mía? —dijo con voz cortante; y enseguida añadió—: No, no; no quería decir eso. Lo que es mío es tuyo, Davie, amigo mío, y lo que es tuyo es mío. La sangre es más espesa que el agua, y ya no queda nadie más que tú y yo que lleve nuestro apellido.

Y entonces empezó a divagar en torno a la familia y su antigua grandeza, y acerca de su padre, que comenzó a ampliar la casa, y acerca de él mismo, que había parado las obras por considerarlas un despilfarro escandaloso. Al oírle todo aquello, se me ocurrió darle el mensaje que me había encargado Jennet Clouston.

—¡La muy lagarta! —exclamó—. Mil doscientos quince son los días que han pasado desde que hice que embargaran a esa embustera. Haré que me las pague. David, haré que la tuesten en turba al rojo vivo. ¡Es una bruja! ¡Una bruja declarada! Voy ahora mismo a ver al juez eclesiástico.

Diciendo esto abrió un arca y sacó una antiquísima y bien conservada casaca azul con su chaleco, y un sombrero de piel de castor bastante bueno. Se puso aquellas ropas de cualquier manera y, cogiendo un bastón del armario y cerrando éste y el arca, se disponía ya a salir, cuando le detuvo una idea.

—No puedo dejarte solo en la casa —dijo—. Tienes que quedarte fuera para que la deje cerrada.

La sangre se me subió a las mejillas.

—Si me dejáis fuera de la casa —dije yo—, ésta será la última vez que nos veamos amistosamente.

Se puso muy pálido y se mordió los labios.

—Ésa no es manera —dijo mirando con ojos llenos de mala intención a un rincón del suelo—, ésa no es manera de ganarte mi favor, David.

—Señor —repliqué—, con el debido respeto a vuestra edad y a nuestro parentesco, os digo que no valoro vuestro favor en un ochavo. He sido educado para tener buen concepto de mí mismo, y aunque fuerais diez veces más mi tío y el único familiar que tuviese en el mundo, no compraría yo vuestra estima a tal precio.

El tío Ebenezer se acercó a la ventana y se asomó un instante. Pude notar que su cuerpo temblaba y se crispaba, como el de un paralítico. Pero cuando después se volvió hacia mí, una sonrisa se esbozaba en su rostro.

—Bueno, bueno —dijo—, tenemos que tolerarnos y contenernos. No saldré. No se hable más del asunto.

—Tío Ebenezer —dije—, no consigo entender nada de esto. Me tratáis como a un ladrón; detestáis tenerme en esta casa; me lo hacéis ver en cada palabra, a cada minuto; no es posible que podáis quererme; y por lo que a mí respecta, os he hablado como jamás imaginé llegar a hablar a hombre alguno. ¿Por qué, pues, os empeñáis en tenerme aquí? Dejad que me vuelva. Dejadme volver con los amigos que tengo y que me quieren.

—¡No, no, no y no! —dijo muy seriamente—. Me caes muy bien; ya verás cómo conseguimos ponernos de acuerdo; y por el honor de la casa, yo no puedo permitir que te vuelvas por donde has venido. Quédate aquí tranquilo, sé buen muchacho; quédate aquí tranquilo y ya verás cómo nos entendemos.

—Bien, señor —dije yo, después de haber reflexionado el asunto en silencio—. Me quedaré una temporada. Es más justo que me ayuden los de mi propia sangre que los extraños. Y si no llegamos a entendernos, no será por no haber puesto de mi parte todo lo necesario para que no sea mía la culpa.

IV. Corro un gran peligro en la casa de Shaws

Para ser un día que tan mal había comenzado, transcurrió bastante bien. Al mediodía tuvimos otra vez gachas frías, y por la noche las tomamos calientes; gachas y cerveza floja era la dieta de mi tío. Habló muy poco, y ello de la misma forma que antes, es decir, disparándome una pregunta después de largos silencios; y cuando intentaba dirigir la conversación hacia lo que sería mi futuro, se me volvía a escabullir. En una habitación próxima a la puerta de la cocina, en la que me permitió entrar, encontré gran número de libros, tanto en latín como en inglés, con los cuales pasé muy agradablemente toda la tarde. Realmente se pasaban las horas tan a gusto en tan buena compañía, que ya casi comenzaba a reconciliarme con mi residencia en la casa de Shaws, y nada sino la mirada de mi tío, con sus ojos jugando al escondite con los míos, hacían renacer la fuerza de mi desconfianza.

Una cosa descubrí que sembró en mí ciertas dudas. Se trataba de una dedicatoria en la guarda de un libro de coplas (uno de los de Patrick Walker), evidentemente escrita de puño y letra de mi padre, y que decía así: «A mi hermano Ebenezer, en su quinto cumpleaños». Ahora bien, lo que me tenía perplejo era esto otro: que como mi padre era, naturalmente, el hermano menor, o bien había cometido alguna extraña equivocación, o bien escribía ya antes de los cinco años, con una letra excelente, clara y de persona mayor. Intenté apartar aquellos pensamientos de mi cabeza; pero, aunque estuve tomando buena nota de muchos autores interesantes, antiguos y contemporáneos, de historia, poesía y cuentos, la impresión que me causó la escritura de mi padre me obsesionaba. Y cuando al fin volví a la cocina y me senté una vez más ante las gachas y la cerveza floja, lo primero que hice fue preguntar a mi tío Ebenezer si mi padre había sido listo para los estudios.

—¿Alexander? ¡Él, nada! —fue su respuesta—. Yo era mucho más listo. Yo era un muchachito muy despabilado cuando era pequeño. Aprendí a leer tan pronto como él.

Aquello me dejó aún más perplejo; una idea me vino a la cabeza, y le pregunté si él y mi padre eran gemelos. Al oír eso mi tío dio un bote en la banqueta y su cuchara de asta se le cayó al suelo.

—¿A qué viene esa pregunta? —dijo agarrándome la chaqueta por las solapas y mirándome esta vez directamente a los ojos. Los suyos me parecieron pequeños y brillantes como los de un pájaro, y hacían guiños y centelleaban de una manera extraña.

—¿Qué es lo que hacéis? —pregunté con mucha calma, porque yo era bastante más fuerte que él y no me asustaba fácilmente—. Quitad vuestras manos de mi chaqueta. Ésa no es manera de comportarse.

Mi tío pareció hacer un gran esfuerzo para dominarse.

—David, amigo mío —dijo—, no debes hablarme de tu padre. En eso está el error.

Sentóse un rato y permaneció parpadeando sobre su plato.

—Era el único hermano que he tenido —añadió, pero sin ningún entusiasmo en su tono, y a continuación recogió su cuchara y siguió cenando, aunque tembloroso aún.

Este último episodio, aquel poner sus manos sobre mi persona y su repentina declaración de cariño hacia mi difunto padre, quedaban tan lejos de mi comprensión, que me causó al mismo tiempo temor y esperanza. Por una parte, comenzaba a pensar que quizá mi tío estuviera loco y podría llegar a ser peligroso, y por otro lado, me vino a la imaginación, de manera totalmente espontánea y, más aún, rechazada por mí, una historia similar a una balada que había oído cantar a los campesinos, en la que se hablaba de un pobre muchacho, heredero legítimo, y de un perverso pariente que intentaba quedarse con sus bienes. Sin embargo, ¿por qué había de desempeñar este papel mi tío con un pariente que había llegado hasta su puerta poco menos que hecho un mendigo, a no ser que existiera en su corazón algún motivo que le obligara a temerle?

Con esta idea sin fundamento, pero aferrada a mi mente, empecé a imitar las miradas furtivas de mi tío, de manera que estábamos sentados a la mesa como el gato y el ratón, cada uno observando al otro a hurtadillas. No me dirigió ni una sola palabra más, no me dijo ni bueno ni malo, pues estaba ocupado en darle vueltas en la cabeza a algún secreto pensamiento, y cuanto más tiempo permanecíamos sentados y cuanto más le observaba, mayor era mi certeza de que ese algo secreto iba contra mí.

Cuando hubo terminado su plato, extrajo una sola toma de tabaco, al igual que por la mañana, rodó un taburete hasta la esquina de la chimenea y se sentó de espaldas a mí, fumando durante un rato.

—Davie —dijo al fin—, he estado pensando... —entonces hizo una pausa y lo repitió—. Hay una pequeña cantidad de plata que medio te prometí antes de que nacieras, bueno, se la prometí a tu padre. ¡Oh!, nada en forma legal, ya sabes; fue una cosa entre caballeros, mientras tomábamos vino. Pues bien, ese puñado de dinero lo tengo guardado aparte, fue un gran desembolso, pero una promesa es una promesa..., y ha ido aumentando hasta ser hoy exactamente... —y aquí se detuvo como si hubiera tropezado y concluyó—: cuarenta libras, exactamente... —esto último lo soltó con una mirada de soslayo por encima del hombro, y a continuación añadió, casi gritando—: ¡escocesas!

Como la libra escocesa tiene el mismo valor que un chelín inglés, la diferencia señalada por esa puntualización era considerable; además, pude comprender que todo aquel cuento no era otra cosa que un embuste inventado con alguna finalidad que yo no acertaba a adivinar, y no me esforcé en disimular el tono burlón con que le contesté:

—¡Pensadlo bien, señor! ¡Serán, supongo, libras esterlinas!

—Eso es lo que he dicho —respondió mi tío—. ¡Libras esterlinas! Si haces el favor de salir un minuto a la puerta para ver qué tal noche hace, yo iré a buscar el dinero y volveré a llamarte.

Cumplí su deseo, sonriendo de puro desprecio para mis adentros al pensar que podía suponerme tan fácil de ser engañado. Era una noche oscura, con unas pocas estrellas muy apagadas, y apenas hube cruzado el umbral de la puerta oí el gemido del viento a lo lejos, entre las montañas. Me dije a mí mismo que el tiempo estaba algo tormentoso y cambiante, sin sospechar en lo más mínimo la importancia tan grande que aquello había de tener para mí antes de que terminase la noche.

Cuando me llamó mi tío para que volviese a entrar en la casa, me contó en la mano treinta y siete guineas de oro. El resto lo conservaba en su mano en monedas pequeñas de oro y plata; pero flaqueó su corazón en aquel instante, y se metió en el bolsillo la calderilla.

—Ahí tienes —dijo—. Esto te demostrará quién soy. Seré un hombre raro y extravagante con los extraños; pero soy hombre de palabra, y ahí está la prueba de ello. Mi tío me había parecido tan avaro, que me dejó pasmado aquella muestra repentina de generosidad, y no pude encontrar palabras con que darle las gracias.

—¡Ni una palabra! —dijo—. Nada de gracias; no quiero que me des las gracias. Cumplo con mi deber. No voy a decir que todo el mundo hubiera hecho lo mismo; pero, por mi parte, aunque soy un individuo muy ahorrativo, siento una gran satisfacción cumpliendo como es debido con el hijo de mi hermano, y es también un placer para mí pensar que ahora nos entenderemos como es menester entre íntimos amigos.

En respuesta a sus palabras le hablé de la manera más amable que pude; pero todo el tiempo estuve preguntándome qué sucedería después y por qué se habría desprendido mi tío de sus preciadas guineas, pues las razones que me había dado hasta un niño las hubiera rechazado.

Al poco rato me miró de soslayo.

—Mira por dónde —dijo—. Favor por favor.

Le dije que estaba dispuesto a demostrarle mi gratitud en lo que fuera razonable, y luego esperé, imaginando alguna petición monstruosa. Sin embargo, cuando por fin reunió el suficiente valor para hablar, solamente me dijo (muy adecuadamente, según me pareció) que se estaba haciendo viejo y achacoso y que esperaba que yo le ayudaría en las tareas de la casa y del trocito de jardín.

Le contesté expresándole mi buena disposición en servirle.

—Bien —dijo—; empecemos, pues.

Sacó de su bolsillo una llave oxidada.

—Esta es... —dijo—, ésta es la llave de la escalera de la torre que está en el extremo de la casa. Sólo puedes llegar a ella desde afuera, porque aquella parte de la casa no está acabada. Entra allí, sube la escalera y tráeme el cofre que está arriba del todo. Hay en él unos papeles —añadió.

—¿Puedo llevar alguna luz, señor? —pregunté.

—No —dijo muy astutamente—. Nada de luces en mi casa.

—Muy bien, señor —dije—. ¿Están en buen estado las escaleras?

—Son anchas —respondió; y cuando me disponía a salir, agregó—: Arrímate a la pared, porque no hay barandilla. Pero los peldaños son anchos.

Salí afuera, en plena noche. El viento seguía gimiendo en la distancia, aunque ni un soplo llegaba a la casa de Shaws. Estaba más oscuro que nunca, y me consolaba sentir el contacto de la pared hasta que llegué por fin a la puerta de la escalera de la torre, en el extremo del ala inacabada de la casa. Había introducido ya la llave en la cerradura y acababa de darle la vuelta, cuando de repente, sin sonido de viento ni de trueno, el cielo entero se encendió como un reguero de pólvora, y volvió a quedarse a oscuras. Tuve que llevarme la mano a los ojos para acostumbrarme de nuevo a la negrura de la noche, pues realmente me había deslumbrado, y entré en la torre medio ciego.

Estaba tan oscuro dentro, que parecía casi imposible encontrar nada; pero alargué manos y pies, y luego toqué con una mano la pared y con un pie el primer peldaño de la escalera. La pared, al tacto, era de excelente piedra labrada; los peldaños, aunque algo empinados y estrechos, eran de mampostería, regulares y sólidos. Recordando la advertencia de mi tío respecto a la falta de barandillas, me mantuve pegado a la pared y continué a tientas mi camino en la oscuridad con el corazón palpitante.

La casa de Shaws tenía cinco pisos sin contar los desvanes. Al avanzar, me pareció que la escalera se tornaba más ventilada y algo más clara, y andaba preguntándome cuál podría ser la causa de aquel cambio, cuando una segunda fulguración del relampagueo estival apareció y desapareció. Si no grité fue porque el miedo me quebró la voz, y si no me caí fue más por el favor del cielo que por mis propias fuerzas. El relámpago, que brilló por todas partes a través de las brechas de la pared, no sólo me dejó ver que estaba subiendo a gatas por una especie de andamio abierto, sino que, además, aquel fugaz resplandor me mostró que los peldaños eran de desigual longitud y que uno de mis pies estaba en aquel momento a dos pulgadas del abismo.

«¡Esta era la ancha escalera!», pensé, y con esa idea me vino al corazón una especie de arrebato de rabia. Mi tío me había enviado allí seguramente para hacerme correr grandes riesgos, tal vez para matarme. Juré que había de poner en claro este «tal vez», aunque para ello tuviera que romperme la crisma; me eché al suelo, gateando, y lentamente como un caracol, palpando cada pulgada de terreno y probando la solidez de cada piedra, seguí subiendo la escalera. La oscuridad, por contraste con el resplandor del relámpago, parecía haberse hecho más densa, pero no era esto todo, sino que, además, mis oídos se veían turbados y mi mente se hallaba confundida por una gran agitación de murciélagos que revoloteaban en la parte alta de la torre; y lo peor era que aquellos horribles animales, al descender, me azotaban a veces con las alas el rostro y el cuerpo.

La torre, debo haberlo dicho, era cuadrada, y en cada ángulo el peldaño lo formaba una gran piedra de diferente forma, para unirse con los tramos. Ya había llegado a uno de aquellos recodos, cuando al palpar delante de mí, como venía haciendo, mi mano resbaló por un borde, más allá del cual no encontré sino el vacío. La escalera no llegaba más arriba, y mandar subir por ella en la oscuridad a alguien que no la conociera era enviarle directamente a la muerte; y aunque gracias a los relámpagos y a mis precauciones, estaba a salvo, la sola idea del peligro que podía haber corrido y la espantosa altura desde la cual hubiera podido caer me llenó de sudor y me dejó las articulaciones sin fuerzas. Pero ahora que ya sabía lo que necesitaba saber, me di la vuelta y bajé a tientas por donde había subido, con el corazón lleno de enojo. A mitad de mi descenso se levantó una ráfaga de viento que hizo estremecer la torre; seguía lloviendo, y antes de que hubiera llegado abajo el agua caía a cántaros. Asomé la cabeza en medio de la tormenta, y dirigí la mirada hacia la cocina. La puerta, que yo había cerrado al salir, estaba ahora abierta y dejaba escapar un leve fulgor, y me pareció entrever la figura de un hombre, de pie bajo la lluvia, inmóvil, como si estuviera escuchando. Y en ese instante brilló un relámpago cegador que me mostró claramente a mi tío en el lugar exacto donde me había imaginado verlo parado, y a continuación del relámpago estalló un ruidoso trueno. Si mi tío creyó que aquel estrépito era el ruido de mi caída, o si creyó escuchar en él la voz de Dios denunciando el asesinato, es cosa que dejo adivinar al lector. Lo cierto es que, al menos, le sobrevino una especie de miedo cerval y echó a correr hacia la casa, dejándose abierta la puerta. Le seguí lo más silenciosamente que pude y, entrando sin ser oído en la cocina, me paré y me quedé observándole.

Mi tío había tenido tiempo de abrir el aparador del rincón y de sacar de él un gran frasco de aguardiente, y estaba ya sentado a la mesa, de espaldas a mí. De vez en cuando le sacudía un mortal estremecimiento y se lamentaba en voz alta, y llevándose la botella a los labios, echaba un trago de aquel alcohol puro.

Avancé hasta colocarme detrás de él, y bruscamente, dándole dos palmadas, hundí mis manos en sus hombros y exclamé:

—¡Ah!

¡Mi tío lanzó una especie de grito entrecortado parecido al balido de una oveja, levantó los brazos y cayó al suelo como muerto! Aquello me impresionó un poco; pero ante todo yo debía pensar en mí, y no vacilé en dejarle donde había caído. Las llaves colgaban del aparador; mi propósito era proveerme de armas antes de que mi tío volviese en sí y recobrase las facultades para tramar alguna nueva fechoría. En el aparador había unas cuantas botellas en apariencia de medicina, gran cantidad de recibos y otros papeles que de buena gana hubiera yo registrado si hubiese tenido tiempo, y unos cuantos objetos de uso común, que no servían para mi propósito. Entonces fui a buscar en las arcas. La primera estaba llena de harina; la segunda, de dinero y papeles atados en legajos; en la tercera, junto con otras muchas cosas (y éstas en su mayor parte eran ropas), encontré un herrumbroso y feo puñal escocés, sin vaina. Lo oculté debajo de mi chaleco, y me volví al lado de mi tío.

Yacía tal como había caído, de cualquier manera, con una rodilla levantada y un brazo extendido; su cara tenía un extraño color azulado, y parecía haber dejado de respirar. Me asaltó el temor de que estuviera muerto; entonces fui por agua y se la eché en la cara, con lo que volvió ligeramente en sí, moviendo los labios y parpadeando. Por fin abrió los ojos y me miró, y en sus ojos se dibujó una expresión de terror que no era de este mundo.

—Vamos, vamos —le dije—, sentaos.

—¿Estás vivo? —dijo entre sollozos—. ¿Estás vivo?

—Estoy vivo —contesté—. Pero no gracias a vos. Estaba esforzándose por recobrar el aliento, lanzando profundos suspiros.

—¡Él frasco azul! —dijo—. ¡En el aparador! ¡El frasco azul! Su respiración se hizo todavía más lenta. Corrí al aparador, y, efectivamente, encontré el frasco azul de medicina, con la dosis escrita en un papel, y se la administré lo más rápidamente que pude.

—Es mi enfermedad —dijo reanimándose un poco—. Estoy enfermo, Davie. Es el corazón.

Le senté en una silla y me quedé mirándole. La verdad es que sentí cierta lástima por aquel hombre que parecía tan enfermo; pero al mismo tiempo me sentía lleno de una cólera justificada, así que fui enumerándole los puntos sobre los cuales necesitaba una aclaración: por qué me había mentido a cada palabra, por qué temía que le abandonase, por qué le desagradaba que hubiese aludido al hecho de que mi padre y él eran gemelos. «¿Será porque es verdad?», le pregunté; por qué me había dado un dinero al cual estaba yo convencido de no tener derecho, y, finalmente, por qué había intentado matarme. Me escuchó en silencio, y después, con la voz entrecortada, me suplicó que le dejara irse a la cama.

—Ya te lo explicaré mañana por la mañana —dijo—, seguro como la muerte que te lo explicaré.

Le veía tan débil, que no pude menos que consentir. No obstante, le encerré en su habitación y me guardé la llave en el bolsillo. Luego, volviendo a la cocina, encendí una lumbre como no había habido allí desde hacía muchos años y, envolviéndome en mi manta, me eché sobre las arcas y me quedé dormido.

V. ¡Voy al Queen's Ferry!

Llovió mucho aquella noche, y a la mañana siguiente sopló un viento glacial del noroeste, que se llevó las nubes dispersas. A pesar de todo, y antes de que el sol comenzase a asomar, y antes de que la última estrella se hubiera apagado, me encaminé hasta el arroyo y me zambullí en una profunda poza. Vigorizado ya por el baño, volví a sentarme junto a la lumbre, que alimenté, y empecé a considerar muy seriamente mi situación. Ya no me cabía la menor duda respecto a la enemistad de mi tío; no había duda de que mi vida dependía sólo de mí y de que él seguiría haciendo todo lo posible para lograr mi destrucción. Pero yo era joven y animoso y, como tantos muchachos criados en el campo, tenía un elevado concepto de mi sagacidad. Había llegado hasta la puerta de la casa de mi tío poco menos que hecho un mendigo y sin ser más que un chiquillo; mi tío me había recibido con traición y violencia; sería, pues, un estupendo final llegar a dominarle y conducirle como un corderito.

Allí estaba sentado ante el fuego, frotándome las rodillas y sonriéndome, y me imaginé descubriéndole sus secretos, uno tras otro, y convirtiéndome en rey y gobernante de aquel hombre. La bruja de Essendean, según decían, había fabricado un espejo en el cual los hombres podían leer su futuro; debía de ser de otro material muy distinto al del carbón encendido, porque en todas las formas y figuras que yo veía en aquel fuego no había barco alguno, ni marino de peluda gorra, ni siquiera un grueso garrote para mi tonta cabeza, ni la menor señal de todas las tribulaciones que habían de caer sobre mí. Después, todo henchido de engreimiento, subí a dar la libertad a mi prisionero. Él me dio muy cortésmente los buenos días, y yo, a mi vez, hice lo mismo, le saludé con una sonrisa mirándole desde las alturas de mi suficiencia. Poco después nos sentábamos a desayunar, como podríamos haberlo hecho el día anterior.

—Bien, señor —dije con tono burlón—; ¿no tenéis nada más que decirme? Como no articuló palabra alguna, continué:

—Ya es hora, me parece, de que nos entendamos. Me habéis tomado por un Juan Lanas sin más sentido común ni más valentía que el palo de mover las gachas. Yo os tomé por un buen hombre, o al menos no peor que la generalidad. Según parece, los dos nos hemos equivocado. ¿Qué motivos tenéis para temerme, para engañarme, para atentar contra mi vida...?

Murmuró algo acerca de una broma, y dijo algo sobre su gusto por la diversión, y luego, viéndome sonreír, cambió de tono y me aseguró que lo pondría todo en claro en cuanto hubiéramos desayunado. Le noté en la cara que no tenía ninguna mentira preparada para mí, aunque seguramente estaba esforzándose por encontrar alguna; y recuerdo que estaba yo a punto de decírselo así, cuando fuimos interrumpidos por alguien que llamaba a la puerta.

Pedí a mi tío que permaneciera sentado en su sitio, y fui a abrir, encontrándome en el umbral de la puerta con un chiquillo vestido de marinero. Apenas me vio, empezó a bailar una gaita marinera que nunca antes había yo oído, y menos aún visto, moviendo las manos en el aire y alzando las piernas con perfecta soltura. Sin embargo, estaba amoratado de frío y algo había en su cara, entre el llanto y la risa, que resultaba bastante patético y que concordaba mal con la alegría de sus movimientos.

—¿Qué hay de bueno, compañero? —dijo con voz quebrada.

Yo le pregunté muy serio qué deseaba.

—¡Oh, qué placer! —dijo, y se puso a cantar:

Porque es mi deleite en una noche clara en la estación del año.

—Bien —dije yo—; si no deseas nada, te cerraré la puerta, aunque sea poco cortés.

—¡Espera, hermano! —exclamó—. ¿No te gustan las diversiones? ¿O es que quieres que me den una paliza? Traigo una carta del viejo Heasy-oasy para el señor Belflower —al decir esto me enseñó una carta—; y te digo además, compañero, que estoy muriéndome de hambre.

—De acuerdo —dije yo—, entra en la casa y te daré un bocado, aunque yo me quede sin él.

Dicho esto le hice pasar y le senté en mi sitio, donde se abalanzó sobre los restos del desayuno, haciéndome mientras tanto guiños y muecas, que imagino a la pobre criatura le parecerían muy de hombre. Mientras tanto, mi tío había leído la carta y se había quedado pensativo; luego, de improviso, se puso de pie con aire de vivacidad y me llevó aparte al rincón más alejado de la habitación.

—Lee esto —me dijo, y me puso la carta en la mano.

Aquí la tengo ante mí mientras escribo:

Posada de Hawes, en Queensferry.

Señor: Aquí estoy anclado con mi guindaleza oscilando arriba y abajo y mando a mi grumete para que os informe. Si tenéis alguna orden más para ultramar, hoy será la última ocasión, porque el viento nos es favorable para salir del estuario. No quiero ocultaros que he tenido roces con vuestro agente, el señor Rankellior, por lo cual, si no os arregláis pronto, veréis que sobrevienen pérdidas. He librado un pagaré contra vos a cuenta. Soy, señor, vuestro más obediente y humilde servidor.

Elías Hoseason.

—Ya ves, Davie —concluyó mi tío cuando vio que hube terminado la lectura—; tengo un negocio con el tal Hoseason, capitán de un bergantín mercante, el Covenant, de Dysart. Si tú y yo acompañásemos a ese muchacho, podría ver al capitán en la posada, o quizá a bordo del Covenant, si es que hay papeles que firmar. Así, lejos de perder el tiempo, podríamos visitar al abogado, el señor Rankellior. Después de todo lo que ha ocurrido, supongo que no estarás dispuesto a creer en mi palabra; pero no dudarás del señor Rankellior. Es administrador de la mitad de los señores de esta comarca; es hombre de edad, muy respetado; y conoció a tu padre.

Me quedé pensativo durante un rato. Iba a ir a un lugar de tráfico marítimo, sin duda muy populoso, donde mi tío no intentaría ninguna violencia contra mí, y además en cualquier caso la compañía del grumetillo me protegería. Una vez allí, esperaba poder obligar a mi tío a visitar al abogado, aunque no me lo hubiera prometido con sinceridad, y tal vez, en el fondo de mi corazón, ansiaba ver más de cerca el mar y los barcos. Hay que tener en cuenta que había pasado toda mi vida en las montañas del interior, y que precisamente sólo dos días antes había visto por primera vez el estuario, que se extendía como una alfombra azul, y los barcos de vela moviéndose en él, no mayores que juguetes. Todas estas razones fueron las que me decidieron.

—Muy bien —dije—; vayamos al embarcadero.

Mi tío se puso su sombrero y su casaca, se ciñó un viejo y roñoso alfanje, apagamos la lumbre, cerramos la puerta y emprendimos nuestra marcha.

El viento, que era del noroeste en esta fría región, nos daba de lleno en la cara al avanzar. Era el mes de junio; la hierba estaba toda blanca por las margaritas, y los árboles en flor; pero por lo azulado de nuestras uñas y por el dolor de las muñecas, cualquiera hubiera creído que estábamos en invierno y que aquella blancura era una helada de diciembre. El tío Ebenezer andaba con dificultad por el sendero, yéndose de un lado a otro como un viejo labrador al regresar a casa del trabajo. En todo el camino no dijo una sola palabra, por lo que tuve que entretenerme hablando con el grumetillo. Me dijo que se llamaba Ransome y que estaba navegando desde los nueve años; pero que no sabía la edad que tenía, porque había perdido la cuenta. Me enseñó sus tatuajes, descubriendo el pecho al viento helado a pesar de mis advertencias, porque yo pensaba que aquello bastaría para matarle; juraba de un modo terrible al contar sus recuerdos, pero más lo hacía como un tonto colegial que como un hombre, y alardeaba de haber hecho muchas salvajadas y fechorías; robos a hurtadillas, falsas acusaciones e incluso asesinatos; pero todo ello con tal falta de verosimilitud en los detalles y con tal fanfarronería floja y extravagante, que casi me inclinaba más a compadecerle que a creerle.

Le pregunté por el bergantín (el cual, según decía, era el mejor barco que surcaba aquellas aguas) y por el capitán Hoseason, en cuyas alabanzas fue igualmente exagerado. Heasyoasy (que así seguía llamando al patrón) era un hombre al que, según lo contaba el muchacho, todo le traía sin cuidado, tanto del cielo como de la tierra, un tipo que, como decía la gente, «desplegaría todas las velas el día del Juicio Final»; rudo, violento, sin escrúpulos y brutal, y el pobre grumete había llegado a admirar todas estas cualidades como algo propio de marinos y de hombres de pelo en pecho. Sólo reconocía un defecto en su ídolo.

—No es buen marino —admitía—. Es el señor Shuan quien gobierna el bergantín; sería el mejor marino del mundo si no bebiera. Te lo digo, porque tengo razones, mira —y bajándose una media, me mostró una gran herida en carne viva, que me heló la sangre—: ha sido él, el señor Shuan, quien me ha hecho esto —añadió con aire de orgullo.

—¡Cómo! —exclamé—. ¿Y toleras un trato tan salvaje? ¡Tú no eres ningún esclavo para que te traten de esa manera!

—No —dijo el pobre idiota cambiando inmediatamente de tono—, y va a enterarse. Mira esto —y me enseñó un gran cuchillo, que me dijo había robado—. ¡Ya veremos cuando vuelva a intentarlo! ¡Que se atreva! ¡Le daré su merecido! ¡Oh, no será el primero que ha caído!

Y lo ratificó con un pobre, feo y estúpido juramento. Jamás he sentido en este mundo tanta compasión por alguien como la que me inspiró aquella criatura medio imbécil, y ya comenzaba yo a pensar que el bergantín Covenant (a pesar de su piadoso nombre) era poco menos que un infierno flotante.

—¿No tienes amigos? —le pregunté.

Me contestó que su padre vivió en un puerto inglés, cuyo nombre no recuerdo en este momento.

—También era todo un hombre —dijo—, pero ya ha muerto.

—¡En nombre del cielo! —exclamé—, ¿no podrías encontrar en tierra firme un modo de vivir más honrado?

—¡Ah, no! —dijo haciéndome un guiño y dándoselas de astuto—. ¡Querrían ponerme a trabajar en algún oficio, pero no soy tan tonto como para aceptar eso!

Le pregunté qué oficio podía ser tan terrible como el suyo, en el que su vida corría continuos peligros, no sólo por el viento y el mar, sino también por la horrible crueldad de los que eran sus amos. Me dijo que era muy cierto; mas después comenzó a elogiar la vida y a decir que era todo un placer pisar tierra con dinero en el bolsillo, y gastarlo como un hombre, y comprar manzanas, y pavonearse y asombrar a los que él llamaba muchachos del lodo.

—Y además, lo mío no es tan malo —añadió—. Los hay que están mucho peor que yo, como, por ejemplo, los «veinte libras». ¡Ay, las leyes! Tendrías que verles cuando les pillan. He visto yo un hombre tan viejo como tú (para el grumetillo yo ya era un viejo), y también con barba, que en cuanto salimos del río se le pasó la borrachera, ¡madre mía!, ¡cómo lloraba, y qué genio! ¡Cómo me burlé de él, te lo aseguro! Y luego están los pequeños... ¡pequeños comparados conmigo! Les tengo a raya. Cuando llevamos pequeños, utilizo un cabo de cuerda para ajustarles las cuentas.

Y en parecidos términos prosiguió hasta que comprendí que los «veinte libras» eran esos infelices delincuentes que son enviados a Norteamérica en calidad de esclavos, o los aún más infelices, los inocentes que eran secuestrados o «engañados» (como se les llama) por intereses particulares o por venganza.

En aquel momento llegábamos a la cima de la colina, y vimos allá abajo el embarcadero y el Hope. El estuario del Forth, como es sabido, se estrecha en aquel punto hasta quedar reducido al ancho de un río caudaloso, lo cual ofrece un conveniente embarcadero para ir al norte, y se convierte, aguas arriba, en un abrigado puerto para todo tipo de barcos. Justamente en el centro del estrechamiento hay un islote con algunas ruinas, y en la orilla sur han construido un malecón de servicio para el transbordador, y en el extremo del malecón, al otro lado del camino, rodeado de un lindo jardín de acebos y espinos blancos, pude distinguir la que llamaban posada de Hawes.

La ciudad de Queensferry se extendía más al oeste, y los alrededores de la posada estaban bastante solitarios a aquella hora del día, porque el barco de pasajeros acababa de zarpar rumbo al norte. Un esquife, sin embargo, estaba amarrado junto al malecón, con algunos marineros durmiendo en los bancos; aquel bote, según me dijo Ransome, era el del bergantín, que estaba aguardando al capitán, y a una media milla de distancia, completamente solo en el fondeadero, me mostró el propio

Covenant. A bordo había mucho movimiento. Estaban izando las vergas, y como el viento soplaba en nuestra dirección, podía oír las canciones de los marineros mientras tiraban de las jarcias. Después de todo lo que había escuchado por el camino, miraba aquel barco con extremada aversión, y en el fondo de mi corazón compadecía a todas las pobres criaturas que estaban condenadas a navegar en él.

Los tres habíamos hecho ya un alto en la cima del monte, y ahora que marchábamos por el camino, me dirigí a mi tío y le dije:

—Creo que debo deciros, señor, que por nada del mundo me dejaría llevar a bordo del Covenant.

Mi tío pareció despertar de un sueño.

—¿Eh? —dijo—. ¿Cómo dices?

Se lo repetí.

—Bien, bien —repuso—. Haremos por complacerte. ¿Pero qué hacemos aquí parados? Hace un frío que pela, y si no me equivoco, ya están aparejando el Covenant para hacerse a la mar.

VI. Lo que ocurrió en Queen's Ferry

Nada más llegar a la posada, Ransome nos llevó escaleras arriba a un pequeño aposento con una cama, caldeado como un horno por una gran estufa de carbón. Sentado a la mesa y casi pegado a la estufa, un hombre alto, moreno, de aspecto serio, estaba escribiendo. A pesar del calor que hacía en la habitación, llevaba una gruesa chaqueta de marinero abrochada hasta el cuello, y un alto gorro calado hasta las orejas; yo no había visto jamás un hombre, ni siquiera un juez en su estrado, que pareciese más frío, más meditativo, más dueño de sí mismo que aquel capitán de barco.

Se puso de pie en el acto y, adelantándose, ofreció su ancha mano a Ebenezer.

—Me honra mucho veros, señor Balfour —dijo con una excelente y grave voz—, y me alegro de que lleguéis a tiempo. El viento nos es favorable y la marea empieza a cambiar; de manera que veremos la vieja hoguera de la isla de May antes de anochecer.

—Capitán Hoseason —replicó mi tío—, tenéis la habitación demasiado caldeada.

—Es una costumbre que he cogido, señor Balfour —dijo el capitán; soy un hombre friolero por naturaleza; tengo el frío metido en el cuerpo, señor. No hay pelliza ni franela, nada, señor, ni siquiera ron caliente, que pueda subirme lo que llaman la temperatura. Señor, es lo que nos ocurre a la mayoría de los hombres que hemos sido, como suele decirse, carbonizados en los mares tropicales.

—Bien, bien, capitán —repuso mi tío—; cada uno debe ser como le han hecho.

Pero sucedió que esta extravagancia del capitán contribuyó en gran medida a mis infortunios. Pues, aun cuando me había prometido a mí mismo no perder de vista a mi pariente, estaba tan impaciente por ver de cerca el mar, y me molestaba tanto el bochorno de la habitación, que cuando me dijo: «Vete abajo a distraerte un rato», fui lo bastante tonto como para tomarle la palabra.

Así pues, me marché, dejando a los dos hombres sentados en torno a una botella y a un gran montón de papeles, y cruzando el camino que había frente a la posada, bajé hasta la playa. Con el viento que soplaba en aquella dirección, solamente batían la costa pequeñas olas, no mucho mayores que las que yo había visto en un lago. Pero las algas eran algo nuevo para mí; unas verdes; otras oscuras y alargadas, y algunas con unas pequeñas vejigas que reventaban entre mis dedos. Aun tan alejado del estuario, el olor del agua del mar era excesivamente salado y excitante; además, el Covenant comenzaba a desplegar las velas, que colgaban arracimadas de las vergas, y la animación de todo lo que yo estaba contemplando me sugería viajes a lugares lejanos y a países extraños.

También me fijé en los marineros del esquife, individuos robustos y morenos, unos en mangas de camisa, otros con chaqueta, algunos con pañuelos de colores al cuello, uno con un par de pistolas en los bolsillos, dos o tres con nudosos garrotes, y todos con sus cuchillos envainados. Pasé el rato con uno que parecía el menos temible de todos, y le pregunté cuándo partía el bergantín. Me dijo que saldrían tan pronto comenzase el reflujo, y expresó su alegría por alejarse de una vez de ese puerto, donde no había tabernas ni violinistas; pero todo ello con tan horrendos juramentos, que me apresuré a separarme de él.

Esto me devolvió a Ransome, que me parecía el menos perverso de toda aquella tropa y que no tardó en venir corriendo desde la posada hasta mí, pidiéndome que le invitase a un vaso de ponche. Yo le dije que no le daría semejante cosa, porque ni él ni yo estábamos en edad de permitirnos tales excesos.

—Pero sí que podrás tomar un vaso de cerveza, y da las gracias —le dije.

Me hizo muecas y me llamó de todo; pero se contentó con la cerveza a falta de otra cosa. Pronto nos encontramos sentados a una mesa en la taberna de la posada, comiendo y bebiendo con buen apetito.

Estando allí se me ocurrió que, siendo el posadero natural de aquella comarca, haría muy bien en ganarme su amistad, y le invité, como era costumbre en aquellos tiempos; pero era un hombre demasiado importante como para sentarse con tan míseros parroquianos como Ransome y yo, y ya iba a abandonar la estancia, cuando le llamé para preguntarle si conocía al señor Rankellior.

—¡Ya lo creo! —repuso—. Es un hombre muy honrado, y por cierto —añadió—, ¿no eres tú el que ha venido con Ebenezer?

Y cuando le dije que sí, me preguntó:

—¿No serás allegado suyo? —queriendo expresar al modo escocés si no era pariente. Le contesté que no, que de ninguna manera.

—Ya me lo imaginaba —replicó—, aunque tienes un cierto parecido con el señor Alexander.

Le dije, a mi vez, que parecía que el señor Ebenezer era mirado con malos ojos en la comarca.

—Sin duda —respondió el posadero—. Es un viejo malvado, y son muchos los que quisieran verle colgando de una cuerda, como, por ejemplo, Jennet Clouston y otros muchos a quienes ha arrebatado sus casas y haciendas. Y, sin embargo, también él fue en sus tiempos un buen tipo. Pero eso fue antes de que trascendiera lo del señor Alexander. Aquello fue la muerte para él.

—¿Y qué es lo que sucedió? —pregunté.

—Se decía que lo había matado él —respondió el posadero—. ¿No has oído contarlo nunca?

—¿Y por qué habría de matarlo? —pregunté.

—¿Para qué sino para quedarse con la finca? —repuso.

—¿La finca? —repliqué—. ¿La casa de Shaws?

—No conozco más finca que ésa —repuso.

—¿De verdad, amigo? —dije yo—. ¿Eso se decía? ¿Es que mí... Alexander era el hermano mayor?

—Sí que lo era —respondió el posadero—. ¿Por qué si no habría de matarlo? Y sin más se marchó, como estaba deseando impacientemente desde el principio de la conversación.

Desde luego todo esto lo sospechaba yo desde hacía tiempo; pero una cosa es sospechar y otra saber con certeza; por lo cual me quedé pasmado de mi buena suerte, y apenas podía creer que el pobre muchacho que había venido a pie, tragando polvo, desde el bosque de Ettrich no hacía todavía dos días, fuese ahora uno de los ricos de la tierra, y poseyese una casa y vastos terrenos y, si supiera, podría montar su propio caballo al día siguiente. Todas aquellas cosas y otras no menos agradables se agolpaban en mi imaginación mientras continuaba sentado, con la mirada clavada en la ventana de la posada, sin prestar atención a lo que veía por ella; sólo recuerdo que mis ojos se fijaron en el capitán Hoseason, que estaba abajo, en el malecón, entre sus marineros, y hablando con cierta autoridad. Luego vino hacia la casa, sin el andar desmañado de los marineros, sino irguiendo su hermosa y esbelta figura con porte varonil y con la misma expresión de sobriedad y gravedad en el semblante que yo le conocía. Me preguntaba si era posible que fuesen ciertas las historias que me había contado Ransome, y casi no creía en ellas, pues no parecían encajar con el aspecto de aquel hombre. Pero, en realidad, ni era tan bueno como yo le suponía, ni tan malo como había dicho Ransome, porque había en él dos personalidades, y la mejor se la dejaba en tierra en cuanto ponía los pies a bordo. Después oí que mi tío me llamaba, y los encontré juntos en el camino. Fue el capitán el que se dirigió a mí, y lo hizo con un aire (muy halagador para un muchacho) de seria igualdad.

—Señor —me dijo—, el señor Balfour me ha contado grandes cosas acerca de vos y, por mi parte, he de decir que me agrada vuestro aspecto. Quisiera poder permanecer más tiempo aquí para que llegásemos a ser buenos amigos; pero aprovecharemos el tiempo. Vendréis a bordo de mi bergantín media hora, hasta que empiece la bajamar, y beberéis un trago conmigo.

La verdad era que mi deseo por ver el interior de un barco iba mucho más allá de lo que pueden expresar las palabras; pero como no quería exponerme a ningún peligro, le dije que mi tío y yo teníamos una cita con un abogado.

—Sí, sí —repuso—, ya me ha dicho él algo de eso; pero el bote podrá desembarcaros en el muelle de la ciudad, y apenas estaréis a un tiro de piedra de la casa de Rankellior.

Y a continuación se inclinó a mi oído, y me dijo bajito:

—Tened cuidado con ese viejo zorro; está pensando haceros daño. Venid a bordo para que pueda hablaros de ello.

Y luego, cogiéndome del brazo, continuó en voz alta mientras se dirigía a su bote:

—Pero, venid y decidme, ¿qué puedo traeros de las Carolinas? Los amigos del señor Balfour no tienen más que mandarme; ¿queréis un rollo de tabaco? ¿Una labor en plumas de los indios? ¿La piel de alguna fiera? ¿Una pipa de piedra? ¿Un sinsonte que parece que maúlla como un gato? ¿El pájaro cardenal, que es rojo como la sangre?... Elegid y decidme lo que preferís.

Para entonces ya habíamos llegado al bote, y el capitán me ayudaba a entrar. Yo no pensé en resistirme, pues creía (¡pobre infeliz!) haber encontrado un buen amigo y protector, y me causaba un enorme gozo ver el barco. En cuanto hubimos ocupado todos nuestros puestos, el bote fue separado del malecón, y comenzó a moverse sobre las aguas, y con el placer que me producía el balanceo, nuevo para mí, y con mi sorpresa al verme tan a nivel del agua, contemplando el aspecto de la orilla, unida a la creciente grandeza del bergantín a medida que nos acercábamos a él, apenas me daba cuenta de lo que el capitán me decía, y creo que debí de contestarle al buen tuntún.

Tan pronto llegamos al costado del barco (mientras yo, sentado, miraba embobado su altura, escuchaba el zumbido de la marea contra sus costados y las agradables voces de los marineros trabajando), Hoseason anunció que él y yo seríamos los primeros en subir a bordo, y ordenó que echasen un aparejo desde la verga mayor, con el que fui elevado por los aires y depositado de nuevo en cubierta, donde ya estaba esperándome el capitán, que en el acto me tendió un brazo. Allí permanecí un rato, algo mareado por la inestabilidad de todo lo que me rodeaba, quizá un poco asustado, pero enormemente contento con la visión de todo aquello, tan nuevo para mí; mientras tanto, el capitán iba señalándome lo más curioso y diciéndome sus nombres y usos.

—¿Pero dónde está mi tío? —dije de pronto.

—¡Ah! —contestó Hoseason con un inesperado aspecto siniestro—; ésa es la cuestión. Comprendí que estaba perdido. Con todas mis fuerzas me desasí de él y eché a correr hacia la borda. Lo que me figuraba: el bote se alejaba hacia la ciudad, con mi tío sentado en la popa.

Lancé un grito desgarrador.

—¡Socorro! ¡Socorro! ¡Asesinos!

Fue tal mi grito que resonó en las dos orillas del fondeadero, y mi tío se volvió en su asiento, dejándome ver un rostro lleno de crueldad y terror.

Esto fue lo último que vi. Ya unas manos fuertes me habían arrancado de la borda, y a continuación me pareció como si un rayo me alcanzara: vi un gran fogonazo y caí sin sentido.

VII. Me hago a la mar en el bergantín Covenant, de Dysart

Recobré el sentido en medio de la oscuridad, con el cuerpo dolorido, atado de pies y manos, y ensordecido por infinidad de ruidos que me eran desconocidos. Resonaban en mis oídos un bramido de agua como el de una enorme esclusa de molino, el golpeteo de pesadas olas, el estruendo de las velas y los agudos gritos de los marineros. El mundo entero se levantaba vertiginosamente, y vertiginosamente volvía a caer; y tan enfermo y dolorido tenía el cuerpo, y tan confusa la mente, que necesité un buen rato para dar caza a mis pensamientos, que se escapaban hacia arriba y hacia abajo, y volvía a quedarme atontado por una nueva punzada de dolor antes de darme cuenta de que debía estar echado y maniatado en algún lugar de la barriga de aquel nefasto barco, y que el viento había arreciado hasta convertirse en galerna. Con la clara percepción de la difícil situación en que me encontraba, me invadió una negra sombra de desesperación, un horror de remordimiento por mi locura y un acceso de cólera contra mi tío, que me quitó el conocimiento una vez más.

Cuando volví nuevamente a la vida, me agitaron y ensordecieron el mismo estrépito y los mismos confusos y violentos movimientos, y ahora, a mis otros dolores y angustias, se añadía el mareo, que normalmente ataca en el mar a los hombres de tierra firme. Ya por aquellos años de mi aventurera juventud había pasado muchos apuros, pero ninguno de ellos había quebrantado tanto mi cuerpo y mi espíritu, ni jamás me había sentido con tan pocas esperanzas como en aquellas primeras horas pasadas a bordo del bergantín. Sentí un cañonazo y supuse que la tempestad había resultado demasiado violenta para nosotros, y que estábamos haciendo señales de socorro. La idea de la liberación, aunque fuese muriendo en el profundo mar, era bien recibida por mí. Pero no se trataba de tal cosa, sino (como después me dijeron) de una costumbre del capitán, de la que voy a hablar, porque demuestra que hasta el peor de los hombres puede tener su lado bueno. Parece ser que estábamos pasando a pocas millas de Dysart, donde el bergantín había sido construido, y donde había ido a vivir hacía algunos años la anciana señora Hoseason, madre del capitán; y lo mismo cuando salía que cuando entraba, el Covenant nunca dejó de disparar salvas e izar el pabellón al pasar por allí.

Yo había perdido la noción del tiempo; el día y la noche eran iguales en aquella maloliente caverna de las entrañas del barco, donde yacía, y lo miserable de mi situación hacía las horas doblemente largas. Por consiguiente, no puedo decir cuánto tiempo permanecí allí esperando oír cómo el barco se hacía pedazos al estrellarse contra alguna roca, o bien sentirlo hundirse de cabeza en las profundidades del mar, porque carecía de medios para calcularlo. Pero, al fin, el sueño me robó la conciencia de mis penas. Fui despertado por la luz de un farol de mano que me daba en plena cara. Un hombre pequeño, de unos treinta años, con ojos verdes y una maraña de rubios cabellos, estaba de pie recorriéndome con la mirada.

—¿Y qué? —me dijo—. ¿Cómo va eso?

Le contesté con un sollozo, y entonces mi visitante me tomó el pulso, me tocó las sienes y se puso a lavarme y vendarme la herida que tenía en la cabeza.

—Sí —dijo—, ha sido un mal golpe. ¿Qué le vamos a hacer? ¡Ánimo! El mundo no se ha acabado todavía; has tenido un mal comienzo, pero ya lo harás mejor. ¿Te han dado algo de comer?

Le contesté que me daba náuseas pensar en la comida, y entonces me dio un poco de aguardiente con agua en un cubilete de hojalata, y me dejó otra vez solo. La siguiente vez que vino a verme estaba yo entre dormido y despierto, con los ojos muy abiertos en la oscuridad; al mareo, que me había abandonado, le sucedía ahora un horroroso vértigo y un aturdimiento casi más insoportables todavía. Además, me dolían todos los huesos, y las cuerdas que me ataban parecían ser de fuego. El olor del agujero en que yacía parecía haberse convertido en parte de mí mismo, y durante el largo intervalo transcurrido desde la última visita de aquel hombre sufrí las torturas del miedo, unas veces por las carreras de las ratas, que en ocasiones correteaban incluso por mí cara, y otras por los lúgubres pensamientos que asedian el lecho de la fiebre. La luz del farol, al abrirse una trampilla, resplandeció allí dentro como el sol en el cielo, y aunque sólo me dejaba ver las sólidas y negras vigas del barco que era mi prisión, hubiera podido gritar de alegría. El hombre de los ojos verdes fue el primero en bajar la escalera, y noté que se acercaba con cierta inseguridad. Le seguía el capitán. Ninguno de los dos dijo una palabra; pero el primero se puso a examinarme la herida y volvió a vendármela como antes, mientras que Hoseason me miraba a la cara con una expresión extraña y sombría.

—Ahora, señor —dijo el primero—, podéis verlo con vuestros propios ojos: fiebre alta, falta de apetito, sin luz y sin comida; vos mismo estáis viendo lo que esto significa.

—Yo no soy adivino, señor Riach —dijo el capitán.

—Permitidme, señor —dijo Riach—; pero tenéis sobre vuestros hombros una buena cabeza, y una buena lengua escocesa para preguntar. Por mi parte, no os perdonaré ninguna excusa. Quiero que este muchacho sea sacado de este agujero y llevado al castillo de proa.

—Lo que deseéis, señor, es asunto que a nadie concierne sino a vos —repuso el capitán—. Pero puedo deciros lo que sucederá: aquí está y aquí deberá permanecer.

—Admitiendo que hayáis sido pagado en parte —replicó el otro—, permitidme que os diga humildemente que yo no he sido pagado. Cobro, y no mucho, por ser segundo oficial de esta vieja bañera, y sabéis perfectamente que hago cuanto puedo por ganarme mi sueldo. Pero no se me paga por nada más.

—Si pudierais alejar vuestras manos del cazo de hojalata, señor Riach, yo no tendría queja de vos —dijo el capitán—, y en lugar de jugar a los acertijos, os diría llanamente que haríais mejor en ocuparos de vuestros asuntos. Nos necesitan en el puente —añadió en tono áspero, y puso un pie en la escalera.

Pero el señor Riach le cogió por una manga.

—Admitiendo que hayáis sido pagado para cometer un asesinato... —comenzó a decir. Hoseason se volvió como un rayo.

—¿Qué es eso? —gritó—. ¿Qué palabras son ésas?

—Por lo visto son las palabras que podéis entender —dijo el señor Riach, mirándole fijamente a la cara.

—Señor Riach, he hecho con vos tres cruceros —replicó el capitán—. En todo ese tiempo, señor, bien habréis podido aprender a conocerme; soy hombre duro e inflexible; pero en cuanto a lo que acabáis de decir... ¡qué vergüenza!, ¡qué vergüenza!... Eso procede de un mal corazón y de una negra conciencia. Si decís que el muchacho va a morir...

—¡Claro que morirá! —replicó el señor Riach.

—Bien, señor, ¿no basta con eso? —dijo Hoseason—. ¡Llevadlo adonde os plazca! Dicho esto, el capitán subió la escalera, y yo, que había permanecido en silencio durante su extraña conversación, vi al señor Riach volverse hacia él y hacer una reverencia hasta las rodillas, con lo que había evidentemente un ánimo de burla. A pesar del mal estado, noté dos cosas: que el piloto estaba bebido, tal como el capitán había indicado, y que (bebido o sereno) me parecía que podría llegar a serme un amigo útil.

Cinco minutos después quedaban cortadas mis ligaduras y era subido a hombros de un marinero, que me llevaba al castillo de proa y me dejó en una litera con unas cuantas mantas. Una vez allí, lo primero que hice fue perder el sentido.

Realmente fue para mí una bendición abrir los ojos de nuevo a la luz del día y encontrarme acompañado. El castillo de proa era un lugar bastante espacioso, todo él dispuesto con literas, donde los hombres de guardia estaban sentados fumando o dormitando, tumbados. El día era tranquilo y el viento suave, la escotilla estaba abierta y no sólo entraba la hermosa luz del día, sino también de cuando en cuando, con el bamboleo del barco, un ceniciento rayo de sol que me deslumbraba y me deleitaba. Apenas me había movido, cuando uno de los hombres me dio una bebida de algo curativo que el señor Riach había preparado, y me dijo que siguiera acostado, que pronto me pondría bien. Que no tenía roto hueso alguno, me explicó.

—Un golpe en la cabeza no es nada. Amigo —añadió—, fui yo quien te lo dio.

Permanecí allí acostado y encerrado como prisionero por espacio de muchos días, y no sólo recobré la salud, sino que tuve la ocasión de conocer a mis compañeros. Era gente ruda, ciertamente, como lo son la mayoría de los marineros: hombres desarraigados de todas las cosas buenas de la vida y condenados a cabecear juntos por aquellos embravecidos mares, con patrones no menos crueles. Había entre ellos algunos que habían navegado con piratas y visto cosas que incluso vergüenza daría hablar de ellas; algunos eran tipos que se habían escapado de los barcos del rey, y venían con el dogal al cuello, cosa que no ocultaban, y todos ellos, como suele decirse, estaban dispuestos lo mismo a cambiar una palabra que un puñetazo con sus mejores amigos. Sin embargo, no había pasado yo muchos días encerrado con ellos, cuando empecé a avergonzarme de mi primer juicio sobre aquellos marinos, cuando me aparté de ellos en el muelle del transbordador, como si fueran bestias inmundas. No existe ninguna clase de hombre que sea del todo malo, sino que cada uno tiene sus faltas y sus virtudes, y estos compañeros de a bordo no eran la excepción de la regla. Es verdaderamente cierto que eran muy rudos, y supongo que malos; pero tenían muchas virtudes también. Eran buenos cuando se terciaba, ingenuos más allá de la ingenuidad de un muchacho del campo como yo, y no carecían de ciertos atisbos de honradez.

Había un hombre de unos cuarenta años tal vez, que se pasaba horas enteras sentado junto a mi litera hablándome de su mujer y de su hijo. Era un pescador que había perdido su barca y se había visto obligado a viajar por los mares lejanos. Pues bien, de esto hace ya muchos años, pero nunca he olvidado a aquel hombre. Su mujer (que era joven para él, como me decía a menudo) esperaba en vano ver regresar a su marido; pero él ya nunca volvería a encender la lumbre para ella por las mañanas, ni a cuidar del niño cuando estuviese enferma. Y en realidad para muchos de aquellos pobres compañeros (como demostraron los hechos) aquélla sería su última travesía: los mares lejanos y los peces caníbales se los tragarían, y sería una ingratitud hablar mal de los muertos. Entre otras cosas buenas que hicieron me devolvieron mi dinero, que al principio se habían repartido entre ellos, y aunque había quedado reducido casi en un tercio, me alegró mucho recuperarlo, porque esperaba que me fuese muy útil en la tierra a la que nos dirigíamos. El barco iba rumbo a las Carolinas, y ya podréis suponer que yo no iba allí simplemente como un desterrado. La trata había decaído mucho ya en aquellos tiempos, hecho que, unido a la rebelión de las colonias y a la formación de Estados Unidos, le ha puesto fin. Pero en los días de mi juventud los hombres blancos eran vendidos como esclavos en las plantaciones, y éste era el destino a que me había condenado mi malvado tío.

El grumete Ransome (por quien primero me enteré de aquellas atrocidades) venía a menudo de la toldilla, donde dormía y servía, unas veces a curarse con silenciosa angustia algún miembro magullado, y otras tronando contra la crueldad del señor Shuan. Eso me hería el corazón; pero los marineros sentían un gran respeto por el piloto jefe, que era, como ellos decían, «el único marino en todo aquel cascarón de nuez, y no tan mala persona cuando estaba sobrio». En efecto, según pude observar, había una extraña peculiaridad en nuestros dos pilotos: el señor Riach era taciturno, malo y desabrido cuando estaba sobrio, en tanto que el señor Shuan era incapaz de matar una mosca a no ser que estuviera borracho. Pregunté por el capitán, en lo concerniente a este punto, pero me dijeron que la bebida no producía ningún cambio en aquel hombre de hierro. Yo hice todo lo posible, en el poco tiempo que se me permitía, por convertir en un hombre o, mejor dicho, en un muchacho a aquella pobre criatura llamada Ransome. Pero en realidad su mente era apenas humana. No podía recordar nada del tiempo anterior a su vida marinera; sólo sabía que su padre había hecho relojes y que tenía en la sala de su casa un estornino capaz de silbar «El país del norte»; todo lo demás se le había borrado de la memoria durante aquellos años de apuros y crueldades. Tenía una extraña noción de la tierra firme, sacada de las historias de marineros: que existía un lugar donde los muchachos eran sometidos a una especie de esclavitud llamada oficio, y donde los aprendices eran azotados continuamente y encerrados en hediondas prisiones. Creía que en las ciudades un habitante de cada dos era tramposo, y de cada tres casas, una era un lugar donde se drogaba y se asesinaba a los marineros. Como es natural, le conté lo bien que me habían tratado a mí en aquella tierra firme que tanto miedo le daba, y lo bien alimentado y educado que había sido por mis amigos y padres. Si me escuchaba estas cosas cuando acababan de pegarle, se echaba a llorar amargamente y juraba que se escaparía; pero si estaba con su habitual chiflado humor, y aún más, si había tomado alguna copa de alcohol en la toldilla, se burlaba de mi relato.

Era el señor Riach (¡Dios le perdone!) quien hacía beber al chico, y lo hacía seguramente con buena intención; pero, además de que esto era la ruina de su salud, resultaba ser la cosa más lamentable del mundo el ver a aquella desgraciada criatura, sin padres ni amigos, tambaleándose, bailando y hablando sin saber lo que decía. Algunos de los hombres se reían, pero no todos; otros se ponían furiosos (pensando tal vez en su propia infancia o en sus hijos), y le mandaban que acabase con aquellos disparates y pensara en lo que estaba haciendo. En cuanto a mí, me daba vergüenza mirarle. Y todavía se me aparece en sueños la imagen de aquel pobre niño.

Durante todo aquel tiempo, debéis saberlo, el Covenant no hacía más que encontrar vientos de proa y agitarse de arriba abajo, de manera que la escotilla permanecía casi constantemente cerrada y el castillo de proa iluminado únicamente por un oscilante farol, que colgaba de una viga. Había tarea continua para todos los brazos; a cada momento había que izar y arriar velas, y el esfuerzo influía en el humor de la tripulación, y todo eran gruñidos y disputas, de litera a litera. Como no se me permitía poner los pies en cubierta, podréis haceros una idea de lo aburrida que era mi vida y con qué impaciencia deseaba un cambio en ella.

Y un cambio había de producirse, como veréis, pero antes debo contaros una conversación que tuve con el señor Riach, que me dio algunos ánimos para soportar mis desgracias. Cogiéndole una vez en un favorable estado de embriaguez (porque en realidad jamás se le veía a mi lado estando sereno), le pedí que me guardara el secreto y le conté toda mi historia.

Declaró que le parecía una balada, y que haría cuanto pudiera para ayudarme; que me procurase papel, pluma y tinta y escribiese unas líneas al señor Campbell y al señor Rankellior y que, si yo le había dicho la verdad, apostaba diez contra uno a que conseguiría (con la ayuda de ellos) salir de aquella situación y recobrar mis derechos.

—Y mientras tanto —añadió—, no pierdas los ánimos. No eres el único que tiene problemas, te lo digo yo. Cuántos hombres hay sacando tabaco en ultramar que podrían estar montando su caballo a la puerta de su propia casa; ¡tantos y tantos...! La vida es un continuo cambio. Mírame a mí: soy hijo de un hacendado y me falta menos de la mitad de la carrera para ser médico, y con todo y eso, ¡aquí me tienes de segundo de Hoseason!

Me pareció cortés el preguntarle acerca de su historia; pero se puso a silbar fuerte.

—Jamás la he tenido —repuso—. Me gustaba divertirme, y eso es todo.

Y abandonó el castillo de proa.

VIII. La toldilla

Una noche, a eso de las once, uno de los hombres de la guardia del señor Riach, que se encontraba en el puente, bajó a buscar su chaqueta, e instantáneamente empezó a correr el rumor por el castillo de proa de que «Shuan, por fin, había acabado con él», No había necesidad de pronunciar el nombre: todos sabíamos a quién se refería; pero apenas habíamos tenido tiempo de hacernos una idea exacta de lo que había ocurrido, y mucho menos de comentarlo, cuando improvisadamente volvió a abrirse la escotilla y el capitán Hoseason bajó por la escalera. Con una mirada penetrante recorrió las literas que estaban a su alrededor, a la vacilante luz del farol, y luego, viniendo derecho a mí, me dejó sorprendido al oírle que me hablaba en tono cariñoso.

—Amigo —me dijo—, te necesitamos en la toldilla. Vas a cambiar de litera con Ransome. Ven en seguida a popa conmigo.

No había terminado de hablar, cuando aparecieron dos marineros en la escotilla, trayendo en brazos a Ransome. Como en aquel momento el barco dio un violento giro, el farol osciló y su luz iluminó el rostro del muchacho. Estaba pálido como la cera y tenía una expresión como de espantosa sonrisa. Se me heló la sangre y me quedé sin aliento, como si me hubiesen asestado un golpe.

—¡Anda a popa! ¡Ven a popa conmigo! —gritó Hoseason.

Salí apresuradamente, rozando a los marineros y al muchacho, que no hablaba ni se movía, y subí corriendo la escalera de cubierta.

El bergantín guiñaba rápida y vertiginosamente por una larga y encrespada ola. Escoraba a estribor, y a la izquierda, por debajo del arqueado pie del trinquete, pude ver la puesta de sol, todavía resplandeciente. Esto, a semejante hora de la noche, me dejó gratamente sorprendido; pero era yo demasiado ignorante para sacar la verdadera conclusión. Era que íbamos hacia el norte, rodeando Escocia, y nos hallábamos en alta mar, entre las islas Orkney y las Shetland, después de evitar las peligrosas corrientes del estrecho de Pentland. Por mi parte, como había estado tanto tiempo encerrado en la oscuridad y no sabía nada de lo que eran los vientos de proa, me figuré que estábamos ya a medio camino, por lo menos, a través del Atlántico. Y en realidad, aparte de haberme asombrado un poco por lo tardío de la puesta de sol, no presté demasiada atención, y seguí adelante por cubierta, dando tropezones bajo los embates del mar, agarrándome a las jarcias y estando a punto de caerme por la borda si no llega a salvarme uno de los hombres de cubierta, que siempre se había portado muy bien conmigo.

La toldilla, a la que estaba yo destinado y donde ahora había de dormir y prestar servicio, estaba a unos seis pies por encima de los puentes y, considerando el tamaño del bergantín, era de buenas dimensiones. En su interior había una mesa fija y un banco y dos literas, una para el capitán y la otra para los dos pilotos, que la ocupaban por turno. Estaba llena de pañoles de arriba abajo, para guardar los bártulos de los oficiales y una parte de las provisiones del navío. Debajo había un segundo almacén, al que se entraba por una escotilla que estaba en el centro del puente. En este lugar se almacenaba todo lo mejor, en cuanto a comida y bebida, y además toda la pólvora; todas las armas de fuego, excepto las dos piezas de artillería de bronce, estaban colocadas en un armario en la pared de popa de la toldilla. La mayor parte de los cuchillos se guardaban en otro lugar.

Una pequeña ventana con un postigo a cada lado, y una claraboya en el techo, daban luz durante el día, y por la noche se encendía una lámpara. Encendida estaba cuando yo entré, y aunque no daba mucha claridad, era suficiente para poder ver al señor Shuan sentado a la mesa con una botella de aguardiente y un vaso de hojalata ante sí. Era un hombre alto, fuerte y muy moreno. Miraba ante sí con aspecto de estúpido.

No advirtió mi entrada, ni se movió cuando el capitán, que entró detrás de mí, se apoyó en la litera que estaba a mi lado y miró con expresión siniestra al piloto. Yo tenía mucho miedo a Hoseason, y no me faltaban razones para ello, pero algo me decía que en aquellos momentos no tenía nada que temer de él, por lo cual le murmuré al oído: «¿Cómo está?». A lo que el capitán contestó sacudiendo la cabeza, como quien no sabe una cosa ni quiere pensar en ella, y con un aire muy grave.

En seguida entró el señor Riach. Dirigió al capitán una mirada que indicaba, tan claramente como si lo hubiera dicho con palabras, que el muchacho había muerto, y ocupó su sitio como el resto de los demás, de manera que los tres permanecieron sin decir palabra, con los ojos fijos en el señor Shuan, y el señor Shuan, por su parte, continuó callado, mirando fijamente a la mesa.

De repente alargó la mano para coger la botella, y entonces el señor Riach se echó sobre él y se la quitó, más bien por sorpresa que violentamente, gritando con un juramento que ya era demasiado y que caería un castigo sobre el barco. Y mientras decía aquello (las puertas corredizas estaban abiertas) arrojó la botella al mar.

El señor Shuan se puso de pie en un abrir y cerrar de ojos; todavía parecía aturdido, pero dispuesto a matar y, en efecto, lo hubiera hecho por segunda vez aquella noche, si el capitán no se hubiera interpuesto entre él y su víctima.

—¡Sentaos! —vociferó el capitán—. ¡Borracho canalla! ¿Sabéis lo que habéis hecho? ¡Habéis asesinado al muchacho!

El señor Shuan pareció entenderle, porque volvió a sentarse, llevándose la mano a la frente.

—Es que —dijo— me había traído un vaso sucio.

Al oír aquella explicación, el capitán, el señor Riach y yo nos miramos durante un segundo, con una expresión de espanto, y luego Hoseason se acercó a su primer oficial, le cogió por un hombro y le condujo a su litera, ordenándole que se acostase y durmiera, como si le hablara a un niño malo. El asesino gruñó un poco, pero se quitó las botas y obedeció.

—¡Ah! —exclamó el señor Riach con voz terrible—. Hace tiempo que debíais haber intervenido. Ahora ya es demasiado tarde.

—Señor Riach —dijo el capitán—, lo que ha ocurrido esta noche no deberá saberse en Dysart. El muchacho se cayó por la borda, señor: ésa será la historia, y ¡os aseguro que de buena gana daría cinco libras de mi bolsillo porque fuese verdad!

Se volvió a la mesa.

—¿Por qué habéis tirado esa excelente botella? —añadió—. Habéis obrado con poco sentido, señor. A ver, David, saca otra. Están en el pañol de abajo —y me tiró la llave.

—También vos necesitáis un trago, señor —le dijo Riach—. Ha sido una cosa horrible de ver.

De manera que los dos se sentaron a beber, y mientras bebían, el asesino, que había permanecido echado gimoteando en su litera, se incorporó, apoyándose sobre un codo, y les miró a ellos y a mí.

Aquélla fue la primera noche de mi nuevo servicio, y al día siguiente me desenvolví sin dificultades ni problemas. Tenía que servir las comidas, que el capitán tomaba a horas fijas, acompañado del oficial que estaba libre de funciones, y todo el día me lo pasaba corriendo de uno a otro de mis tres jefes para servirles un trago. Por la noche dormía sobre una manta echada sobre las tablas de cubierta, en la parte de popa de la toldilla, y en medio de la corriente de las dos puertas. Era una cama dura y fría, y no me dejaban dormir sin interrupción, pues no faltaba nunca alguno que viniese de cubierta a echarse un trago al coleto, y cuando llegaba el momento del relevo de guardia, se sentaban dos y a veces tres a beberse juntos un bol. Todavía no me explico cómo no se resentía su salud, y mucho menos cómo conservaba yo la mía.

Sin embargo, en otros aspectos era aquél un servicio fácil. No había que poner manteles; las comidas se componían de gachas de avena o de carne en salazón, excepto dos veces por semana, en que había pastel de harina, y aunque yo era bastante torpe para andar por el barco, y por no tener seguridad en las piernas se me caía a veces lo que llevaba, tanto el señor Riach como el capitán se mostraban conmigo singularmente pacientes. Yo no podía explicarme su comportamiento sino pensando que navegaban a sotavento de sus conciencias, y que no habrían sido tan buenos conmigo si no hubieran sido peores con Ransome.

En cuanto al señor Shuan, la bebida, su crimen, o ambas cosas al tiempo, le habían turbado la cabeza. No podría decir que le vi una sola vez totalmente sereno. No acababa de acostumbrarse a verme allí, y constantemente me miraba (a veces me pareció que con terror), y más de una vez retrocedió, evitando el contacto de mi mano, cuando estaba sirviéndole. Desde el principio tuve la certeza de que no tenía clara conciencia de lo que había hecho, y al segundo día de encontrarme en la toldilla tuve la prueba de ello. Estábamos solos y, después de un largo rato de haber estado mirándome, se puso de pie súbitamente, pálido como la muerte, y se me acercó, con gran pánico por mi parte. Pero no tenía motivos para temerle.

—¿No estabas aquí antes, verdad? —me preguntó.

—No, señor —le respondí.

—¿Era, entonces, otro el muchacho? —preguntó de nuevo; y cuando le hube contestado, añadió—: ¡Ah! ¡Ya decía yo!

Y se volvió y se sentó, sin decir una palabra más, excepto para pedirme aguardiente. Os parecerá extraño; pero, a pesar de todo el horror que me causaba aquel hombre, me daba lástima. Estaba casado y tenía su mujer en Leith; lo que ya no recuerdo es si tenía hijos; espero que no.

En conjunto, por entonces no era muy dura la vida que yo llevaba; pero como veréis, no duró mucho. Yo comía tan bien como el que más; incluso me permitieron comer lo que llevaban escabechado, que era el bocado más exquisito, y si hubiera querido, habría podido estar borracho de la mañana a la noche, como el señor Shuan. También tenía compañía, y muy buena, por cierto. El señor Riach, que había ido a la universidad, me hablaba como a un amigo cuando no estaba huraño, y me contaba muchas cosas curiosas y algunas instructivas, y hasta el capitán, aunque me mantenía a distancia la mayor parte del tiempo, a veces desarrugaba el ceño y me hablaba de los hermosos países que había visitado.

Sin lugar a dudas, la sombra del pobre Ransome pesaba sobre los cuatro, y especialmente sobre mí y sobre el señor Shuan. Y, además, otro pesar me atormentaba. Ahí estaba yo realizando un trabajo indigno para tres hombres a quienes despreciaba, uno de los cuales, por lo menos, merecía morir en la horca. Esto en cuanto al presente; en cuanto al futuro, lo único que podía esperar era verme trabajando como esclavo junto a los negros de las plantaciones de tabaco. Tal vez por precaución el señor Riach no me permitió nunca más decir una palabra de mi historia. El capitán, al que traté de aproximarme, me rechazó como a un perro y no quiso oír ni media palabra, y así iban y venían los días, sintiendo que mi corazón se desanimaba más y más, hasta el punto de alegrarme de tener aquel trabajo, que me impedía pensar.

IX. El hombre del cinto de oro

Más de una semana transcurrió, durante la cual se acentuó cada vez más la mala suerte que hasta entonces venía persiguiendo al Covmant en este viaje. Había días en que avanzaba poco, y otros en que realmente retrocedía. Al final, fuimos arrastrados tanto hacia el sur, que estuvimos dando vueltas y cambiando de rumbo de acá para allá, a la vista del cabo Wrath y las salvajes y rocosas costas que se extienden a cada lado de él. A consecuencia de esto hubo una reunión de oficiales, y se tomó una decisión, que no acabé de comprender, pero cuyo resultado vi: que habríamos de aceptar como favorable un viento contrario, y navegar hacia el sur.

En la tarde del décimo día amainó la marejada, y una espesa, húmeda y blanca niebla ocultaba la vista del bergantín de un extremo al otro. Siempre que salía al puente encontraba a la tripulación y a los oficiales escuchando atentamente desde las bordas «atentos a las rompientes», decían; pero aunque yo no entendía bien la palabra, adivinaba el peligro y estaba nervioso.

Serían las diez de la noche, y yo estaba sirviendo la cena al señor Riach y al capitán, cuando el barco chocó con algo y produjo un gran estruendo, y oímos voces que gritaban. Mis dos jefes se levantaron de un brinco.

—¡Ha encallado! —dijo el señor Riach.

—No, señor —dijo el capitán—. Lo que ha pasado es que hemos hundido un bote. Y salieron rápidamente.

El capitán estaba en lo cierto. A causa de la niebla habíamos hundido un bote, y lo habíamos partido por la mitad, mandándolo al fondo con todos sus tripulantes, menos uno. Aquel hombre, según supe después, iba sentado a popa como pasajero, mientras que los demás estaban en los bancos remando. En el momento del choque, la popa había sido lanzada por los aires, y el pasajero, que tenía las manos libres, aunque le estorbaba el capote de frisa que le llegaba hasta las rodillas, había saltado, agarrándose al bauprés del bergantín. Esto demostró que tenía mucha suerte, extraordinaria agilidad y una fuerza poco normal para conseguir salir bien de tal trance. Y en efecto, cuando el capitán le llevó a la toldilla y yo le vi por primera vez, lo encontré tan tranquilo como yo. Era más bien bajo, pero bien constituido y ágil como una cabra; su rostro tenía expresión de franqueza y bondad, aunque le tenía muy quemado por el sol y lleno de pecas y picado de viruela. Sus ojos eran extraordinariamente claros, y en ellos había una especie de locura nerviosa, que resultaba al tiempo atractiva y alarmante. Cuando se quitó su enorme capote, dejó sobre la mesa un par de pistolas montadas en plata, y vi que llevaba ceñida una gran espada. Además, sus modales eran elegantes y brindó gentilmente por el capitán. Resumiendo, lo que yo pensé de él en cuanto le vi fue que sería mejor tener a aquel hombre como amigo que como enemigo.

También el capitán estaba haciendo sus propias observaciones; pero más se fijaba en la indumentaria del hombre que en su persona. Y lo cierto es que apenas se hubo quitado el capote apareció demasiado elegante para la toldilla de un bergantín mercante: llevaba un sombrero con plumas, un chaleco rojo, calzón de terciopelo negro y una casaca azul con botones de plata y encajes muy elegantes; eran prendas costosas, aunque algo ajadas por la niebla y por haber dormido con ellas puestas.

—Siento mucho, señor, lo ocurrido con el bote —dijo el capitán.

—Se han ido al fondo —dijo el desconocido— unos hombres buenos que preferiría volver a ver en tierra firme antes que tener una media veintena de botes.

—¿Eran amigos vuestros? —preguntó Hoseason.

—En vuestro país no tenéis amigos como ésos —fue la respuesta—. Hubieran muerto por mí como perros fieles.

—Bien, señor —dijo el capitán, sin dejar de observarle—; pero en el mundo hay más hombres que botes para embarcarlos.

—También es muy cierto —exclamó el otro—. Parece que sois hombre de gran penetración.

—He estado en Francia, señor —dijo el capitán, con lo que parecía dar a sus palabras un significado distinto al real.

—Bien, señor —replicó el otro—. También han estado allí muchos hombres excelentes.

—Sin duda, señor —dijo el capitán—, y con hermosas casacas.

—¡Ah! —dijo el extranjero—. ¿Así que se trata de eso?

Y echó rápidamente mano a las pistolas.

—No os precipitéis —dijo el capitán—. No hagáis ningún daño antes de convenceros de la necesidad de hacerlo. Sin duda alguna lleváis una casaca de soldado francés sobre vuestros hombros y una lengua escocesa en vuestra cabeza; pero así ocurre con más de una persona honrada en estos días, y no me atrevería a hablar mal de ella.

—¿Cómo? —dijo el caballero de la hermosa casaca—. ¿Sois del partido honrado? ¿Querría decir con ello: sois jacobita? Porque cada partido en esta especie de luchas civiles toma para sí el apelativo de honrado.

—Pues no, señor —replicó el capitán—; yo soy un auténtico protestante puritano, y doy gracias a Dios por ello.

(Era aquélla la primera vez que le oía hablar de religión; pero más tarde me enteré de que iba a misa frecuentemente, cuando estaba en tierra).

—Y por eso mismo —añadió— me apena ver a otro hombre entre la espada y la pared.

—¿Es posible? —preguntó el jacobita—. Pues bien, señor, para ser completamente sincero con vos, os diré que soy uno de aquellos honrados caballeros que tuvieron muchos problemas por los años cuarenta y cinco y cuarenta y seis, y (para seros más sincero todavía), si cayera yo en manos de alguno de esos señores de la casaca roja, sin duda lo pasaría mal. Ahora, señor, me dirigía a Francia; había de cruzar por aquí un navío francés para recogerme; mas, a causa de la niebla, pasó de largo sin vernos, y hubiera deseado de todo corazón que vos hubierais hecho lo mismo. Lo único que puedo deciros es esto: si podéis desembarcarme en el punto adonde me dirigía, llevo encima con qué recompensar espléndidamente vuestra molestia.

—¿En Francia? —dijo el capitán—. No, señor; eso no puedo hacerlo. Pero, si queréis que os deje en el lugar de donde venís, será cuestión de hablarlo.

Y en este punto, desgraciadamente, el capitán se fijó en mí, que estaba en un rincón, y me mandó con cajas destempladas a la cocina a preparar la cena para el caballero. No tardé ni un minuto, os lo prometo, y cuando volví a la toldilla vi que el caballero había sacado de su cintura un cinto de onzas y echaba una guinea o dos sobre la mesa. El capitán miraba las guineas, después el cinto y, finalmente, el rostro del caballero. A mí me pareció que estaba nervioso.

—¡La mitad —exclamó—, y soy vuestro!

El otro se llevó las guineas al cinto y volvió a ponérselo debajo del chaleco.

—Ya os he dicho, señor —dijo el desconocido—, que no me pertenece ni un solo ochavo de esos. Pertenecen a mi jefe —y al decir esto se llevó la mano a su sombrero—, y así como sería un torpe mensajero si escatimase algo de esta cantidad para salvar el resto, me tendría por un perro si comprase mi pellejo demasiado caro. Treinta guineas por dejarme en la playa, o sesenta si me dejáis en el estuario del Linnhe. Tomadlas, si queréis, o haced lo que más os plazca.

—¿Y si os entrego a los soldados? —dijo Hoseason.

—Haríais un mal negocio —respondió el otro—. Permitidme que os diga que mi jefe está desterrado, como todos los hombres honrados de Escocia. Sus propiedades están en manos del que llaman rey Jorge, y son funcionarios los que recaudan las rentas, o al menos intentan recaudarlas. Mas, para honor de Escocia, los pobres arrendatarios se acuerdan de su jefe desterrado, y este dinero es una parte de las rentas que pretende el rey Jorge. Ahora, señor, me parecéis hombre capaz de comprender las cosas: si ponéis ese dinero al alcance del Gobierno, decidme, ¿cuánto os tocaría a vos?

—Bastante poco, seguramente —respondió Hoseason; y luego añadió secamente—: Si lo supiesen. Pero pienso que si yo lo intentase sabría callarme la boca en lo que a este punto se refiere.

—¡Ah! Pero yo os engañaría allí —exclamó el caballero—. Traicionadme, y yo actuaré con astucia. Si me ponen una mano encima, sabrán de dónde procede este dinero.

—Bien —repuso el capitán—; sea como debe ser. Sesenta guineas, y trato hecho. He aquí mi mano.

—Y aquí está la mía —dijo el otro.

Y hecho esto, el capitán salió (algo precipitadamente, a mi entender), dejándome solo en la toldilla con el desconocido.

Por aquella época (poco después del año cuarenta y cinco) había muchos caballeros desterrados que regresaban, con peligro de su vida, bien para ver a sus amigos, bien para recoger algún dinero, y en cuanto a los jefes escoceses, cuyos bienes habían sido confiscados, era tema de todas las conversaciones los procedimientos empleados por sus arrendatarios; los cuales eran capaces de privarse de todo para poder enviarles dinero, y como los miembros del clan hacían frente a la soldadesca para recoger ese dinero, pasándolo, si era preciso para llevárselo, por las baquetas de nuestra marina. Por supuesto que de todo esto había oído yo hablar, y ahora tenía ante mis ojos a un hombre cuya vida estaba sentenciada por todos estos cargos, y por uno más, pues no sólo era un rebelde y un contrabandista de impuestos, sino que además se había puesto al servicio del rey Luis de Francia. Y por si todo ello no fuera bastante, llevaba un cinto lleno de guineas de oro alrededor de la cintura. Fuesen cuales fueran mis opiniones, no podía menos que sentir un vivo interés por aquel hombre.

—¿De manera que sois jacobita? —le dije mientras le servía la cena.

—Sí —dijo él, poniéndose a comer—. Y vos, a juzgar por la cara tan larga que ponéis, seréis un whig, supongo.

—Así, así —respondí, para no enfadarle; pues en realidad era tan buen whig como había conseguido hacer de mí el señor Campbell.

—Eso es no ser nada —respondió él—. Pero debo deciros, señor «así, así», que esta botella está vacía, y que resulta muy duro tener que pagar sesenta guineas para que encima le escatimen a uno un trago.

—Iré a pedir la llave —dije, y salté a cubierta.

La niebla seguía tan espesa como siempre, pero el oleaje se había calmado casi completamente. Habían parado el bergantín por no saber a ciencia cierta dónde nos hallábamos, y el viento, que apenas soplaba, no servía para el rumbo que llevábamos. Algunos de los marineros seguían atentos a los rompientes; pero el capitán y los dos oficiales estaban en el combés conversando, con las cabezas muy juntas. No sé por qué tuve la corazonada de que no tramaban nada bueno, y la primera palabra que les oí, pues me acerqué sigilosamente, me lo confirmó.

Fue el señor Riach, que exclamó como si de pronto se le hubiera ocurrido una idea:

—¿Y no podríamos hacerle salir de la toldilla con algún pretexto?

—Mejor está donde está —replicó Hoseason—; allí no tiene espacio para manejar su espada.

—También es verdad —dijo Riach—. Pero va a ser difícil acercársele.

—¡Bah! —dijo Hoseason—. Podemos darle conversación poniéndonos uno a cada lado, y de improviso, sujetarle por los brazos, y si esto no os parece bien, señor, podemos entrar por las dos puertas y echarle el guante antes de darle tiempo a desenvainar. Al oír esto, se apoderaron de mí el miedo y la cólera contra aquellos traidores codiciosos y sanguinarios con quienes navegaba. Mi primer pensamiento fue echar a correr; el segundo fue algo más atrevido.

—Capitán —dije—, ese caballero pide un trago y la botella está vacía. ¿Queréis darme la llave?

Todos se estremecieron y se volvieron hacia mí.

—¡Vaya! ¡Esta es nuestra ocasión para sacar las armas de fuego! —exclamó Riach; y luego, dirigiéndose a mí, añadió—: Escucha, David, ¿sabes dónde están las pistolas?

—Sí, sí —apuntó Hoseason—: David lo sabe; David es un buen muchacho. Escucha, amigo David, tú te das cuenta de que ese extravagante escocés es un peligro para el buque, y además es un enemigo declarado del rey Jorge, a quien Dios bendiga. Nunca antes habían mentado mi nombre tantas veces seguidas en tan corto espacio de tiempo desde que llegué a bordo; pero contesté que sí, como si todo lo que estaba oyendo fuese completamente natural.

—El problema es —continuó el capitán— que todas nuestras armas de fuego, grandes y pequeñas, están en la toldilla, ante las propias narices de ese hombre, y lo mismo pasa con la pólvora. Ahora bien, si yo, o uno de los oficiales, fuéramos a cogerlas, podría darle que pensar. Pero un muchacho como tú, David, puede llevarse un cuerno de pólvora y una pistola o dos sin llamar la atención. Y si consigues hacerlo con habilidad, lo tendré presente cuando tengas necesidad de amigos, y eso será cuando lleguemos a las Carolinas. En este punto, el señor Riach le susurró algo al oído.

—Muy bien, señor —repuso el capitán; y luego, dirigiéndose a mí, añadió—: Y recuerda, David, que ese hombre tiene un cinto lleno de oro. Te doy mi palabra de que tendrás tu parte.

Le contesté que haría lo que me mandase, aunque en realidad apenas me quedaba aliento para hablar; y entonces él me dio la llave del armario de los licores y me dirigí lentamente hacia la toldilla. ¿Qué debía hacer? Aquellos hombres eran unos canallas y unos ladrones; me habían robado de mi país, habían matado al pobre Ransome; ¿y ahora iba yo a ayudarles a cometer otro asesinato? Pero, por otra parte, me asaltaba el temor justificado de una muerte probable, pues ¿qué podían un muchacho y un hombre, aunque fuesen valientes como leones, contra toda la tripulación de un barco?

Todavía estaba yo sopesando los pros y los contras, sin llegar a ver las cosas claras, cuando llegué a la toldilla y vi al jacobita cenando a la luz de la lámpara. Esto me decidió en un instante. No tuvo aquello ningún mérito, pues no fui yo quien decidió, sino que fue por impulso, y yendo derecho a la mesa, puse mi mano en el hombro del desconocido.

—¿Queréis que os maten? —le pregunté.

Se puso en pie de un salto, y me dirigió una pregunta con una mirada tan expresiva que no necesitó de palabras.

—¡Oh! —exclamé—, aquí todos son unos asesinos; ¡el barco está repleto de ellos! Ya han asesinado a un muchacho. Ahora os toca a vos.

—Sí, sí —repuso—, pero todavía no me tienen en su poder —y después, mirándome con curiosidad, añadió—: ¿Quieres ponerte de mi lado?

—¡Lo haré! —respondí—. Yo no soy un ladrón, ni mucho menos un asesino. Estaré a vuestro lado.

—De acuerdo —dijo—. ¿Cómo te llamas?

—David Balfour —respondí; y luego, pensando que a un hombre de tan elegante casaca le gustaría tratar con gente distinguida, añadí por primera vez—: de Shaws. Ni por un momento se le ocurrió dudar de mí, porque un escocés está acostumbrado a ver grandes señores en la mayor pobreza; pero como él no tenía hacienda propia, mis palabras excitaron su pueril vanidad.

—Mi nombre es Stewart —dijo irguiéndose—. Me llaman Alan Breck. Me iría bastante bien un nombre de rey, aunque tenga un nombre vulgar y no posea ni una media granja cuyo nombre pueda colgar al final de mis apellidos.

Y después de hacerse aquel reproche, como si se tratase de algo de capital importancia, se puso a examinar nuestras defensas. La toldilla estaba muy sólidamente construida para poder soportar los embates de las olas. De sus cinco aberturas, solamente la claraboya y las dos puertas eran lo suficientemente anchas como para dar paso a un hombre. Además, las puertas podían cerrarse herméticamente. Eran de roble macizo, correderas y estaban provistas de unas aldabillas para mantenerlas abiertas o cerradas, según las necesidades. La que estaba cerrada la aseguré echando la aldaba; pero cuando iba a cerrar la otra, Alan me detuvo.

—David —me dijo—, y perdona que por no recordar el nombre de tu hacienda me permita llamarte David a secas: esa puerta abierta es nuestra mejor defensa.

—Yo pienso que estaría mejor cerrada —repuse.

—No, David —dijo él—. Como ves, no tengo más que una cara; pero mientras esa puerta esté abierta y mi cara vuelta hacia ella, tendré a mis enemigos enfrente, es decir, donde me conviene tenerlos.

Entonces me sacó un cuchillo del armero (en el que había unos pocos, aparte de las armas de fuego), escogiéndolo con mucho cuidado, meneando la cabeza y diciendo que nunca en su vida había visto armas peores. Después me hizo sentar a la mesa con un cuerno de pólvora, una bolsa de balas y todas las pistolas, de las cuales hizo que me encargase.

—Y esta labor —dijo— será más digna, permíteme que te lo diga, para un caballero de noble cuna, que fregar platos y servir bebidas a un hatajo de embreados marineros. Después se plantó en medio de la toldilla de cara a la puerta, y desenvainando su gran espada, se puso a probar el espacio de que disponía para esgrimirla.

—Tendré que atacar de punta —dijo moviendo la cabeza—, y es una verdadera lástima, porque no podré mostrar mi talento, que prefiere la guardia alta. Y ahora —añadió— cuida de cargar las pistolas y atiende a lo que te mande.

Le dije que le escucharía atentamente. Sentía una angustia en el pecho, la boca la tenía seca y la visión nublada. Me daba vuelcos el corazón con sólo pensar en el número de hombres que saltarían sobre nosotros, y sentía de un modo extraño el barrido del mar en torno al bergantín, imaginando que mi cuerpo sin vida sería arrojado al agua antes del amanecer.

—Ante todo —dijo él—: ¿cuántos son los que están contra nosotros?

Hice un cálculo, y tal era mi prisa, que hube de contarlos dos veces.

—Quince —dije por fin.

Alan lanzó un silbido.

—Bueno —repuso—, eso no tiene remedio. Y ahora escúchame. Mi papel consiste en defender esa puerta, donde supongo que se librará lo más importante de la batalla. En esto nada tienes que hacer. Y procura no disparar hacia este lado, a menos que me derriben, que antes preferiría tener diez enemigos frente a mí que un amigo como tú tirando pistoletazos a mi espalda.

Yo le dije que, efectivamente, no era muy bueno con las pistolas.

—Eso es hablar con honradez —exclamó con admiración por mi candor—. Hay muchos nobles caballeros que no se atreverían a confesar una cosa así.

—Pero, además, señor —le dije—, queda la puerta que tenéis detrás de vos, y tal vez puedan echarla abajo.

—Sí —respondió él—, y ésa es una parte de tu trabajo. Tan pronto hayas cargado las pistolas, debes subirte a esa litera para estar atento a la ventana, y si atacan la puerta, dispara. Pero eso no es todo. Permíteme que te convierta un poco en soldado, David. ¿Qué otra cosa deberás vigilar?

—Está la claraboya —repliqué—. Pero lo cierto es, señor Stewart, que voy a necesitar tener los ojos puestos en ambos costados para poder vigilar las dos cosas, pues, cuando tengo la cara vuelta hacia un lado, mi espalda está mirando hacia el opuesto.

—Eso es verdad —dijo Alan—; ¿pero no tienes acaso oídos?

—¡Claro! —exclamé—. Podré oír la rotura de los cristales.

—Veo que tienes algo de sentido común —dijo Alan con aspereza.

X. El asedio de la toldilla

El tiempo de la tregua tocaba a su fin. Los que estaban en cubierta me habían esperado hasta llegar a impacientarse, y apenas Alan hubo terminado de hablar, cuando el capitán apareció por la puerta.

–¡Alto! –gritó Alan, dirigiendo la espada hacia él.

El capitán se detuvo, ciertamente, pero ni se estremeció ni retrocedió un solo paso.

–¿Una espada desnuda? –dijo–. ¡Extraña manera de corresponder a la hospitalidad!

–¿Me estáis viendo? –dijo Alan–. Desciendo de reyes; llevo nombre de rey. Mi divisa es el roble. ¿Veis mi espada? Ha cortado más cabezas de whigamores que dedos tenéis en los pies. Llamad a vuestra canalla para que os respalde y atacad. Cuanto más pronto comience el encuentro, más pronto probaréis este acero en vuestras entrañas.

El capitán no dijo nada a Alan, pero a mí me dirigió una desagradable mirada.

–David –me dijo–, esto lo tendré en cuenta.

Y el sonido de su voz me hizo temblar.

Acto seguido se marchó.

–Y ahora –dijo Alan–, no pierdas la cabeza, porque se acerca el momento de la lucha.

Alan desenvainó un cuchillo y lo empuñó con la mano izquierda por si llegaba el caso de que alguno de ellos le entrase por debajo de su espada. Yo, por mi parte, me subí a la litera con una brazada de pistolas y algo así como un peso en el corazón, y abrí la ventana desde la que tenía que vigilar. Desde allí sólo podía ver una pequeña parte de la cubierta, pero era suficiente para nuestro propósito. El mar se había calmado y el viento era estable y mantenía quietas las velas; de manera que reinaba un gran silencio en el barco, por lo que pude asegurar que se oía un murmullo de voces. Poco después se oyó un ruido metálico sobre la cubierta, y comprendí que estaban distribuyendo los cuchillos y que se les había caído uno. Después se hizo de nuevo el silencio.

Yo no sé si tenía eso que se llama miedo; pero lo cierto es que mi corazón latía como el de un pájaro, tanto en lo débil como en lo rápido, y ame mi vista se formaba una niebla que me obligaba a restregarme los ojos constantemente. En cuanto a esperanzas, no tenía ninguna; únicamente sentía una negra desesperación y una especie de rabia contra todo el mundo, que me llevaba a desear que llegara el momento de vender mi vida lo más cara posible. Recuerdo que intenté rezar; pero la precipitación misma de mi imaginación, como la de un hombre corriendo, no me permitía pensar en las palabras. Mi principal deseo era que empezara todo de una vez y que acabara pronto.

Y la lucha llegó de repente con una avalancha de pisadas y un clamor, y luego un grito de Alan y un ruido de golpes y los gritos de alguno, como si hubiera sido herido. Miré hacia atrás, por encima de mi hombro, y vi al señor Shuan en la puerta batiéndose con Alan.

—¡Ése es el que mató al muchacho! —grité.

—¡Vigila tu ventana! —dijo Alan.

Y al volverme a mi posición, le vi atravesar con su espada el cuerpo del piloto. Hice bien en ocuparme de mí, pues, apenas había asomado la cabeza por la ventana, vi cinco hombres, que pasaron corriendo ante mí, y se dirigieron hacia la puerta cerrada, llevando una de las vergas de repuesto para utilizarla a modo de ariete. En mi vida había yo disparado una pistola, y muy pocas veces una escopeta; mucho menos contra un semejante. Pero debía ser ahora o nunca, y justo en el momento en que arremetían con la verga, grité: «¡Tomad eso!», y disparé en medio del grupo.

Debí de alcanzar a uno de ellos, porque dio un grito y retrocedió un paso, y los demás se detuvieron como un poco desconcertados. Antes de que tuvieran tiempo de rehacerse, les mandé otra bala, que les rozó la cabeza, y al tercer disparo que hice, que se fue tan lejos como el segundo, todo el grupo tiró la verga y echó a correr.

Entonces volví la vista al interior de la toldilla. Todo aquello estaba lleno del humo de mis disparos, y mis oídos parecían haber reventado con el ruido de los tiros. Pero allí estaba Alan tan firme como antes; sólo que ahora su espada chorreaba sangre hasta la empuñadura, y él, tan enorgullecido por su triunfo, había adoptado un gesto tan arrogante que parecía ser invencible. Ante él, en el suelo, estaba el señor Shuan sosteniéndose sobre manos y rodillas, echando sangre por la boca y consumiéndose poco a poco, con una cara terriblemente pálida. En el momento de mirar yo, algunos de los que estaban detrás de él le cogieron por los pies y arrastraron su cuerpo fuera de la toldilla. Me parece que fue entonces cuando murió.

—¡Ahí tenéis, todo para vosotros, uno de vuestros whigs! —gritó Alan; y luego, volviéndose hacia mí, me preguntó si había matado a muchos.

Le dije que había tocado a uno y que pensaba que era el capitán.

—Y yo he liquidado a dos —dijo él—. Sin embargo, no se ha derramado bastante sangre; volverán de nuevo. A tu puesto, David. Esto no ha sido más que un aperitivo antes de la comida.

Volví a mi puesto, cargué las tres pistolas que había disparado, y me puse al acecho con ojos y oídos.

Nuestros enemigos estaban discutiendo no muy lejos del puente, y en voz tan alta, que pude entender una o dos palabras entre el murmullo de las olas.

—Fue Shuan el que lo estropeó —dijo uno de ellos.

Y otro contestó con un «¡Calla, hombre, ya ha pagado los vidrios rotos!». Después las voces volvieron al mismo murmullo de antes. Sólo que ahora hablaba una persona la mayor parte del tiempo, como si estuviera trazando un plan, y luego, los demás fueron contestándole uno por uno, brevemente, como recibiendo órdenes. De ello deduje que pensaban venir otra vez, y se lo dije a Alan.

—Pidamos que así sea —repuso—. Como no les demos un buen disgusto y acabemos esto, no vamos a poder dormir ni tú ni yo. Ten en cuenta que esta vez vendrán en serio. Para entonces ya tenía mis pistolas preparadas, y no había que hacer más que escuchar y esperar.

Mientras había durado la escaramuza, no había tenido tiempo de pensar si estaba o no asustado; pero ahora que otra vez reinaba la tranquilidad, mi mente no se ocupaba de otra cosa. La idea de las espadas afiladas y del frío acero me invadía por completo, y luego, cuando comencé a oír pasos sigilosos y el rozar de las ropas de los hombres contra la pared de la toldilla, y comprendí que estaban tomando posiciones en la oscuridad, me entraron ganas de ponerme a gritar.

Todo esto sucedía por el lado de Alan, y ya empezaba yo a creer que había terminado mi participación en la lucha, cuando oí que alguien se dejaba caer suavemente en el techo de la toldilla.

Entonces sonó un toque de silbato, y esa fue la señal. Un grupo de hombres, cuchillo en mano, se abalanzaron contra la puerta, y en el mismo instante se rompió en mil pedazos el cristal de la claraboya, y un hombre, saltando por ella, cayó al suelo. Antes de que se pusiera en pie le había puesto el cañón de la pistola a su espalda y hubiera podido dispararle; pero con sólo tocarle y notar que estaba vivo mi cuerpo entero se estremeció, y me fue imposible tirar del gatillo.

Al saltar al suelo había dejado caer el cuchillo, y cuando sintió la pistola se volvió rápidamente y me agarró, lanzando una blasfemia. No sé si porque recobré el valor o porque me asusté muchísimo, pero el resultado fue que di un grito y le disparé en pleno vientre. El hombre lanzó el más horrible y espantoso gemido que jamás he oído en mi vida, y cayó al suelo. Pero al mismo tiempo, un segundo individuo, cuyas piernas colgaban de la claraboya, me dio con el pie en la cabeza, y yo tomé otra pistola y le disparé al muslo; el tiro le hizo escurrirse y caer sobre el cuerpo de su compañero. No había posibilidad de errar el tiro, y aquél era el momento: apliqué el cañón al punto conveniente e hice fuego.

Hubiera podido quedarme allí parado contemplando a los muertos indefinidamente, si no hubiera oído gritar a Alan, como pidiendo auxilio, y esto me volvió a la realidad. Había estado defendiendo la puerta durante todo ese tiempo; pero uno de los marineros se le había metido por debajo de su guardia mientras luchaba contra los demás, y le había cogido por el cuerpo. Alan le estaba apuñalando con la izquierda, pero el sujeto se le pegaba como una lapa. Otro había intervenido y levantaba el cuchillo. En la puerta se apiñaban caras. Yo pensé que estábamos perdidos, y empuñando mi cuchillo, ataqué por el flanco.

Pero no tuve tiempo de prestar ayuda. El luchador cayó por fin, y Alan, dando un salto atrás, para coger distancia, se abalanzó sobre los otros, mugiendo como un toro. Se separaron ante él como las aguas, se volvieron de espaldas, y echaron a correr atropelladamente en su precipitada huida. La espada en manos de Alan centelleaba como el azogue en medio del tropel de enemigos en fuga, y cada centelleo era contestado por el grito de un hombre herido. Todavía pensaba yo que estábamos perdidos, cuando resultó que todos habían desaparecido y Alan iba persiguiéndoles por la cubierta, como un perro de pastor hace con las ovejas.

Apenas había salido y ya estaba de vuelta, pues era tan cauteloso como valiente, y entretanto los marineros continuaban corriendo y gritando como si Alan fuese todavía tras ellos, y les oímos caer unos sobre otros en el castillo de proa, y cerrar la escotilla. La toldilla parecía un matadero: tres habían muerto dentro; otro yacía en el umbral, presa de la agonía de la muerte, y allí estábamos Alan y yo victoriosos e ilesos. Alan vino hacia mí con los brazos abiertos.

—¡Ven aquí! —exclamó, y me besó y me abrazó—. David, te quiero como a un hermano. Y dime —añadió con un tono como de éxtasis—: ¿verdad que soy un gran luchador? —Después se volvió hacia los cuatro enemigos, les atravesó el cuerpo con su espada, y los sacó fuera de la toldilla, uno tras otro. Mientras lo hacía, tarareaba, cantaba y silbaba para sí, como quien trata de recordar una canción; pero lo que estaba intentando era inventarse una. El rubor le encendía las mejillas y sus ojos estaban tan alegres como los de un niño de cinco años con un juguete nuevo. Después se sentó en la mesa espada en mano; la tonada que había estado inventando fue definiéndose poco a poco y, finalmente, estalló en una canción gaélica, cantada con una magnífica voz.

Yo la he traducido aquí, no en verso (para lo cual no tengo arte), pero al menos en un lenguaje más fácil de entender que el gaélico. En adelante Alan la cantó muy a menudo y se hizo muy popular; de manera que tuve oportunidad de escucharla y de que él me la explicara muchas veces:

Ésta es la canción de la espada de Alan; el herrero la forjó,

el juego la templó;

ahora reluce en la mano de Alan Breck.

Sus ojos eran muchos y brillantes; rápidos en el mirar;

guiaban muchas manos; la espada estaba sola.

El pardo rebaño de ciervos sube por la montaña; ellos son muchos; la montaña es una; el pardo rebaño se desvanece,

la montaña queda.

Venid a mí de las montañas de brezo; venid de las islas del mar. ¡Oh, águilas de penetrante mirada, aquí tenéis vuestra comida!

La verdad es que esta canción compuesta por él (tanto la letra como la música), en la hora de nuestra victoria, es algo menos que justa conmigo, que estuve a su lado en la lucha. El señor Shuan y cinco más habían sido muertos en el acto o completamente inutilizados; pero de éstos, dos habían caído por mi mano, los dos que entraron por la claraboya. Cuatro más habían sido heridos y de éstos, uno, y no precisamente el menos importante, recibió de mí su herida. De manera que, habiendo tenido yo una buena participación, tanto en matar como en herir, tenía derecho a reclamar un lugar en los versos de Alan. Pero los poetas (como una vez me dijo un sabio) tienen que pensar en sus rimas, y en prosa Alan me hizo siempre más que justicia.

Al principio yo ignoraba la omisión que de mí se hacía en la canción. Porque no sólo no sabía una palabra de gaélico, sino que, con la larga incertidumbre de la espera y con el ajetreo y el agotamiento de las dos batallas que libramos, y más que todo, por el horror que me causó mi participación en ello, apenas había terminado el asunto, fue para mí un gran alivio dejarme caer, tambaleándome, en un asiento. Sentía tal opresión en el pecho que apenas podía respirar, y la idea de haber matado a dos hombres me angustiaba como una pesadilla. Así que, de repente, sin darme cuenta de lo que hacía, me puse a sollozar y a llorar como un niño.

Alan me dio unas palmaditas en el hombro y me dijo que era un muchacho valiente y que no necesitaba otra cosa que dormir.

—Yo haré la primera guardia —dijo—. Te has portado muy bien conmigo, David, en todos los aspectos, y no te cambiaría por Appin..., no, ni siquiera por Breadalbane. Me preparó la cama en el suelo, e hizo el primer turno de guardia, pistola en mano y con la espada sobre las rodillas durante tres horas, según el reloj del capitán que colgaba de la pared. Después me despertó y yo cumplí mi turno de tres horas, y antes de terminarlo era ya completamente de día y hacía una mañana muy apacible con una tranquila y ondulante mar que mecía el barco, haciendo que la sangre corriera de un lado a otro sobre el suelo de la toldilla, mientras que la abundante lluvia tamborileaba en el techo. Durante mi guardia no ocurrió nada extraordinario, y por el golpeteo del timón comprendí que nadie manipulaba su caña. En efecto, como supe posteriormente, eran tantos los heridos y los muertos, y estaban los demás de tan mal humor, que el señor Riach y el capitán tuvieron que turnarse como Alan y yo para evitar que el bergantín encallase sin que nadie se diera cuenta.

Fue una suerte que la noche se quedara tan serena, porque el viento había amainado apenas comenzó la lluvia. Debido a la tranquilidad que había, y a los graznidos de las numerosas gaviotas que vinieron a pescar en torno al barco, supuse que debíamos de haber derivado hasta muy cerca de la costa o hacia alguna de las islas Hébridas, y finalmente, al asomarme a la puerta de la toldilla, vi las grandes montañas rocosas de Skye a mano derecha, y un poco más a popa, la extraña isla de Rum.

XI. El capitán se rinde

A eso de las seis de la mañana Alan y yo nos sentamos a desayunar. El suelo estaba cubierto de cristales rotos y de una horrible confusión de sangre, que me quitaba el apetito. En todos los demás aspectos, la situación en la que nos hallábamos no sólo era agradable sino también alegre, pues habiendo expulsado a los oficiales de su propio camarote, teníamos a nuestra disposición toda la bebida del barco, tanto el vino como el aguardiente, y lo más selecto de los comestibles, tales como los escabeches y las galletas más exquisitas. Esto por sí solo era suficiente para ponernos de buen humor; pero lo más divertido de todo era que los dos mejores bebedores que habían salido de Escocia (digo dos, porque el señor Shuan estaba muerto) se hallaban ahora encerrados en la parte de proa del barco y condenados a lo que más odiaban: el agua fría.

—Ya verás —dijo Alan— como no tardaremos en volver a oírles. Puedes mantener a un hombre apartado de la lucha pero nunca de su botella.

Los dos hicimos buenas migas. Alan, en efecto, me trataba con mucho cariño. Cogió un cuchillo de la mesa, cortó uno de los botones de plata de su casaca y me lo entregó diciendo:

—Los recibí de mi padre, Duncan Stewart, y ahora te doy uno como recuerdo de lo hecho la pasada noche. Dondequiera que vayas y muestres este botón, los amigos de Alan Breck acudirán en tu ayuda.

Dijo esto como si hubiera sido Carlomagno y mandase ejércitos. La verdad es que, por mucho que admirase yo su valentía, estaba siempre en peligro de sonreír ante su vanidad, y digo en peligro, porque de no haber conservado la seriedad, me temo mucho que habría surgido alguna pelea.

En cuanto hubimos terminado nuestra comida, registró el pañol del capitán hasta que encontró un cepillo de la ropa y, quitándose la casaca, comenzó a repasarla y a cepillar las manchas con tanto cuidado y esmero como suponía yo que sólo era costumbre en las mujeres. Seguramente no tenía más casaca que ésa, y además (como él decía), había pertenecido a un rey y exigía ser cuidada regiamente.

Por todo esto, cuando vi el cuidado con que se puso a quitar los hilos que habían quedado al cortar el botón, concedí mayor valor a su regalo.

Aún seguía ocupado en aquella tarea, cuando el señor Riach nos llamó desde la cubierta para parlamentar, y yo, encaramándome en la claraboya y sentándome en su borde pistola en mano y alta la frente, aunque interiormente temeroso de los cristales rotos, le ordené hablar en voz alta. Se acercó al borde de la toldilla y se subió en una bobina de cuerda, de manera que su barbilla quedaba el nivel del techo. De esta guisa nos quedamos mirándonos en silencio durante unos instantes. El señor Riach no había estado en primera línea durante la batalla, pues no tenía más heridas que un golpe en la mejilla; pero parecía desalentado y muy cansado, porque se había pasado toda la noche en pie, bien haciendo guardia, bien curando a los heridos.

—Mal negocio es éste —dijo al fin moviendo la cabeza.

—No lo hemos querido nosotros —repuse.

—El capitán quisiera hablar con tu amigo —dijo—. Podrían hacerlo por la ventana.

—¿Y cómo sabemos nosotros que no trama una traición? —exclamé.

—El capitán no trama traición alguna, David —replicó el señor Riach—; y si así fuera, te digo la pura verdad, no podríamos conseguir que los hombres le secundaran.

—¿Es verdad lo que decís? —dije.

—Y aún te diré más —añadió—; no son sólo los marineros los que se negarían a ello; sería yo también. Estoy agotado, Davie.

Y me dirigió una sonrisa.

—No —continuó—, lo que queremos es apartarnos de él.

Entonces consulté con Alan y se aceptaron las negociaciones bajo palabra de honor por ambas partes; pero no era esto todo lo que pretendía el señor Riach, porque luego me rogó le diera un trago con tal insistencia y tantas alusiones a sus pasadas atenciones para conmigo, que al final le alargué un vaso con cerca de medio cuartillo de aguardiente, del que bebió una parte y llevó el resto para compartirlo, supongo, con su superior. Poco después el capitán se acercó (como habíamos convenido) a una de las ventanas, y permaneció allí, bajo la lluvia, con el brazo en cabestrillo, el semblante sombrío y pálido, y tan envejecido que me dolió el corazón por haber hecho fuego contra él. Acto seguido, Alan le apuntó a la cara con una pistola.

—¡Retirad eso! —dijo el capitán—. ¿Acaso no os he dado mi palabra, señor? ¿O es que buscáis afrentarme?

—Capitán —respondió Alan—, dudo de vuestra palabra. La pasada noche discutisteis y regateasteis como un tendero, y después me disteis vuestra palabra y me ofrecisteis la mano, y demasiado bien sabéis cuál ha sido el resultado. ¡Al diablo con vuestra palabra! —dijo.

—Bien, bien, señor —replicó el capitán—; adelantáis muy poco blasfemando —y la verdad era que de esta falta estaba completamente limpio el capitán—. Pero tenemos otras cosas de qué hablar —continuó con amargura—. Habéis hecho un gran estropicio en mi bergantín; no me quedan hombres suficientes para maniobrarlo, y a mi primer oficial (sin el cual mal voy a vérmelas) le habéis atravesado las entrañas con vuestra espada y ha fallecido sin chistar. No me queda más remedio, señor, que regresar al puerto de Glasgow en busca de hombres, y allí, con vuestra licencia, señor, los encontraréis capaces de hablar con vos mejor que yo.

—¿De verdad? —dijo Alan—. ¡Pues a fe mía que yo también tendré algo que decirles! Espero que haya alguien en esa ciudad que hable inglés, pues tengo una interesante historia que contar: quince sucios marineros por una parte, y un hombre y un muchacho, casi un niño, por la otra. ¡Ay, amigo, es lamentable!

Hoseason se puso colorado.

—No —continuó Alan—, eso no lo haré. Me dejaréis en tierra, como hemos convenido.

—Sí —dijo Hoseason—, pero mi primer oficial ha muerto, como vos sabéis mejor que yo, y ninguno de los que quedamos conoce esta costa, señor, que es muy peligrosa para las embarcaciones.

—Os doy a elegir —repuso Alan—. Dejadme en tierra firme en Appin, en Ardgour, en Morven, en Arisaig, en Morar o en resumen donde os plazca, siempre que sea a menos de treinta millas de mi país, pero no en el país de los Campbell. Os sobran lugares adonde dirigiros. Si no lo conseguís, me demostraréis ser tan inútil para la navegación como lo habéis sido para la lucha, pues mis pobres paisanos van de isla en isla en sus pequeños cobles con buen o mal tiempo y aun de noche si es preciso.

—Una barquita no es un buque, señor —repuso el capitán—. No tiene calado.

—¡Bien, entonces iremos a Glasgow, si lo preferís! —dijo Alan—. Por lo menos nos reiremos a vuestra cuenta.

—Mis pensamientos no están ahora para risas. Pero todo esto costará dinero, señor.

—Bien, señor —dijo Alan—. Yo no soy una veleta. Treinta guineas si me desembarcáis en la playa, y sesenta si me dejáis en la ría de Linnhe.

—Pero tenga en cuenta, señor, dónde estamos. Nos hallamos sólo a pocas horas de navegación de Ardnamurchan —dijo Hoseason—. Dadme sesenta, y os dejaré allí.

—¿Pensáis acaso que voy a ponerme mis zuecos para ir a correr el riesgo de toparme con los casacas rojas sólo para daros gusto? —exclamó Alan—. No, señor; si queréis sesenta guineas ganadlas poniéndome en mi país.

—Eso es arriesgar el bergantín, señor —dijo el capitán—, y vuestras vidas con él.

—Tomadlo o dejadlo —dijo Alan.

—¿Podríais pilotar el barco? —preguntó el capitán frunciendo el ceño.

—No estoy seguro —respondió Alan—. Soy más luchador (como vos mismo habéis podido ver) que marinero. Pero he sido recogido y desembarcado tantas veces en esa costa, que algo conoceré de su configuración.

El capitán movió la cabeza sin desarrugar el ceño.

—Si hubiese perdido menos dinero en este desdichado crucero —dijo—, preferiría veros colgado de un cable antes que arriesgar mi bergantín, señor. Pero sea como queréis. En cuanto sople el viento (y mucho me equivoco si no va a hacer viento), pondré manos a la obra. Pero hay una cosa más. Podemos encontrarnos con un navío del rey, y si nos aborda, señor, no será culpa mía. Acostumbran a navegar por estas costas, y vos sabéis para qué. Ahora bien, señor, si eso ocurriera, tendréis que entregar el dinero.

—Capitán —repuso Alan—, si veis un gallardete, será asunto vuestro el escapar. Y ahora, como he oído que andáis escasos de aguardiente en la parte de proa, os propongo un cambio: una botella de aguardiente por dos cubas de agua.

Aquella fue la última cláusula del tratado, y fue debidamente cumplida por ambas partes. De manera que Alan y yo pudimos al fin fregar la toldilla y librarnos de los recuerdos de aquellos a quienes habíamos matado, y el capitán y el señor Riach pudieron ser de nuevo felices a su manera, es decir, bebiendo.

XII. Oigo hablar del «Zorro Rojo»

Antes de que hubiéramos terminado de limpiar la toldilla, se levantó una ligera brisa del nordeste. Aquello barrió la lluvia y descubrió el sol.

Llegados a este punto debo dar una explicación y el lector hará bien en consultar un mapa. El día de la niebla y del hundimiento del bote de Alan, estábamos atravesando el Pequeño Minch. Al amanecer, después de la batalla, nos detuvimos por falta de viento al este de la isla de Canna o entre ésta y la isla de Eriska, en la cadena de las Long Islands. Así que, para ir de allí al Linnhe Loch, el camino directo era a través del estrecho paso de Mull. Pero el capitán no tenía carta marina; le asustaba aventurar su bergantín tan adentro de las islas, y como el viento nos era favorable, prefirió ir por el oeste de Tiree y remontar por la costa sur de la gran isla de Mull.

La brisa se mantuvo todo el día en la misma dirección, y más bien refrescó que amainó, y hacia la tarde comenzó a llegar marejada de la parte de las Hébridas exteriores. Nuestra ruta para rodear las islas interiores era el sudoeste. De manera que al principio tuvimos aquella marejada de costado y nos zarandeó bastante, pero después del anochecer, cuando doblamos la punta de Tiree y pusimos la proa más al este, la mar se nos puso de popa. Mientras tanto, la primera parte del día, antes de la marejada, fue muy agradable, navegando como lo hacíamos con un sol resplandeciente y muchas islas montañosas a uno y otro lado. Alan y yo nos sentamos en la toldilla con las dos puertas abiertas (el viento soplaba de popa), y fumamos una pipa o dos del excelente tabaco del capitán. Fue entonces cuando nos contamos el uno al otro nuestras respectivas historias, lo cual fue muy importante para mí, porque adquirí algún conocimiento de aquel agitado país que era Escocia, donde iba a desembarcar muy pronto. En aquellos días tan cercanos a la gran rebelión, era necesario que cada cual supiese lo que hacía cuando andaba por los brezales.

Fui yo quien dio el ejemplo contándole todas mis desdichas, las cuales escuchó con muy buena disposición. Sólo cuando hice mención de aquel buen amigo mío, el señor Campbell, el pastor, Alan se encolerizó y empezó a gritar que odiaba a todos los que llevaban aquel apellido.

¿Cómo? –dije yo–. Se trata de un hombre a quien os enorgullecería echarle una mano.

–No se me ocurre nada que yo pudiera hacer para ayudar a un Campbell –dijo–, como no fuera meterle una bala de plomo. Quisiera cazar a todos los de ese apellido como si fueran urogallos. Aunque estuviera muriéndome, me arrastraría hasta la ventana de mi habitación para disparar un tiro a uno de ellos.

–Pero decidme, Alan –repuse–, ¿qué os ha ocurrido con los Campbell?

–Sabes perfectamente que soy un Stewart de Appin, y los Campbell llevan mucho tiempo saqueando y arruinando a los de mi apellido. Nos han arrebatado nuestras tierras a traición, pero nunca con la espada –dijo a voz en grito y dando un puñetazo en la mesa; pero yo presté poca atención a esto, porque sabía que era lo que solían decir los que habían sido vencidos–. Y aún hay más, y todo por el mismo estilo –

continuó–: mentiras, documentos falsos, estafas propias de buhoneros, y con todas las apariencias de legalidad, que es lo que más irrita.

–Viendo cómo despilfarráis vuestros botones –dije yo–, difícilmente puedo consideraros un buen juez en materia de negocios.

–¡Ah! –exclamó volviéndole la sonrisa–. Ese despilfarro lo heredé del mismo hombre que me dio los botones, de mi pobre padre, Duncan Stewart, a quien Dios perdone. Era el mejor hombre de su casta y el mejor espadachín de toda Escocia, que es lo mismo que decir del mundo entero, David. Él fue quien me enseñó. Entró en la Guardia Negra desde sus inicios, y al igual que otros caballeros, tenía un ayudante que iba tras él cargando el trabuco de pedernal durante las marchas. Pues bien: según parece, el rey tenía deseos de ver la habilidad de los highlanders con la espada, y mi padre y otros tres más fueron elegidos y enviados a la ciudad de Londres para que el monarca viese lo mejor de lo mejor. Los cuatro entraron en palacio y exhibieron su arte con la espada por espacio de dos horas largas ante el rey Jorge, la reina Carolina, el carnicero Cumberland y otros muchos que no recuerdo. Y cuando hubieron terminado, el rey, aunque no era sino un usurpador redomado, les habló amablemente y dio a cada uno tres guineas. Pero al salir de palacio tenían que pasar por la casa del guarda, y se le ocurrió a mi padre que, siendo acaso el primer caballero highlander con categoría de soldado raso que había pasado por aquella puerta, era conveniente dar al pobre guarda una idea adecuada de su calidad. Así es que puso las tres guineas del rey en la mano de aquel hombre, como si fuera lo acostumbrado en él; los tres que venían detrás hicieron lo propio, de modo que al salir a la calle se encontraron sin un penique después del trabajo que se habían tomado. Hay distintas versiones acerca de quién fue el primero en dar la propina al guarda del rey; pero la verdad es que fue Duncan Stewart el primero en ofrecer el dinero, como estoy dispuesto a probarlo con la espada o con la pistola. ¡Y éste era el padre que yo tenía, que en paz descanse!

–Me parece que no era hombre que pudiera dejaros rico –dije.

–Verdad es –repuso Alan–. Me dejó los calzones para cubrirme, y poco más. Por eso tuve que alistarme, lo que en el mejor de los casos fue una mancha sobre mi reputación, y por eso sería para mí mal asunto caer en manos de los casacas rojas.

–¡Cómo! –exclamé–; ¿habéis pertenecido al ejército inglés?

–Así fue –dijo Alan–. Pero deserté y me uní al partido de los buenos en Preston Pans, y eso me consuela algo.

A duras penas podía compartir su opinión, pues consideraba que la deserción del ejército era una imperdonable falta contra el honor. Pero a pesar de mi juventud, fui lo bastante prudente para no expresar mis pensamientos.

–Querido amigo –le dije–, el castigo por lo que hicisteis es la muerte.

–Sí –me contestó–, si me pusieran las manos encima, me despacharían rápidamente y habría una larga soga para mí. Pero tengo en el bolsillo el nombramiento que me ha dado el rey de Francia, y eso podría servirme de protección.

–Lo dudo mucho –repuse.

–Yo también lo dudo –contestó Alan secamente.

—Pero ¡por Dios!, amigo mío —exclamé—. A vos que estáis condenado por rebelde y desertor y por haber servido al rey de Francia..., ¿qué es lo que os ha tentado a volver a este país? Eso es desafiar a la Providencia.

—¡Vaya! —dijo Alan—. ¡No he dejado de volver un solo año desde el cuarenta y seis!

—¿Y qué es lo que os trae por aquí, amigo mío? —pregunté.

—Bueno, verás —repuso—; deseo ver a mis amigos y el país. Francia es un bravo país, sin duda alguna, pero siento nostalgia por los brezos y los venados. Además, tengo que atender ciertos asuntillos. Mientras tanto, alisto a unos cuantos muchachos para servir al rey de Francia; reclutas, ya sabes, y esto me da algún dinero. Pero el problema fundamental reside en los asuntos de mi jefe, Ardshiel.

—Yo creía que vuestro jefe se llamaba Appin —dije.

—Sí, pero Ardshiel es el capitán del clan —repuso, con lo cual apenas me aclaró nada—. Has de saber, David, que quien fue toda su vida tan gran hombre y tiene sangre y personalidad de reyes, se ve obligado ahora a vivir en Francia como un don nadie. A él, a quien bastaba silbar para tener cuatrocientas espadas a sus órdenes, le he visto con mis propios ojos comprar manteca en el mercado y llevársela a casa envuelta en una hoja de berza. Esto no sólo es una pena, sino también una desgracia para nosotros los de su familia y de su clan. Además, están los niños, los hijos y la esperanza de Appin, a quienes es necesario enseñar las primeras letras y el manejo de la espada en aquel país lejano. Y ahora, los habitantes de Appin tienen que pagar una renta al rey Jorge; pero sus corazones son inquebrantables, y siguen fieles a su jefe, y con cariño y un poco de presión, y quizá con una amenaza o dos, la pobre gente reúne con grandes dificultades una segunda renta para Ardshiel. Pues bien, David, yo soy la mano que le lleva ese dinero.

Al decir esto dio una palmada al cinto que llevaba puesto, de modo que sonaran las guineas.

—¿Y pagan las dos rentas? —exclamé.

—Sí, David, las dos —respondió.

—¡Cómo! ¿Dos rentas? —repetí.

—Sí, David —dijo—. A ese capitán le he contado una historia distinta; pero esto que te digo es la verdad. Y lo que me maravilla es la poca presión que se necesita hacer. Pero esto es obra de mi buen pariente y amigo de mi padre, James de Glen, es decir, James Stewart, hermanastro de Ardshiel. Él es quien recauda el dinero y quien lo administra todo.

Ésta fue la primera vez que oí mencionar el nombre del tal James Stewart, que después fue tan famoso en la época en que le ahorcaron. Pero de momento presté poca atención, porque tenía todo mi pensamiento ocupado por la generosidad de aquellos pobres escoceses.

—Eso es lo que yo llamo nobleza —exclamé—. Sólo soy un whig ordinario, pero eso es nobleza.

—Sí —replicó él—, eres un whig, pero eres un caballero, y eso lo explica todo. Pero si pertenecieras a la maldita familia de los Campbell, rechinarías los dientes al oír esto. Si fueras el Zorro Rojo... —y al pronunciar el nombre apretó los dientes y se calló.

He visto rostros llenos de rabia, pero jamás he visto tanta rabia reflejada en los ojos de alguien como en los de Alan cuando hubo pronunciado el nombre del Zorro Rojo.

—¿Y quién es el Zorro Rojo? —pregunté, atemorizado, pero todavía curioso.

—¿Que quién es? —exclamó Alan—. Pues voy a decirte quién es. Cuando los hombres de los clanes fueron derrotados en Culloden y se hundió la buena causa, y los caballos se hundieron hasta las cernejas en la mejor sangre del norte, Ardshiel tuvo que huir a las montañas como un pobre ciervo —él, su mujer y sus niños—. Entristecedora tarea tuvimos antes de conseguir embarcarle; y estando todavía escondido en el brezal, los granujas ingleses, que no podían quitarle la vida, le quitaron sus derechos. Le quitaron sus potestades, le desposeyeron de sus tierras, arrebataron las armas de las manos de los hombres de su clan, que las habían llevado desde hacía treinta siglos; sí, se las arrebataron, como les arrebataron también las ropas que cubrían sus espaldas; de manera que ahora es un pecado una capa de tartán, y un hombre puede ser metido en la cárcel por llevar una falda escocesa. Pero hay una cosa que no han podido destruir: el amor que los hombres del clan tienen a su jefe. Estas guineas son la prueba de ello. Y ahora aparece un hombre, un Campbell, un Colin de Glenure, pelirrojo.

—¿Es ése a quien llamáis el Zorro Rojo? —pregunté.

—¿Por qué no me traes su cola? —gritó Alan ferozmente—. Sí, ése es el hombre. Se presenta, obtiene los documentos del rey Jorge para que se le nombre agente del rey en las tierras de Appin. Al principio se achanta y se muestra buen compañero de Sheamus, es decir, de James de Glen, el agente de mi jefe. Pero poco a poco llega a sus oídos lo que te he contado; se entera de que las pobres gentes de Appin, los granjeros, arrendatarios y ganaderos escurrían hasta sus tartanes para poder pagar un segundo tributo y enviárselo a Ardshiel al otro lado del mar. ¿Cómo llamaste a eso cuando te lo conté?

—Lo llamé nobleza, Alan —contesté.

—¡Y eso que dices que sólo eres un whig ordinario! —exclamó Alan—. Pero cuando lo supo Colin Roy, la negra sangre de los Campbell se desbocó en sus venas. Estaba sentado bebiendo vino y rechinando los dientes. ¡Cómo! ¿Era posible que un Stewart recibiera una migaja de pan, y él no fuera capaz de evitarlo? ¡Ay, Zorro Rojo, si alguna vez te tengo al alcance del cañón de mi escopeta, que Dios tenga piedad de ti! (Alan se detuvo para tragarse la cólera). Pues bien, David, ¿qué dirás que hace aquel hombre? Declara que todas las granjas se alquilan, y su negro corazón piensa: «Pronto tendré otros arrendatarios que ofrezcan más que esos Stewart, Maccoll y Macrob (porque todos estos nombres son de mi clan, David), y entonces Ardshiel tendrá que tender su gorra escocesa para pedir limosna por los caminos de Francia».

—Bueno —dije—, ¿y qué sucedió después?

Alan dejó a un lado la pipa, que hacía rato había dejado apagar, y puso las manos sobre las rodillas.

—¡Ay, nunca lo adivinarías! —dijo—. ¡Pues esos mismos Stewart, esos mismos Maccoll y esos mismos Macrob (que tenían que pagar dos tributos, uno al rey Jorge por la fuerza y otro a Ardshiel por bondad) le ofrecieron mejor precio que ninguno de los

Campbell de toda la extensa Escocia, y eso que los buscó bien lejos, llegó hasta las riberas del Clyde y la cruz de Edimburgo, requiriéndoles, halagándoles, rogándoles que viniesen, dondequiera que hubiera un Stewart a quien matar de hambre y un sabueso de rojos cabellos de los Campbell, a quien satisfacer!

—Es una historia extraña e interesante de veras, Alan —dije—. Y por muy whig que yo sea, me alegro de que ese hombre haya sido vencido.

—¿Vencido él? —repitió Alan—. ¡Qué poco conoces a los Campbell! ¡Y aún conoces menos al Zorro Rojo! ¿Vencido él? No, no lo será hasta que derrame su sangre en la ladera de la montaña. ¡Pero si llega el día, David, amigo, en que yo tenga tiempo y tranquilidad para salir a cazar, te aseguro que todo el brezo de Escocia no bastará para ocultarle de mi venganza!

—Amigo Alan —dije—, no sois ni muy prudente ni muy cristiano al lanzar tantas palabras de cólera. Esas palabras no harán ningún daño al hombre a quien llamáis el Zorro, y a vos no os hacen ningún bien. Contadme vuestra historia sencillamente. ¿Qué hizo después?

—Es una buena observación, David —dijo Alan—. ¡Verdad es que mis palabras no le harán daño alguno, y es una lástima! Y salvo eso del cristianismo (del cual mi opinión es muy distinta, o no sería cristiano), estoy muy de acuerdo contigo.

—Opinión más u opinión menos —repuse—, sabido es que el cristianismo prohíbe la venganza.

—¡Bien se ve que te ha educado un Campbell! —dijo—. ¡Sería un mundo cómodo para ellos y para los de su clase si no existiera algo así como un muchacho y una escopeta detrás de un brezal! Pero esto no tiene nada que ver con el asunto. Verás lo que hizo.

—Sí —dije—, vayamos al grano.

—Pues bien, David —dijo—, al ver que no podía deshacerse de los arrendatarios fieles mediante procedimientos legales juró que se libraría de ellos por las malas. Ardshiel debía morir de hambre; ésa era su intención. Y, puesto que los que le daban de comer en su destierro no se dejaban comprar, él los echaría de allí, con razón o sin ella. Entonces mandó traer abogados y papeles, y casacas rojas para que le guardasen las espaldas. Y la buena gente de aquel país tuvo que hacer el equipaje y marcharse, abandonando cada hijo la casa de su padre, lejos del lugar donde ha sido criado y educado y donde había jugado cuando niño. ¿Y quiénes les van a suceder? ¡Mendigos descalzos! El rey Jorge puede esperar sentado por sus rentas, ya se contentará con menos, ya gastará menos manteca; ¿qué le importa al Rojo Colin? Si puede perjudicar a Ardshiel, ha conseguido su propósito; y si puede arrebatar la carne de la mesa de mi jefe y los escasos juguetes de las manos de sus hijos, ya volverá contento a Glenure.

—Permitidme una palabra —repliqué—. Tened por seguro que, si se cobran menos rentas, es porque el Gobierno está en ello. No es culpa de ese Campbell, sino de las órdenes que recibe. Y si matarais mañana a ese Colin, ¿qué arreglaríais? Vendría a sustituirlo otro agente tan pronto como lo permitiera el galope del caballo.

—Eres un buen muchacho para pelear —dijo Alan—; pero, amigo, ¡tienes sangre whig!

Hablaba con bastante bondad, pero había tanta ira en su desdén, que me pareció prudente cambiar de conversación. Le expresé mi admiración por el hecho de que un hombre en su situación pudiese viajar a su antojo por las Highlands, llenas de tropas y vigiladas como una ciudad sitiada.

—Es más fácil de lo que te imaginas —repuso Alan—. La ladera desnuda de una montaña es como cualquier camino; si hay un centinela en un sitio, vas por el camino opuesto. Además, los brezales son una gran ayuda. Y por todas partes hay casas de amigos, establos y almiares. Además, cuando la gente habla de un país cubierto de tropas, no es más que pura palabrería. Un soldado no cubre más que el terreno que ocupan las suelas de sus botas. Yo he pescado con un centinela enfrente, he cogido una magnífica trucha, y me he sentado a seis pies de otro centinela, en un matorral de brezo, y he aprendido un aire muy bonito que él silbaba. El aire era así —dijo, y me silbó la tonada en cuestión—. Y además —prosiguió—, no están las cosas tan mal como en el año cuarenta y seis. Las Highlands están lo que se dice pacificadas. No es ningún milagro, claro, pues no les han dejado ni una escopeta ni una espada, desde Cantyre a cabo Wrath, salvo las que la gente ha escondido cuidadosamente en sus pajares. Pero lo que me gustaría saber, David, es cuánto tiempo va a durar esto. No mucho, me figuro, con hombres como Ardshiel en el destierro y hombres como el Zorro Rojo bebiendo vino a raudales y oprimiendo al pobre en la patria. Lo que resulta delicado es determinar hasta qué punto aguantará el pueblo o por qué el Rojo Colin cabalga por todo mi pobre país de Appin y no sale un muchacho valiente que le meta una bala en el cuerpo.

Dicho esto, Alan quedó meditabundo, y durante largo rato estuvo muy triste y silencioso. Añadiré lo que me queda por decir acerca de mi amigo: era muy diestro en toda clase de música, pero principalmente en la gaita; era un poeta muy apreciado en su propia lengua; había leído varios libros en francés y en inglés; era un certero tirador, un buen pescador y un excelente esgrimidor tanto con la espada corta como en defensa propia. En cuanto a sus defectos, los llevaba en la cara y ya los conocía yo todos. El peor de ellos, su infantil propensión a agraviarse y a tener peleas, lo había reprimido mucho en lo tocante a mí, en consideración a la batalla de la toldilla. Lo que no podría decir es si ello se debía a mi buen comportamiento en la lucha o al hecho de haber sido testigo de sus grandes proezas. Pues aunque le agradaba mucho el valor en los demás hombres, sin embargo, el que más admiración le causaba era el de Alan Breck.

XIII. La pérdida del bergantín

Estaba ya muy avanzada la noche, y todo lo oscura que podía estarlo en aquella época del año (lo que quiere decir que aún había bastante claridad), cuando Hoseason metió su cabeza por la puerta de la toldilla.

—¡Eh, salid y ved si podéis pilotar el bergantín! —dijo.

—¿Es una de vuestras añagazas? —preguntó Alan.

—¿Tengo yo cara de andarme con añagazas? —replicó el capitán—. Tengo otras cosas en qué pensar. ¡Mi bergantín está en peligro!

Por la preocupada expresión de su cara y, sobre todo, por el áspero tono que empleaba al hablar de su bergantín, Alan y yo comprendimos que hablaba absolutamente en serio; por eso, sin gran temor a posibles traiciones, salimos a cubierta.

El cielo estaba despejado; el viento soplaba fuerte y hacía un frío penetrante; quedaba aún bastante luz del día, y la luna, que era casi llena, brillaba resplandecientemente. El bergantín estaba a la capa, para rodear el extremo sudoeste de la isla de Mull, cuyas montañas (la de Ben More dominándolo todo con una espiral de niebla en la cima) se extendían hacia babor. Aunque no era buen lugar para que navegara el Covenant, rasgaba éste las olas a gran velocidad, cabeceando y perseguido por la marejada del oeste. En conjunto, no estaba tan mala la noche para navegar; empezaba ya a preguntarme qué sería lo que tanto preocupaba al capitán, cuando de repente el bergantín se alzó sobre la cresta de una ola muy alta, y Hoseason, señalando algo, nos gritó que mirásemos. A lo lejos, por la borda de sotavento, una cosa semejante a un surtidor apareció en el mar, iluminado por la luna, e inmediatamente después oímos un profundo estruendo.

—¿Qué diríais que es eso? —preguntó el capitán, pesimista.

—Las olas rompiendo contra un arrecife —contestó Alan—. Y sabiendo dónde se encuentra, ¿qué más podéis desear?

—Sí —repuso Hoseason—, si fuera el único.

Y efectivamente, mientras estaba hablando, apareció un segundo surtidor más lejos, hacia el sur.

—Allá —dijo Hoseason—. Vedlo vos mismo. Si conociera estos arrecifes, si tuviera un mapa o si Shuan se hubiese salvado, no por sesenta guineas, no, ni por seiscientas me hubiera decidido a arriesgar mi bergantín en semejante escollera. Pero vos, señor, que ibais a pilotarnos, ¿no decís nada?

—Estoy pensando —dijo Alan— que ésas deben ser las que llaman las rocas de Torran.

—¿Y hay muchas? —preguntó el capitán.

—La verdad, señor, es que yo no soy piloto —dijo Alan—; pero tengo entendido que hay diez millas de ellas.

El señor Riach y el capitán se miraron el uno al otro.

—¿Habrá algún paso entre ellas? —preguntó el capitán.

—Sin duda —respondió Alan—; pero ¿dónde? Sin embargo, creo recordar que está más despejado hacia la costa.

—¿Sí? —dijo Hoseason—. Entonces tendremos que ceñirnos al viento, señor Riach. Tendremos que acercarnos lo más posible a la punta de Mull, señor; y en todo caso, tendremos la costa para que nos proteja del viento, y esas escolleras a sotavento. En fin, hemos de salir como podamos.

Dicho esto dio orden al timonel y mandó a Riach a la cofa del trinquete. En cubierta sólo había cinco hombres, contando a los oficiales; éstos eran los únicos que estaban capacitados (o al menos capacitados y con buena disposición) para el trabajo, y dos de ellos estaban heridos. Así que, como he dicho, tocó al señor Riach subir al palo para sentarse en la cofa y vigilar y comunicar al puente lo que desde allí divisaba.

—Por el sur hay mar gruesa —gritó; y después, al poco tiempo—: Parece más tranquila hacia la costa.

—Bien, señor —dijo Hoseason a Alan—, probaremos el rumbo que habéis indicado. Pero me da la sensación de que igual hubiera podido fiarme de un violinista ciego. Roguemos a Dios que tengáis razón.

—¡A Dios estoy rogando! —me dijo Alan—. Pero ¿dónde he oído yo decir eso? ¡En fin, lo que sea sonará!

Cuando nos acercamos más al recodo de la costa, los arrecifes empezaron a aparecer aquí y allá, en medio de nuestra propia ruta, y varias veces el señor Riach nos gritó que cambiásemos el rumbo. Sin embargo, no siempre nos avisaba a tiempo, pues el costado de barlovento del bergantín pasó tan cerca de un arrecife, que, al romper una ola contra él, cayó toda el agua sobre el puente y nos mojó como la lluvia.

La claridad de la noche nos revelaba estos peligros tan perfectamente como si fuera de día, lo cual era, quizá, más alarmante. También me dejaba ver el rostro del capitán, que estaba al lado del timonel, unas veces sobre un pie, otras sobre el otro, y a veces soplándose las manos, pero siempre escuchando y parecía tan firme como el acero. Ni él ni el señor Riach habían destacado en el combate; pero ahora veía lo valientes que eran en su oficio, y les admiraba más porque veía que Alan se ponía muy pálido.

—¡Qué diantre, David! —dijo—. ¡No es ésta la clase de muerte que yo me suponía!

—¡Cómo, Alan! —exclamé—. ¡No estaréis asustado!

—No —respondió humedeciéndose los labios—; pero no me negarás que sería un final deprimente.

Por entonces, haciendo guiñadas a uno y otro lado para evitar los arrecifes, pero siempre ciñéndonos al viento y a la costa, habíamos rodeado Iona y navegábamos a lo largo de Mull. La marea era muy fuerte en la lengua de tierra y sacudía el bergantín. Pusiéronse dos hombres al timón, y el propio Hoseason les echaba una mano a veces; resultaba curioso ver a tres hombres fuertes apoyándose con todas sus fuerzas en la caña, y ésta (como una cosa viva) se les oponía y los hacía retroceder. Éste habría sido el peligro más grande si el mar hubiese estado durante un tiempo libre de obstáculos. Además, el señor Riach anunciaba desde la cofa que divisaba mar despejada a proa.

—Teníais razón —dijo Hoseason a Alan—. Habéis salvado el bergantín, señor; lo tendré muy presente cuando arreglemos cuentas.

Yo creo que no sólo pensaba lo que decía, sino que lo hubiera cumplido, en tan alta estima tenía al Covenant.

Pero esto es únicamente una conjetura, pues los hechos ocurrieron de manera bien distinta de como preveía el capitán.

—Alejad el bergantín un grado —gritó el señor Riach—. ¡Arrecife a barlovento! Y precisamente en ese mismo instante la ola cogió el bergantín y expulsó el viento de las velas. El barco giró en redondo como una peonza, e inmediatamente después chocó contra el arrecife con tal violencia, que nos aplastó contra el puente y estuvo a punto de despedir al señor Riach de su puesto en el mástil.

Yo me puse de pie en un segundo. El arrecife contra el que habíamos chocado se hallaba casi bajo la punta sudoeste de Mull, en una pequeña isla a la que llamaban Earraid, que se extendía negra y baja a babor. Unas veces las olas rompían de lleno contra nosotros, y otras veces se limitaban a clavar al pobre bergantín al arrecife, de manera que podíamos oír cómo se destrozaba; y esto, unido al fuerte ruido de las velas, a los silbidos del viento, al volar de la espuma a la luz de la luna y a la sensación de peligro, me parece que me tenían la cabeza medio trastornada, porque apenas podía comprender las cosas que veía. Después observé que el señor Riach y los marineros estaban atareados alrededor del esquife, y aunque seguía trastornado, corrí junto a ellos para ayudarles. Pero en cuanto me puse manos a la obra se me despejó la cabeza. La tarea no era nada fácil, pues el esquife estaba en medio del barco y repleto de cachivaches y los embates de las poderosas olas nos obligaban continuamente a dejarlo para agarrarnos y no caer; pero todos trabajamos como mulas, mientras pudimos.

Entre tanto, los heridos que podían moverse salieron gateando por la escotilla de proa y comenzaron a ayudarnos, mientras que los demás, los que yacían imposibilitados en sus literas, me atormentaban con sus gritos suplicando que les salvasen.

El capitán no tomó parte en el trabajo. Parecía como si se hubiese quedado alelado. Agarrado a los obenques, hablaba para sí y lanzaba gemidos cada vez que el barco aporreaba la roca. Su bergantín era para él como su mujer y su hijo. Había asistido día tras día al tormento del pobre Ransome; pero cuando le llegó el turno a su bergantín, parecía estar sufriendo con él.

Sólo recuerdo una cosa de las que sucedieron mientras estuvimos trabajando con el bote: le pregunté a Alan, mirando hacia la costa, qué país era aquél, y me contestó que era el peor para él, porque era tierra de los Campbell.

Habíamos encargado a uno de los heridos que estuviera ojo avizor y que nos advirtiese de cualquier peligro. Pues bien, ya teníamos el bote dispuesto para ser echado al agua, cuando aquel hombre dijo, gritando desesperadamente:

—¡Agarraos, por Dios!

Por su tono comprendimos que era algo fuera de lo común; y efectivamente, llegó una ola tan descomunal, que levantó completamente el bergantín y lo escoró sobre su bao. No sé si el grito de aviso llegó demasiado tarde o si estaba muy débil para asirme con fuerza, pero el caso es que con la repentina inclinación del barco fui arrojado al mar por encima de la borda.

Me zambullí, tragué mucha agua y luego salí a flote, vi un destello de luna, y me hundí de nuevo. Se dice que un hombre se hunde definitivamente a la tercera; si es así yo no debo ser como los demás, porque no puedo decir cuántas veces me fui al fondo ni cuántas volví a flote. Mientras tanto, me veía arrastrado, agotado, asfixiado y más tarde tragado por las aguas; y, sin embargo, todo ello me aturdía de tal forma, que no estaba ni triste ni asustado.

Poco después me encontré asido a una verga, lo cual me ayudó algo. Y de repente me hallé en aguas tranquilas y empecé a volver en mí.

Me había agarrado a la verga de repuesto, y me asombró ver lo lejos que me hallaba del bergantín. Grité bastante, pero era evidente que se hallaba fuera del alcance de mi voz. El bergantín se mantenía a flote, pero yo estaba demasiado lejos y demasiado bajo para ver si habían echado el bote al agua.

Mientras estaba dando voces al bergantín, me fijé en una extensión de agua que había entre nosotros, donde no se producía mucho oleaje, y que, sin embargo, estaba como en ebullición, y a la luz de la luna aparecía erizada de ondas y burbujas. Algunas veces toda aquella extensión de agua ondulaba como la cola de una serpiente; otras, la ondulación desaparecía momentáneamente para volver a bullir de nuevo. Como no podía adivinar lo que era aquello, mi miedo crecía a medida que pasaba el tiempo; pero ahora sé que debía ser la resaca de la marejada, la cual me había arrastrado tan rápidamente y zarandeado con tanta crueldad y que al final, como si estuviera cansada de jugar, nos había arrojado a mí y a la verga sobre su margen costera.

Ahora ya me había calmado completamente y comencé a comprender que un hombre puede morirse de frío lo mismo que ahogado. Las costas de Earraid estaban cerca; a la luz de la luna podía distinguir las masas aisladas de brezos y los reflejos de la mica en las rocas.

Bueno —dije para mis adentros—, muy raro será que no pueda llegar hasta allí. No tenía habilidad para la natación, porque nuestro lago de Essen era muy pequeño; pero bien asido a la verga con los dos brazos me puse a dar patadas y no tardé en notar que avanzaba. Duro trabajo era aquél y mortalmente lento; pero al cabo de casi una hora de patear y chapotear, había avanzado bastante entre las dos puntas de una bahía arenosa rodeada de bajas colinas.

El mar estaba allí completamente calmado; no se oía el ruido de la resaca; la luna brillaba con claridad, y pensé en mi corazón que jamás había visto un lugar tan desierto y desolado. Pero, al menos, era tierra firme; y cuando por fin el fondo se hizo tan poco profundo que pude soltar la verga y llegar vadeando hasta la orilla, no puedo decir si estaba más cansado que agradecido. Ambas cosas, por lo menos: cansado como nunca lo estuve antes de aquella noche, y agradecido a Dios como creo haberlo estado a menudo, pero nunca con mayor razón.

XIV. El islote

Al poner los pies en tierra comenzó la parte más desdichada de mis aventuras. Serían las doce y media de la noche, y aunque el viento era amortiguado por la tierra, la noche estaba muy fría. No me atrevía a sentarme (pues pensaba que me quedaría helado), pero me quité los zapatos y me puse a andar de acá para allá por la arena, descalzo y dándome palmadas en el pecho con infinito cansancio. No se oía ruido alguno de hombre o ganado; ni el cacareo de ningún gallo, aunque era la hora del amanecer; sólo se oía el ruido de la resaca en la distancia, trayéndome a la memoria los peligros corridos por mí y por mis amigos. Caminar por la orilla y a aquella hora de la madrugada y en un lugar tan desierto y solitario me infundía cierto miedo.

En cuanto empezó a clarear el día me puse los zapatos y subí a una colina (la ascensión más dura que jamás emprendí), cayéndome a cada momento entre grandes bloques de granito o saltando de uno a otro. Era ya el alba cuando llegué a la cima. No había señales del bergantín, que debía de haber sido arrancado del arrecife y hundido. Tampoco se veía el esquife por ninguna parte.

No había ni una sola vela en el océano, y hasta donde mi vista alcanzaba, en aquella tierra no había ni casas ni hombres.

Me daba miedo pensar lo que podía haber sido de mis compañeros de a bordo, y me daba miedo también contemplar tan desolado paisaje; pero bastantes preocupaciones tenía ya con mis ropas mojadas, mi cansancio, y mi barriga que empezaba a dolerme del hambre que tenía. De esta guisa eché a andar hacia el este por la costa sur, esperando encontrar una casa donde poder calentarme y tener, quizá, noticias de los que había perdido. Y pensaba que en el peor de los casos el sol no tardaría en salir y secaría mis ropas. Al poco rato mi camino quedó cortado por una cala o ensenada que parecía internarse bastante en tierra; y como no tenía medios para atravesarla, tuve que cambiar de dirección para llegar hasta su punta. También aquélla fue la caminata más dura que conocí, pues toda aquella zona, no sólo en Earraid, sino en la vecina comarca de Mull (a la que llaman Ross), no es más que un montón de rocas de granito con brezales entre ellas. Al principio la cala iba estrechándose tal como esperaba; pero después, con gran sorpresa mía, me encontré con que se ensanchaba nuevamente. Al ver aquello me rasqué la cabeza sin llegar a comprender todavía la realidad, hasta que al fin llegué a una elevación de terreno, y en un instante supe que había ido a parar a un islote desierto, al que aislaban por todas partes las saladas aguas del mar.

En vez del sol para secarme, lo que llegó fue la lluvia y se formó una espesa niebla, de manera que mi caso era de lo más lamentable.

Me quedé bajo la lluvia, temblando de frío y pensando qué hacer, hasta que se me ocurrió que tal vez la cala era vadeable. Retrocedí hasta el punto más estrecho y empecé a vadearla. Pero no me había alejado ni tres yardas de la orilla, cuando me hundí completamente hasta la cabeza, y si salí de aquélla fue más bien por gracia de Dios que por mi prudencia. No salí más mojado, porque era del todo imposible mojarse más de lo que estaba, pero me enfrié mucho con aquel contratiempo; y como había perdido otra posibilidad, me sentía más desgraciado aún.

Pero entonces, repentinamente, me acordé de la verga. Lo que me había llevado por el mar sin duda me serviría para cruzar sin peligro aquella pequeña cala tranquila. Con esta idea, intrépido, emprendí el camino a través de la isla para recoger la verga y traérmela. Fue una caminata muy fatigosa en todos los sentidos, y si la esperanza no me hubiese sostenido, me hubiera desanimado y habría renunciado a mi propósito. Ya fuera por la sal del agua, o porque empezaba a tener fiebre, el caso es que la sed me atormentaba y tuve que detenerme para beber el agua turbia de los charcos.

Por fin llegué a la bahía más muerto que vivo. A primera vista me pareció que la verga estaba algo más lejos del lugar donde la había dejado. Por tercera vez me metí en el agua. El fondo era liso, firme y descendía gradualmente, de manera que pude ir sumergiéndome poco a poco hasta que el agua me llegó casi al cuello y las pequeñas olas me salpicaban la cara. Pero al llegar a aquella profundidad, mis pies comenzaron a flaquear, y no me atreví a aventurarme más lejos. En cuanto a la verga, la veía meciéndose tranquilamente a unos veinte pies de distancia.

Todo lo había soportado hasta recibir aquella última decepción, y al volver a la playa me tiré en la arena y lloré.

Todavía hoy me causa tanto horror recordar el tiempo que pasé en la isla, que tengo que contar los hechos sin detenerme demasiado en ellos. En todos los libros que había leído sobre náufragos, éstos llevaban los bolsillos repletos de herramientas, o el mar arrojaba a la playa, como a propósito, un cofre lleno de cosas. Pero mi caso era muy distinto. Yo no tenía en los bolsillos más que dinero y el botón de plata de Alan; y como me había criado tierra adentro, andaba tan escaso de conocimientos marítimos como de medios. Claro es que sabía que los crustáceos eran, según se contaba, buenos para comer; y entre las rocas de la isla encontré gran cantidad de lapas, que al principio apenas sí podía arrancar de su sitio, pues ignoraba que había que hacerlo con rapidez. Había además algunas pequeñas conchas que llamamos buchies; me parece que en Inglaterra las llaman bígaros. Aquellas dos clases de moluscos componían toda mi alimentación, devorándolos fríos y crudos tal como los encontraba; y tan hambriento estaba, que al principio me supieron a gloria.

Quizá estuvieran fuera de temporada para ser comidos, o quizá las aguas que rodeaban mi isla tuvieran algo dañino. Lo cierto es que, apenas había terminado mi primera comida, me entraron tales mareos y tales náuseas, que me quedé largo tiempo tendido, casi como muerto. Otra segunda prueba del mismo alimento (en realidad no tenía otro) me sentó mejor y reanimó mis fuerzas. Pero en todo el tiempo que estuve en la isla no supe nunca lo que me esperaría después de haber comido, pues unas veces todo andaba bien y otras sentía un angustioso mareo. Tampoco llegué nunca a distinguir cuál de aquellos mariscos era el que me sentaba mal.

Durante todo el día no paró de llover copiosamente; la isla estaba hecha una sopa; no había manera de hallar un lugar seco. Cuando me eché por la noche entre dos peñas que formaban una especie de techo, tuve que reposar mis pies en una ciénaga. El segundo día crucé la isla en todos los sentidos. No había una parte que fuese mejor que la otra. Todo estaba desolado y rocoso; no había más seres vivientes que aves de caza, que no tenía medio de matar, y las gaviotas, que frecuentaban las rocas aisladas en número prodigioso. Pero la cala, o el estrecho, que cortaba la isla separándola de la tierra firme de Ross, se abría en la parte norte formando una bahía, y ésta a su vez se abría en el estrecho de Iona. Y fue en las cercanías de aquel lugar donde elegí establecer mi hogar, aunque de haberme parado a pensar en llamar hogar a aquello seguro que me hubiera echado a llorar.

Tenía buenas razones al hacer esta elección. Había en esta parte de la isla una pequeña choza parecida a las que sirven para guardar cerdos, donde solían dormir los pescadores cuando iban a pescar por allí; pero el techo de hierba se había derrumbado por entero; de manera que la choza no me servía y me ofrecía menos abrigo que mis rocas. Lo más importante era que allí abundaban los mariscos de los que me alimentaba, y cuando bajaba la marea podía coger un montón de una vez, lo cual era sin duda una comodidad. Pero aún existía otra razón más poderosa. De ninguna manera podía acostumbrarme a la horrible soledad de la isla y siempre estaba mirando a mi alrededor en todas las direcciones como un hombre perseguido entre el temor y la esperanza de ver llegar a algún ser humano. Ahora bien: desde una pequeña ladera que dominaba la bahía podía ver la grande y antigua iglesia y los tejados de las casas de los vecinos de Iona. Y por otra parte, sobre las tierras bajas de Ross veía salir humo por la mañana y por la tarde, como si hubiera alguna granja en una hondonada.

Cuando estaba empapado y tiritando de frío y con la cabeza medio trastornada por la soledad, solía contemplar aquel humo y pensar en el hogar y en la compañía, hasta que el corazón me ardía. Lo mismo me sucedía con los tejados de Iona. En conjunto, aquella lejana visión de casas y vidas placenteras aumentaba mis sufrimientos, pero mantenía viva mi esperanza, y me daba valor para seguir comiendo los mariscos crudos (que no tardaron en serme repugnantes), y me libraba de la sensación de horror que experimentaba cuando me encontraba completamente solo entre gastadas rocas, aves, lluvia y el frío mar.

Digo que esto me mantenía viva la esperanza, y realmente parecía imposible que se me dejase morir en las costas de mi propio país, a la vista del campanario de una iglesia y del humo de las casas habitadas. Pero pasó el segundo día; y aunque mientras duró la luz permanecí acechando por si venían botes por el estrecho o pasaban hombres por Ross, no me llegó auxilio alguno. Continuaba lloviendo, y volví a dormirme tan mojado como siempre y con un cruel dolor de garganta, pero algo reconfortado quizá por haber dado las buenas noches a mis vecinos, los habitantes de Iona.

Carlos II decía que un hombre puede pasar más días a la intemperie en el clima de Inglaterra que en otro cualquiera, afirmación muy propia de un rey con un palacio a sus espaldas y ropa seca para mudarse. Pero debía de haber tenido mejor suerte en su huida de Worcester que yo en aquella miserable isla. Estábamos en pleno verano, y a pesar de ello, llovió durante más de veinticuatro horas seguidas y no aclaró hasta la tarde del tercer día.

Este fue el día de los incidentes. Por la mañana vi un ciervo rojo, un macho con un hermoso desarrollo de astas, aguantando la lluvia en lo alto de la isla; pero apenas me vio levantarme de mi roca salió trotando hacia el otro lado. Supuse que había atravesado a nado el estrecho; pero lo que no pude explicarme fue lo que podía atraer a Earraid a ninguna criatura.

Poco después, mientras iba saltando en busca de mis lapas, me quedé perplejo al ver rodar una guinea sobre una roca delante de mí y caer al mar. Cuando los marineros me devolvieron mi dinero, no sólo se quedaron con la tercera parte de la suma total, sino también con la bolsa de cuero de mi padre; de manera que, desde aquel día, yo llevaba el dinero suelto en un bolsillo abrochado con un botón; pero se me ocurrió que debía tener un agujero, y me llevé la mano precipitadamente al bolsillo, lo cual era como cerrar la puerta de la cuadra después de haber sido robado el caballo. Había salido de la costa de Queensferry con cerca de cincuenta libras, y ya no tenía más que dos guineas y un chelín de plata.

Es verdad que poco después recobré una tercera guinea, que relucía en una mancha de césped. Esto suponía una fortuna de tres libras y cuatro chelines en moneda inglesa; una fortuna para un muchacho heredero legítimo de un señorío y que ahora se moría de hambre en una isla situada en la parte más extrema de las salvajes Highlands. El estado de mis asuntos me desanimó todavía más. A la tercera mañana mi situación era realmente lastimosa. Mis ropas empezaban a pudrirse; mis medias en particular estaban completamente destrozadas, hasta el punto de que llevaba las piernas al descubierto; tenía las manos reblandecidas de tanto andar mojándomelas; me dolía mucho la garganta, mis fuerzas habían disminuido bastante y se me revolvía de tal manera el estómago con la asquerosa porquería que estaba condenado a comer, que sólo con mirarla me entraban náuseas.

Sin embargo, aún no había llegado lo peor.

En la parte noroeste de Earraid existe una roca bastante alta, que acostumbraba a frecuentar por tener la cima plana y dominarse desde ella el estrecho. Además, yo no me quedaba quieto por mucho tiempo en ningún lugar, salvo cuando dormía, pues mi angustia no me dejaba descansar y me consumía en continuas idas y venidas, sin rumbo fijo, bajo la lluvia.

En cuanto salió el sol me tumbé en lo alto de aquella roca para secarme. El alivio que produce el sol es algo que no alcanzo a expresar. Me puse a pensar esperanzado en mi liberación, de la cual había ya empezado a desconfiar, y eché un vistazo al mar y hacia Ross con renovado interés. Al sur de mi roca, una parte de la isla sobresalía y ocultaba el mar abierto, de modo que podía acercarse un bote por aquel lado sin que yo lo advirtiese. El caso es que, de improviso, una barquita con una vela oscura y un par de pescadores a bordo vino rauda a doblar aquel recodo de la isla. Iba con rumbo a Iona. Yo les grité y caí de rodillas sobre la roca alzando las manos, suplicándoles que me recogiesen. Ellos estaban lo suficientemente cerca como para oírme, puesto que incluso podía distinguir el color de sus cabellos, y no había duda de que ellos también me vieron porque gritaron algo en gaélico y se rieron. Pero no desviaron su bote, sino que aligeraron la marcha, delante de mis propios ojos, en dirección a Iona.

Yo no podía dar crédito a semejante perversidad, y corrí de roca en roca a lo largo de la costa llamándoles lastimeramente, y aun después de hallarse fuera del alcance de mi voz, seguí gritándoles y haciéndoles señas; cuando desaparecieron creí que el corazón me iba a estallar. En todo aquel tiempo de desgracias no lloré más que dos veces: una cuando no pude recuperar la verga y ahora, por segunda vez, al ver que aquellos pescadores habían hecho oídos sordos a mis gritos. Pero esta vez lloré y rabié como un chiquillo malo, arrancando la hierba con mis uñas y restregándome la cara en la arena. Si el deseo bastase para matar a un hombre, aquellos dos pescadores no hubieran visto la mañana siguiente y yo habría muerto seguramente en mi isla.

Cuando me sobrepuse un poco a mi rabia, tuve que comer de nuevo, pero tomé tal asco a la comida, que apenas podía dominar esa sensación. Y lo cierto es que hubiera hecho mejor ayunando, porque los mariscos volvieron a envenenarme. Sentí los dolores de otras veces; tenía tan mal la garganta, que apenas podía tragar; me entraron unos escalofríos tan violentos, que me castañeteaban los dientes, y luego me vino aquella horrorosa sensación de malestar para la que no tenemos nombre ni en Escocia ni en Inglaterra. Pensé que iba a morirme, y me puse a bien con Dios, perdonando a todos los hombres, incluso a mi tío y a los pescadores, y cuando tuve el espíritu preparado para lo peor, se me despejó la mente. Observé que la noche caía sin estar acompañada de la lluvia, que tenía las ropas bastante secas y que en realidad estaba mejor que antes, cuando tomé tierra en la isla, y así me dormí finalmente con un sentimiento de gratitud.

Al día siguiente (que era el cuarto de aquella horrible vida mía) mis fuerzas habían disminuido mucho más. Pero lucía el sol, el viento era fresco y lo que pude comer de los mariscos me sentó bien y reanimó mi valor.

Apenas volví a mi roca (adonde iba siempre después de haber comido), descubrí un bote que salía del estrecho con la proa en mi dirección, según me pareció.

Esto me infundió grandes esperanzas y grandes temores. Pensé que aquellos hombres podían haber pensado mejor acerca de su crueldad, y quizá vendrían en mi auxilio; pero al mismo tiempo pensaba que no podría soportar otro desengaño como el del día anterior. Por tanto, me volví de espaldas al mar, y así permanecí, sin volver a mirarles, hasta después de haber contado muchos cientos. El bote seguía con rumbo a la isla. La segunda vez conté hasta mil, tan despacio como pude, mientras que mi corazón latía tan fuerte que me hacía daño. Después ya no hubo duda: ¡la embarcación venía en dirección a Earraid! Ya no pude continuar vuelto de espaldas, y eché a correr hacia la orilla y aún más allá, saltando de roca en roca tan lejos como pude. Y fue un milagro que no me ahogase, porque cuando por fin me vi obligado a detenerme las piernas se me doblaban y tenía la boca tan seca, que tuve que humedecérmela con agua del mar para poder gritar. Mientras tanto, el bote se acercaba, y ya pude confirmar que era el mismo y con los dos mismos hombres del día anterior. Los conocí por sus cabellos, porque uno lo tenía de un rubio brillante y el otro negro. Pero ahora venía con ellos un tercero que parecía de clase más elevada.

Cuando estuvieron al alcance de mi voz, arriaron la vela y se detuvieron. A pesar de mis súplicas, no se acercaron más, y lo que me asustó más fue que el nuevo individuo hablaba entre risitas con los otros sin dejar de mirarme.

Luego se puso de pie en el bote y se dirigió a mí durante un buen rato, hablando a gritos y gesticulando mucho. Le dije que no entendía el gaélico, y al oírme se enfadó mucho, por lo que empecé a sospechar que él se figuraba estar hablando en inglés. Escuchando con mucha atención, capté el término «cualquiera» varias veces, aunque mal pronunciado; pero todo lo demás era gaélico, que para mí era igual que si hablara griego o hebreo.

—Cualquiera —dije para demostrarle que había entendido una palabra.

—Sí, sí, sí —dijo.

Y luego miró a los otros, como diciendo «¿Veis como hablo inglés?», y volvió a hablarme a gritos, como antes, en gaélico.

Esta vez cogí otra palabra, «marea». Entonces se abrió un resquicio de esperanza. Me acordé de que aquel hombre no hacía más que señalar con la mano en dirección a Ross.

—¿Queréis decir que cuando baje la marea...? —grité, y no pude acabar la frase.

—Sí, sí —respondió—. «Marea».

Entonces me volví de espaldas al bote (donde mi consejero una vez más volvía a sus risitas); me fui por donde había venido, saltando de roca en roca, y atravesé la isla a más velocidad que nunca. Al cabo de media hora llegué a orillas del estrecho, y tal como lo imaginaba, éste se había quedado reducido a un riachuelo. Me arrojé al agua, que apenas me llegaba a las rodillas; crucé el estrecho, y al poner los pies en la otra orilla lancé un grito de alegría.

Cualquier muchacho criado al borde del mar no hubiera pasado ni un día en Earraid, que no era más que lo que llaman un islote de marea, porque salvo en la más fuerte de las mareas se podía entrar y salir de él dos veces al día a pie enjuto o, como mucho, vadeando. Yo mismo, que había visto varias veces bajar y subir la marea para coger mariscos, hubiera podido descubrir el secreto y me hubiera liberado si hubiera pensado un poco en vez de enfurecerme contra mi destino. No era extraño que los pescadores no me comprendiesen; más extraño era que hubieran adivinado mi lamentable engaño y se hubieran tomado el trabajo de volver por mí. Había pasado en aquella isla, muerto de hambre y frío, cerca de cien horas, y, de no ser por los pescadores, hubiera podido dejarme allí los huesos por pura estupidez. Y aunque todo había pasado ya, bien caro había pagado mi estupidez, no sólo con mis sufrimientos pasados, sino con la situación en que ahora me hallaba, vestido como un mendigo, sin apenas poder andar y sufriendo mucho con el profundo dolor de mi irritada garganta. He conocido hombres perversos y hombres tontos, muchos, y creo que todos ellos, al final, acaban pagando su culpa, pero los tontos son los primeros.

XV. El muchacho del botón de plata. A través de la isla de Mull

El Ross de Mull, al que por fin pude llegar, era escarpado y no tenía caminos, como la isla que acababa de abandonar; era todo pantanos, zarzas y peñascos. Puede que existan caminos para quienes conozcan bien la zona; pero yo no tenía más guía que mi propio olfato y el Ben More.

Dirigí mis pasos en dirección al humo que había visto tan a menudo desde la isla, y a pesar de mi tremendo cansancio y de las dificultades de la marcha llegué a una casa situada en una pequeña hondonada, alrededor de las cinco o las seis de la tarde. Era una casa baja y alargada, con tejado de hierba y construida con piedras sin mortero; y en un montículo delante de la casa un anciano caballero estaba sentado al sol fumando su pipa. Con el poco inglés que sabía me dio a entender que mis compañeros de a bordo habían llegado sanos y salvos y que al día siguiente habían tomado un bocado en esa misma casa.

—¿Iba con ellos uno vestido como un caballero? —pregunté.

Me respondió que todos llevaban toscos gabanes; pero que, efectivamente, el primero de ellos, que había venido solo, llevaba calzones y medias, en tanto que los otros llevaban pantalones de marinero.

—¡Ah! —exclamé—. ¿Y no llevaba una gorra con plumas?

Me respondió que no, que iba con la cabeza descubierta como yo.

Al principio supuse que Alan habría perdido su gorra; pero luego me acordé de la lluvia, y me pareció más probable que la llevase debajo de su gabán, para que no se le estropease. Esto me hizo sonreír, en parte porque mi amigo estaba a salvo y porque pensaba en su vanidad en el vestir.

Entonces el anciano se dio una palmada en la frente y exclamó que yo debía ser el muchacho del botón de plata.

—¡Vaya! ¡Claro que sí! —dije bastante asombrado.

—En ese caso —repuso el anciano—, tengo un recado para ti, y es que vayas a reunirte con tu amigo en su país, en Torosay.

Luego me preguntó qué me había pasado, y le conté mi historia. Un hombre del sur se hubiera reído seguramente; pero aquel anciano caballero (le llamo así por sus modales, pues sus vestidos se caían de viejos) escuchó todo el relato con seriedad y compasión. Cuando hube terminado me cogió de la mano y me llevó a su choza (pues no era más que eso) y me presentó a su esposa, como si ella fuera una reina y yo un duque. La buena mujer me sirvió pan de avena y gallina silvestre fría, dándome palmaditas en la espalda y sonriéndome todo el tiempo, porque no sabía inglés; el anciano caballero (para no quedarse atrás) me preparó un ponche muy fuerte con aguardiente del país. Mientras comía, y después mientras tomaba el ponche, apenas podía dar crédito a mi buena suerte, y la casa, aunque estaba llena de humo de la turba y tenía tantos agujeros como un colador, me parecía un palacio.

El ponche me provocó un abundante sudor y un sueño profundo, y aquella buena gente me dejó dormir hasta casi el mediodía siguiente, en que emprendí el camino. Tenía la garganta mucho mejor y los ánimos completamente restablecidos por la buena comida y las buenas noticias. Aunque le insté mucho, el anciano caballero no quiso aceptar dinero, y me regaló una vieja gorra para cubrirme la cabeza; pero debo decir que, apenas estuve fuera de la vista de la casa, lavé cuidadosamente aquel regalo en una fuente a la orilla del camino.

Recordando la hospitalidad de aquella gente, no pude menos de decirme: «Si éstos son los salvajes highlanders, me gustaría que mis paisanos fueran más salvajes». No sólo me puse tarde en marcha, sino que debí de errar casi la mitad del tiempo. El caso es que hallé muchísima gente escardando en campos pequeños y míseros, que no hubieran podido mantener un gato ni criar vaquitas de tamaño mayor que un asno. Como la ley prohibía el traje escocés desde la rebelión, y la gente se veía condenada a usar el vestido de las tierras bajas, que les desagradaba mucho, resultaba curioso ver la variedad de sus atavíos. Algunos iban desnudos, con sólo una capa o un gabán, y llevaban los pantalones echados a la espalda, como una carga inútil; otros habían hecho una imitación del tartán, con tiras de tela de colores cosidas unas a otras como la colcha de una vieja mujer; otros llevaban todavía la falda escocesa, pero con unas puntadas entre las piernas para transformarla en una especie de pantalones como los de los holandeses. Todas aquellas prendas improvisadas estaban prohibidas y castigadas, porque la ley era aplicada con rigor, con la esperanza de acabar con el espíritu de clan; pero en esta isla tan apartada y ceñida por el mar había muy pocos que reparasen en aquello, y menos que fueran contándolo.

Parecía que vivían en una extrema pobreza, lo cual era muy natural ahora que se había puesto fin a la rapiña y que los jefes no tenían ya casa abierta, y los caminos (incluso aquél tan desviado que yo seguía) estaban infestados de mendigos. Y también en esto observé una gran diferencia con respecto a los de mi país. Porque los mendigos de nuestras tierras bajas —hasta los estudiantes tienen autorización para pedir— son simpáticos y aduladores, y si se les da una moneda grande pidiéndoles el cambio, os devuelven muy cortésmente lo que se les pide. Pero estos mendigos de las tierras altas miran por su dignidad y únicamente piden limosna para comprar rapé, y no se prestan a devolver el cambio.

La verdad es que todo esto no me importaba nada, pero me servía de entretenimiento mientras andaba. Lo que más me interesaba para mis propósitos era que muy pocos sabían inglés, y esos pocos que lo sabían (a menos que pertenecieran a la cofradía de los mendigos) no mostraban mucho afán en ponerlo a mi servicio. Como sabía que mi destino era Torosay, les repetía este nombre y señalaba la dirección con el dedo; pero ellos, en vez de indicarme el camino, me soltaban un discurso en gaélico que me volvía loco; así que no es de extrañar que me apartase de mi camino tantas veces como me mantenía en él.

Por fin, hacia las ocho de la noche y ya muy cansado, llegué a una casa solitaria, donde pedí posada y me fue negada hasta que se me ocurrió pensar en el poder del dinero en un país tan pobre, y mostré una de mis guineas. Entonces, el dueño de la casa, que hasta aquel momento había fingido no saber inglés y me echaba de su puerta con señas, empezó a hablar de repente con la claridad necesaria y aceptó darme alojamiento esa noche y guiarme al día siguiente hasta Torosay por cinco chelines.

Aquella noche dormí muy intranquilo, temiendo ser robado; pero pude haberme ahorrado aquella preocupación, porque mi posadero no era ladrón, sino un pobre miserable y un gran tramposo. Pero él no era el único pobre, pues a la mañana siguiente tuvimos que andar cinco millas para ir a la casa de uno, a quien mi posadero llamaba rico, para poder cambiar una de mis guineas. Este hombre sería rico probablemente para Mull; en el sur difícilmente hubiera sido considerado como tal, pues tuvo que echar mano de todo cuanto poseía, revolviendo la casa de arriba abajo, y todavía necesitó pedir prestado a un vecino para poder reunir veinte chelines de plata. El chelín que sobraba se lo guardó para sí, objetando que no podía permitirse el lujo de tener una suma tan grande de dinero bajo llave sin producir nada. Por lo demás, era una persona muy cortés y bien hablada, que nos hizo sentar a su mesa para cenar con su familia y nos sirvió un ponche en un tazón de porcelana china, con cuya bebida el bribón de mi guía se puso tan alegre que se negó a continuar el camino.

Yo me estaba enfadando, y apelé al hombre rico (que se llamaba Héctor Maclean), que había sido testigo de nuestro trato y de mi pago de los cinco chelines. Pero Maclean había tomado su parte de ponche, y juró que ningún caballero debía abandonar su mesa después de haber preparado el ponche; de modo que no tuve más remedio que volver a sentarme y oír brindis jacobitas y canciones gaélicas hasta que todos se emborracharon y se fueron dando tumbos a la cama o al pajar a pasar la noche.

Al día siguiente (el cuarto de mi viaje) estábamos levantados antes de las cinco de la mañana; pero el bribón de mi guía se agarró de nuevo a la botella, y pasaron así tres horas antes de que yo pudiera sacarle de la casa, pero sólo para llevarme otra decepción mayor aún, como vais a ver.

Mientras descendimos por un valle repleto de brezos que se extendía ante la casa del señor Maclean, todo marchó bien; pero mi guía no paraba de mirar hacia atrás, y cuando le pregunté la causa se limitó a hacerme una mueca. Pero apenas hubimos atravesado la cumbre del monte y perdido de vista las ventanas de la casa, me dijo que Torosay estaba justamente enfrente y que la cumbre de una colina que me señalaba sería mi mejor brújula.

—Bien poco me importa eso —le dije—, puesto que venís conmigo.

El desvergonzado tramposo me contestó en gaélico que no entendía inglés.

—Mi querido compañero —repliqué—, sé perfectamente que vuestro inglés se va y se viene. Decidme cuánto costará hacerlo volver. ¿Deseáis más dinero?

—Cinco chelines más —dijo—, y yo mismo os llevaré allí.

Reflexioné un momento y luego le ofrecí dos, que aceptó ávidamente, insistiendo en tenerlos en su mano en el acto «para que nos traigan buena suerte», como dijo él, aunque me parece que fue más bien para mi desgracia.

Los dos chelines no le hicieron andar más allá de otras tantas millas, y al final de esta distancia se sentó en la cuneta y se quitó los zuecos, como quien se dispone a descansar. Yo estaba ya que echaba chispas.

—¡Ah! —exclamé—, ¿se os ha acabado el inglés?

Él me contestó descaradamente que no.

Esto me sacó de mis casillas y alcé la mano para pegarle; pero él sacó un cuchillo de entre sus andrajos y se agachó enseñándome los dientes como un gato montés. Entonces, olvidándome de todo menos de mi ira, me abalancé sobre él, me deshice de su cuchillo con mi brazo izquierdo y le pegué en la boca con el puño derecho. Yo era un muchacho fuerte y estaba furioso, y él no era más que un hombrecillo; así que se derrumbó ante mí pesadamente. Por suerte se le escapó el cuchillo de la mano cuando cayó. Recogí el cuchillo y los zuecos, le di los buenos días y reanudé mi camino, dejándole descalzo y desarmado. Mientras iba andando fui riéndome entre dientes, seguro de haberme quitado de encima a aquel granuja por varias razones. En primer lugar, él sabía que no volvería a sacarme más dinero; después, los zuecos no costaban en aquel país más que unos cuantos peniques, y finalmente, el cuchillo, que en realidad era una daga, estaba prohibido usarlo por la ley.

Al cabo de una media hora de caminar encontré a un hombre muy alto y andrajoso que andaba con paso bastante ligero, aunque tanteando el suelo con un palo. Estaba completamente ciego, y me dijo ser catequista, cosa que hubiera podido tranquilizarme. Pero su cara no me gustó; parecía siniestro, peligroso y misterioso; y luego, cuando empezamos a andar uno junto al otro, vi asomar bajo la tapa del bolsillo de su chaqueta la culata de acero de una pistola. Llevar encima una cosa semejante significaba una multa de quince libras esterlinas la primera vez, y la deportación a las colonias la segunda. Tampoco podía explicarme por qué había de ir armado un predicador religioso, ni qué podría estar haciendo un ciego con una pistola.

Le conté lo que me había sucedido con mi guía, porque me sentía orgulloso de lo que había hecho, y mi vanidad, por una vez, pudo más que mi prudencia. Al oír mencionar los cinco chelines, lanzó tan fuerte exclamación, que decidí no decirle nada de los otros dos, y me alegré de que no pudiera ver mi sonrojo.

—¿Es demasiado? —le pregunté, balbuceando un poco.

—¡Y tanto que es demasiado! —exclamó—. Yo os guiaré a Torosay por una copita de aguardiente. Y además, tendréis el gran placer de disfrutar de mi compañía, porque soy hombre de cierta cultura.

Le dije que no comprendía cómo un ciego podía hacer de guía; pero al oír esto soltó una carcajada, diciendo que su palo tenía unos ojos que valían por los de un águila.

—Por lo menos en la isla de Mull —dijo—, donde me sé cada piedra y cada mata de brezo de memoria. Mirad —añadió, pegando a derecha e izquierda con el palo como para asegurarse—, allá abajo corre un arroyo; y en su cabecera se alza un pequeño cerro con una piedra inclinada en lo alto, y casi al pie de ese cerro se extiende el camino que va a Torosay; y ese camino, que es de ganado, está muy pisoteado y sólo tiene hierbas entre el brezal.

Tuve que reconocer que había acertado en todo cuanto dijo, y le manifesté mi asombro.

—¡Ah! —exclamó—, eso no es nada. ¿Me creeríais si os dijera que antes de publicarse el decreto de prohibición y cuando había armas en este país, yo era capaz de disparar?

¡Pues así era! –exclamó; y luego, mirando de soslayo agregó–: Si lleváis encima una pistola o algo por el estilo para hacer la prueba, veréis cómo tiro.

Le contesté que no tenía nada por el estilo, y me aparté un poco de él. El hombre ignoraba que su pistola asomaba visiblemente por su bolsillo y que yo veía el sol brillar en el acero de la culata. Pero, por suerte para mí, él no lo sabía, y pensaba que llevaba el arma oculta y mentía engañándose a sí mismo.

Después comenzó a interrogarme astutamente. Quiso saber de dónde venía, si era rico, si podía cambiarle una moneda de cinco chelines (que dijo llevar en aquellos momentos en su bolsa), y todo ese tiempo tratando de acercarse a mí, y yo no hacía otra cosa que apartarme de él. Nos hallábamos ahora en una especie de camino de ganado cubierto de hierba que cruzaba los montes hacia Torosay, y continuamente íbamos cambiando de lado, como si bailásemos una giga. Yo me consideraba tan superior a él, que me puse de buen humor y empecé a divertirme con aquel jugar a la gallina ciega. Pero el catequista fue enfadándose cada vez más, hasta que al final comenzó a jurar en gaélico y a pegarme en las piernas con su palo.

Entonces le dije que yo también llevaba, como él, una pistola en el bolsillo, y que, si no se iba hacia el sur, cruzando el monte, le saltaría la tapa de los sesos.

De inmediato se volvió muy educado, y después de un buen rato de intentar apaciguarme, aunque en vano, me maldijo de nuevo en gaélico y se marchó. Yo me quedé observándole mientras daba zancadas por entre los pantanos y las zarzas, tanteando con su bastón, hasta que llegó al pie de una colina y desapareció en la hondonada inmediata. Entonces reanudé mi marcha hacia Torosay mucho más contento de ir solo que acompañado de aquel culto hombre. Era un día desgraciado, y aquellos dos individuos de quienes acababa de deshacerme, uno detrás del otro, fueron los dos peores que encontré en las Highlands. En Torosay, en el estrecho de Mull y dominando la tierra de Morven, había una posada con un posadero que al parecer era un Maclean de muy buena familia, porque en las Highlands se considera a los posaderos mucho mejor que entre nosotros, quizá porque dan hospitalidad o quizá porque el oficio es descansado y permite darse a la bebida. Hablaba bien el inglés, y pensando que yo debía ser estudiante, se dirigió a mí primero en francés, en lo que me venció fácilmente, y luego en latín, lengua en la que no puedo decir quién de los dos lo hizo mejor. Esta divertida rivalidad nos colocó en seguida en términos amistosos, y yo me senté a tomar un ponche con él (o para ser más exactos, me senté y observé cómo bebía), hasta que se puso tan borracho que le dio por llorar sobre mi hombro.

Le enseñé como por casualidad el botón de Alan; pero era evidente que no lo había visto nunca ni había oído hablar de él. En realidad, guardaba cierto rencor a la familia y a los amigos de Ardshiel, y antes de emborracharse me leyó una sátira en muy buen latín, pero con muy mala intención, que había compuesto en versos elegíacos contra una persona de aquella familia.

Cuando le hablé de mi catequista, movió la cabeza y dijo que era una suerte haberme librado de él.

–Es un hombre muy peligroso –dijo–. Se llama Duncan Mackiegh; puede disparar de oído a varias yardas de distancia. Ha sido acusado muchas veces de robos en los caminos, y en una ocasión fue acusado de asesinato.

—Lo gracioso es —repuse— que se dice catequista.

—¿Y por qué no habría de serlo? —dijo él—. Lo es, en efecto. Fue Maclean de Duart quien le nombró catequista, porque era ciego. Pero tal vez fue una equivocación —añadió mi posadero—, porque siempre está en los caminos, yendo de un lugar a otro para oír a los chiquillos recitar el catecismo e indudablemente el pobre hombre encuentra muchas tentaciones en el camino.

Finalmente, cuando mi posadero ya no pudo beber más, me indicó una cama y me eché muy satisfecho por haber recorrido la mayor parte de aquella vasta y tortuosa isla de Mull desde Earraid hasta Torosay; esto es, cincuenta millas en línea recta y casi cien contando las veces que me perdí por esos caminos, en cuatro días y sin fatigarme mucho. Realmente me sentía mejor de ánimo y de salud al final de aquella larga caminata que al emprenderla.

XVI. El muchacho del botón de plata: A través de Morven

Entre Torosay y Kinlochaline, que está en tierra firme, hay un transbordador regular. Ambas orillas del estrecho pertenecen al país del poderoso clan de los Maclean, y la gente que cruzó conmigo en el transbordador era casi toda de aquel clan. Por otra parte, el patrón de la barca se llamaba Neil Roy Macrob, y puesto que Macrob era uno de los apellidos de los del clan de Alan, y el propio Alan me había mandado a aquel transbordador, yo estaba impaciente por tener una conversación en privado con Neil Roy. En una barca atestada de gente como aquélla, esto era, desde luego, imposible y la travesía era muy lenta. No hacía viento, y como la barca estaba míseramente equipada, no podíamos mover más que dos remos por un lado y uno por el otro. Los hombres, sin embargo, se afanaban con mucha voluntad, y los pasajeros se turnaban de cuando en cuando, y todos mataban el tiempo cantando barcarolas gaélicas. Y con aquellas canciones y la brisa del mar, y con la buena disposición de ánimo de todos y el buen tiempo, el pasaje era algo muy agradable de ver.

Pero hubo una parte melancólica. En la desembocadura del estuario de Aliñe encontramos anclado un gran navío. Al principio supuse que sería uno de los cruceros del rey que recorrían la costa, tanto en verano como en invierno, para impedir la comunicación con los franceses. Pero cuando nos acercamos un poco más, se vio claramente que se trataba de un barco mercante; y lo que más me desconcertó fue que no sólo los puentes sino la orilla del mar estaban llenos de gente, y que constantemente iban y venían esquifes de la playa al barco. Cuando nos acercamos más empezó a llegar a nuestros oídos un rumor de lamento, pues tanto los de a bordo como los que se hallaban en tierra lloraban y se lamentaban de un modo que partía el corazón.

Entonces comprendí que se trataba de un barco de emigrantes, que zarpaba rumbo a las colonias americanas.

Atracamos el transbordador al costado del barco, y los desterrados se asomaron a las amuradas, llorando y tendiendo las manos a mis compañeros de viaje, entre los cuales contaban algunos amigos íntimos. No sé cuánto hubiera podido durar aquello, pues parecían no tener sentido del tiempo; pero al fin el capitán del barco, que estaba fuera de sí (y no era de extrañar) en medio de aquel vocerío y de aquella confusión, se acercó al costado del barco y nos rogó que nos apartásemos.

Entonces Neil desvió el barco, y el que dirigía el coro de nuestro barco empezó a entonar un aire melancólico, que en seguida fue coreado por los emigrantes y por sus amigos de la orilla, de manera que sonaba por todas partes como un lamento por los agonizantes. Vi correr las lágrimas incesantemente por las mejillas de los hombres y de las mujeres de nuestro bote mientras se inclinaban sobre los remos, y las circunstancias y la música de la canción (que es una llamada «Lochaber no more») nos conmovieron profundamente a todos, incluso a mí.

En Kinlochaline llamé a Neil Roy a un lado de la playa y le dije que estaba seguro de que él era uno de los hombres de Appin.

—¿Y por qué no? —me dijo.

—Es que ando buscando a alguien —repliqué—, y me imagino que vos tendréis noticias de él. Su nombre es Alan Breck Stewart.

Y muy tontamente, en lugar de enseñarle el botón, traté de comprar su información con un chelín.

Al ver mi gesto retrocedió.

—Estoy muy ofendido —me dijo—. Ese no es el modo de tratar a un caballero. El hombre por quien preguntáis está en Francia; pero, aunque le llevase en mi bolsa —añadió— y vos tuvierais la barriga llena de chelines, yo sería incapaz de tocarle ni un solo pelo.

Comprendí que había hecho mal, y sin perder tiempo en excusas le mostré el botón que tenía en la palma de la mano.

—¡Esto es otra cosa! —dijo Neil—. ¡Me parece que debíais haber empezado por ahí! Si sois el muchacho del botón de plata, no hay más que decir, pues tengo el encargo de velar por vuestra seguridad. Con todo, si me permitís que os hable con franqueza —añadió—: hay un nombre que nunca debe salir de vuestros labios, y ese nombre es el de Alan Breck, y hay una cosa que nunca debéis hacer, y es la de ofrecer vuestro sucio dinero a un caballero de las Highlands.

No era nada fácil disculparse, pues no podía decirle (como era verdad) que jamás hubiera soñado que fuese él un caballero hasta que me lo dijo. Neil, por su parte, no tenía ganas de prolongar sus relaciones conmigo, solamente quería cumplir las órdenes recibidas y olvidarse del asunto; por eso se dio prisa en indicarme el camino que debía seguir. Yo tenía que pasar la noche en Kinlochaline, en la posada del pueblo; cruzar Morven al día siguiente hasta Ardgour, y dormir en casa de un tal John de Claymore, quien ya estaba avisado de mi llegada; al tercer día debía ser conducido por un lago en Corran y otro en Balachulish y luego preguntar el camino que llevaba a la casa de James de Glen en Aucharn, en Duror de Appin. Como puede verse, había una buena parte de viaje en transbordador, pues en aquella parte el mar se interna bastante en las montañas y serpentea a sus pies. Esto hace que la comarca quede muy bien defendida y sea difícil viajar por ella; sin embargo, está llena de prodigiosos, inexplorados y peligrosos panoramas.

Recibí algunos consejos más de Neil, como, por ejemplo, no hablar con nadie en el camino, evitar a los whigs, a los Campbell y a los «soldados rojos»; apartarme del camino y esconderme entre los matorrales si veía venir a alguno de estos últimos, «pues nunca trae buenas consecuencias tropezarse con ellos», en una palabra, comportarme como si fuera un ladrón o un agente jacobita, como acaso me suponía Neil.

La posada de Kinlochaline era un lugar tan miserablemente asqueroso, que hasta los cerdos lo hubieran rechazado, lleno de humo, insectos y silenciosos highlanders. No sólo estaba descontento con mi alojamiento, sino conmigo mismo por mi mala conducta con Neil, y pensé que difícilmente podría encontrarme en peor situación. Pero estaba muy equivocado, como pude comprobar en seguida, pues no haría ni media hora que estaba en la posada (a la puerta casi todo el tiempo, para aliviar mis ojos del humo de la turba) cuando estalló una tormenta cuyo aguacero descargó en la pequeña colina donde se hallaba la posada, y una parte de la casa quedó inundada. Las posadas eran muy malas en aquellos tiempos en toda Escocia; pero, con todo y ello, sentí mucha extrañeza cuando para ir desde la chimenea hasta la cama en la que iba a dormir tuve que hacerlo vadeando con los zapatos puestos.

Al día siguiente, muy de mañana, continué mi viaje y alcancé en el camino a un hombre pequeño, fuerte y solemne, que andaba muy despacio, con los pies hacia afuera, unas veces leyendo un libro y otras señalando la página con el dedo; vestía con decencia y sencillez, con cierto aire eclesiástico.

Luego supe que era otro catequista, pero pertenecía a una orden diferente de la del ciego de Mull, pues era, en efecto, uno de los que enviaba la Sociedad de Edimburgo para la Propagación de los Conocimientos Cristianos a evangelizar los lugares más atrasados de las Highlands. Se llamaba Henderland; hablaba con ese cerrado acento del sur que ya empezaba yo a querer oír; pero además de nuestra patria común, no tardamos en descubrir que existía entre nosotros un lazo de interés más importante. En su tiempo libre, mi buen amigo el pastor de Essendean había traducido al gaélico cierto número de himnos y libros piadosos, que Henderland utilizaba en su trabajo, y los tenía en gran estima. Y en efecto, una de esas traducciones era la que llevaba y leía cuando nos encontramos. Inmediatamente aceptamos seguir juntos, pues nuestro camino era el mismo hasta Kingairloch. A cada paso se detenía para hablar con todos los caminantes y trabajadores que encontrábamos o que se cruzaban con nosotros, y aunque, por supuesto, yo no podía entender lo que se decían, deduje que el señor Henderland era muy querido en la comarca, pues observé que muchas de las personas con las que hablaba sacaban su tabaquera para compartir una pizca de rapé con él.

Yo le hablé de mis asuntos hasta donde consideré prudente, es decir, no le conté nada que tuviera que ver con Alan, y dije que me dirigía a Balachulish para reunirme con un amigo, pues pensé que hablarle de Aucharn, o incluso de Duror, sería detallar demasiado y podrían ponerle sobre la pista.

Él, por su parte, me habló mucho de sus quehaceres y de la gente entre la cual trabajaba, de los sacerdotes y jacobitas que andaban escondidos, de la ley que prohibía la posesión de armas, de la referente a los vestidos y de otras muchas curiosidades de la época y del lugar. Se mostraba moderado; censuró al Parlamento en varios puntos, especialmente por haber elaborado una ley más severa contra los que usaban el traje regional que contra los que llevaban armas.

Esta moderación me llevó a preguntarle por el Zorro Rojo y por los arrendatarios de Appin; preguntas que consideré naturales en boca de uno que viajaba por aquel país. Me contestó que era un mal asunto.

—Es maravilloso —añadió— de dónde sacan el dinero los arrendatarios, porque su vida es un continuo morirse de hambre. (¿No llevaréis algo de rapé, señor Balfour? No. Mejor así, me conviene no tenerlo). Pero estos arrendatarios (como iba diciendo) sin duda se ven obligados a buscar el dinero. James Stewart en Duror (ese al que llaman James de Glen) es hermanastro de Ardshiel, el caudillo del clan, y es un hombre muy respetado y enérgico. Además, hay otro a quien llaman Alan Breck...

—¡Ah! —exclamé—. ¿Qué es de él?

—¿Quién puede decir dónde está el viento que acaba de soplar? —repuso Henderland—. Siempre está de acá para allá; hoy está aquí y mañana ya se ha marchado: es un buen gato montés. No me extrañaría nada que estuviera acechándonos detrás de alguna de esas matas de tojo. No llevaréis un poco de rapé, claro.

Le contesté que no, y que ya me había hecho la misma pregunta otra vez.

—Es muy posible —dijo suspirando—. Pero resulta extraño que no llevéis rapé. Pues bien, como os decía, este Alan Breck es un tipo intrépido, heroico y, como todo el mundo sabe, la mano derecha de James. Su vida está ya sentenciada; pero no se detiene ante nada, y tal vez si algún arrendatario se mostrara remiso, Alan sería capaz de clavarle el puñal en su barriga.

—Todo lo que estáis contándome, señor Henderland, es una lamentable historia —dije—. Si todo es terror por ambas partes, prefiero no oír más acerca de eso.

—No —repuso el señor Henderland—, también hay en ello amor y abnegación, sentimientos que desgraciadamente nos falten tal vez a vos y a mí. Hay algo hermoso en ello, puede que no sea cristiano, pero humanamente hermoso. Hasta el propio Alan Breck, por lo que he oído de él, es un muchacho que merece respeto. Quizá haya muchos hipócritas sentados junto a nosotros en la iglesia de nuestro lugar que parecen personas respetables a los ojos del mundo y que acaso sean mucho peores, señor Balfour, que ese extraviado derramador de sangre. Sí, sí, debemos aprender de ellos. ¿Pensaréis tal vez que he estado demasiado tiempo viviendo en las Highlands, verdad? —añadió sonriéndome. Le dije que no, pero que había visto mucho que admirar entre los highlanders y que, al fin y al cabo, el propio señor Campbell era un highlander.

—Sí, es verdad —dijo él—. Es una excelente familia.

—¿Y cómo es el agente del rey? —le pregunté.

—¿Colín Campbell? —repuso Henderland—. ¡Está metiendo la cabeza en un avispero!

—He oído decir que echa a los arrendatarios por la fuerza —dije.

—Sí —me contestó—; pero el asunto ha tenido sus altos y sus bajos, como dice la gente. En primer lugar, James de Glen se desplazó a Edimburgo para buscar un abogado (algún Stewart, sin duda, pues todos ellos se ayudan mutuamente como los murciélagos en un campanario), y consiguió aplazar los procedimientos. Luego volvió Colin Campbell otra vez, obteniendo todo lo que deseaba de los barones de la tesorería real. Y ahora me dicen que los primeros arrendatarios deberán desaparecer discretamente mañana. Las expropiaciones van a empezar en Duror, bajo las mismísimas ventanas de la casa de James, lo cual en mi humilde opinión no me parece prudente.

—¿Pensáis que lucharán? —pregunté.

—No sé —repuso Henderland—. Están desarmados, o se supone que lo están, pues todavía hay una buena cantidad de frío acero escondido en lugares secretos. Además, Colin Campbell trae tropas. Pero, a pesar de todo, si yo fuera su esposa, no estaría tranquila hasta que le viera de regreso a casa. Son gente extraña los Stewart de Appin.

Le pregunté si eran peores que sus vecinos.

—No lo son —dijo—. Y eso es lo peor de todo. Pues si Colin Roy consigue salirse con la suya en Appin, entonces hará lo mismo con la comarca inmediata, que llaman Mamore, y que es una de las tierras de los Cameron. Es delegado del rey en ambas regiones, y de ambas tendrá que expulsar a los arrendatarios y en efecto, señor Balfour (para hablaros con sinceridad), me parece que, si escapa de un lado, encontrará la muerte en el otro.

Así continuamos hablando y caminando la mayor parte del día, hasta que por fin, el señor Henderland, después de expresar su agrado por mi compañía, y su satisfacción por haberse tropezado con un amigo del señor Campbell (a quien yo —dijo— me atrevería a llamar el dulce cantor de nuestra Sión reformada), me propuso que hiciera un breve alto y pasase la noche en su casa, que estaba algo más allá de Kingairloch. A decir verdad, no cabía en mí de contento, porque no tenía ninguna gana de ver a John de Claymore, y desde mi doble desventura, primero con el guía y luego con el caballero patrón de la barca, me fiaba muy poco de los highlanders desconocidos. Por tanto, acepté la invitación, cerramos el trato estrechando la mano, y por la tarde llegamos a una casita que se alzaba solitaria a orillas del estuario de Linnhe. El sol ya se había puesto en las desiertas montañas de Ardgour, pero lucía, más lejos, en las montañas de Appin. Las aguas del estuario estaban tan tranquilas como las de un lago, y únicamente se escuchaba el graznido de las gaviotas que revoloteaban en las orillas. Por lo demás, todo el lugar tenía un aspecto solemne y salvaje. Apenas llegamos a la puerta de la vivienda del señor Henderland, cuando éste, con gran sorpresa mía (porque ya me había acostumbrado a la cortesía de los highlanders), se abrió paso bruscamente dejándome atrás, irrumpió en la casa, cogió un tarro y una cucharita de asta, y empezó a meterse en la nariz cantidades verdaderamente excesivas de rapé. Después le dio un buen ataque de estornudos, y al final, se volvió hacia mí con una sonrisa bastante tonta.

—Es un voto que hice —me dijo—. Hice la promesa de no llevar encima rapé. Es sin duda una gran renuncia; pero cuando pienso en los mártires, no sólo de los Covenanters de Escocia, sino de otros puntos de la cristiandad, me avergüenzo de lo poco que vale mi voto.

Después de haber comido (gachas y suero era lo mejor de que disponía el buen hombre para su alimentación), se puso muy grave y me dijo que tenía un deber que cumplir para con el señor Campbell, que consistía en enterarse de mi disposición de espíritu hacia Dios. Yo tenía ganas de reírme de él desde el asunto del rapé; pero consiguió hacerme llorar con tan sólo pronunciar unas pocas palabras. Hay dos cosas de las cuales no deben cansarse nunca los hombres: la bondad y la humildad; ninguna de las dos son fáciles de encontrar en este mundo cruel, entre tanta gente fría y orgullosa; pero el señor Henderland hablaba muy bien y a pesar de que me sentía henchido de orgullo con mis aventuras, de las cuales había salido airoso como reza el refrán, aquel sencillo y pobre anciano no tardó en tenerme arrodillado a sus pies, sintiéndome contento y orgulloso de estar allí.

Antes de irnos a la cama, tomó seis peniques del poco dinero que guardaba en la pared de turba y me los ofreció para que me aliviasen el camino.Ante aquel exceso de bondad no supe qué hacer. Pero tanto insistió, que me pareció lo más cortés aceptárselos, de manera que le dejé más pobre que yo.

XVII. La muerte del Zorro Rojo

Al día siguiente, el señor Henderland me buscó un pescador con barca propia que esa tarde tenía que cruzar pescando el estuario de Linnhe, en dirección a Appin. El hombre consintió en llevarme porque era feligrés de mi amigo, y de esta manera me ahorré un largo día de viaje y el coste de dos transbordadores, que de no ser así hubiera tenido que tomar.

Era cerca del mediodía cuando partimos; era un día triste, con muchas nubes, aunque el sol brillaba por algunos claros. El mar era allí muy profundo y tranquilo, sin apenas olas, de modo que necesité llevarme un poco de agua a los labios para convencerme de que era realmente salada.

Las montañas de las dos orillas eran altas, escarpadas y peladas, y aparecían negras y tenebrosas a la sombra de las nubes, aunque adornadas todas con encajes de plata de los arroyos que relucían al sol. Parecía una región demasiado agreste la de Appin para que sus habitantes la amasen tanto como Alan.

Únicamente vi allí una cosa digna de mención. Poco después de partir, el sol brilló sobre una mancha escarlata, que se movía, junto a la orilla norte. El color era muy parecido al de las casacas de los soldados, y de vez en cuando surgían destellos y reflejos, como si el sol hiriese el brillante acero.

Pregunté a mi barquero qué podría ser aquello, y me apuntó la sospecha de que fueran algunos soldados rojos que vendrían del Fuerte Willian a Appin para atacar a los pobres arrendatarios de la comarca. Aquello me entristeció, y bien porque me acordaba de Alan, bien por alguna corazonada, lo cierto es que, a pesar de no haber visto tropas del rey Jorge más que dos veces, no les deseaba nada bueno.

Al final nos acercamos tanto a tierra al entrar en el estuario de Leven, que pedí al barquero me dejara en la orilla. Él, que era un hombre honrado y fiel a la promesa hecha al catequista, se mostraba dispuesto a llevarme hasta Balachulish; pero como ese plan me distanciaba de mi secreto destino, insistí y finalmente me dejó desembarcar, al pie del bosque de Lettermore (o Lettervore, pues de las dos maneras he oído nombrarlo), en Appin, es decir, en el país de Alan.

Era éste un bosque de abedules que crecía en la empinada y rocosa ladera de una montaña que se alzaba sobre el estuario. Tenía muchos claros y algunas zonas cubiertas de helechos, y una carretera o sendero de herradura lo cruzaba de norte a sur, a la orilla del cual había una fuente donde me senté a comer un poco de pan de avena que me había dado el señor Henderland y a meditar sobre mi situación.

En este lugar no sólo me turbó una nube de mosquitos que me picaban, sino también, y en mayor grado, las dudas que me llenaban la cabeza: qué debía hacer; por qué iba a reunirme con un hombre que estaba fuera de la ley, un presunto asesino como Alan; y si no sería mejor, como hombre juicioso, retroceder hacia el sur directamente por mi cuenta y riesgo, y qué pensarían el señor Campbell y el propio señor Henderland si llegaran a enterarse de mi locura y de mi presunción. Tales eran las dudas que comenzaban a asaltarme con más fuerza que nunca.

Mientras estaba sentado pensando, llegó a mis oídos, a través del bosque, un rumor de hombres y caballos, y poco después, en un recodo del camino, vi aparecer cuatro viajeros. El camino era en aquella parte tan pedregoso y estrecho, que los viajeros venían uno detrás de otro con los caballos cogidos de la brida. El primero era un hombre de alta estatura, pelirrojo y con el rostro autoritario y arrebolado; llevaba el sombrero en la mano y se abanicaba con él, porque le ahogaba el calor. El segundo, por la sobriedad de su traje negro y por su peluca blanca, me pareció, y no me equivocaba, un abogado. El tercero era un sirviente, y llevaba parte del traje de tartán, lo cual demostraba que su amo era de familia highlander, y que, o era un proscrito, o estaba en muy buenas relaciones con el Gobierno, pues usar tartán era actuar contra la ley. Si yo hubiera estado más versado en estas cosas, hubiera sabido que el tartán era de los colores de los Argyle (o de Campbell). El criado llevaba una maleta de buen tamaño atada a la silla de su caballo y una redecilla con limones (para hacer ponche) colgada del arzón, como acostumbraban los viajeros ricos de aquella parte del país.

En cuanto al cuarto y último, ya había visto yo antes otros tipos semejantes a él, y por eso supe en seguida que era un ayudante del magistrado.

Apenas vi aparecer a aquella gente, decidí (sin saber por qué razón) seguir adelante con mi aventura, y cuando el primero pasó por mi lado, salí de entre los helechos y le pregunté por el camino de Aucharn.

El hombre se detuvo y me miró, según me pareció, de manera extraña; y luego, volviéndose hacia el abogado, dijo:

–Mungo, muchos hombres tomarían esto como una advertencia. Heme aquí camino de Duror para realizar el cometido que sabéis, y aquí tenemos a un muchacho que sale entre los helechos y me pregunta si voy en dirección de Aucharn.

–Glenure –dijo el otro–, éste es mal asunto para tomarlo a broma.

Los dos hombres se habían acercado a mí y me miraban fijamente, mientras los otros dos, que venían detrás, se habían detenido a la distancia de un tiro de piedra.

–¿Y qué buscas en Aucharn? –me preguntó Colin Roy Campbell de Glenure, al que llamaban el «Zorro Rojo», pues ésta era la persona a la que yo había parado.

–Busco al hombre que vive allí –contesté.

–James de Glen –dijo Glenure pensativo; y luego se dirigió al abogado–: ¿Creéis que estará reuniendo a su gente?

–En cualquier caso –respondió el abogado– lo mejor que podemos hacer es quedarnos donde estamos y esperar a que los soldados nos alcancen.

–Si lo hacéis por mí –dije–, no tenéis por qué inquietaros, porque no soy de los suyos ni de los vuestros, sino un honrado súbdito del rey Jorge, que no debe ni teme a ningún hombre.

–Muy bien dicho –replicó el administrador–. Pero ¿se me permite que pregunte qué hace este honrado hombre tan lejos de su tierra y por qué busca al hermano de Ardshiel? Yo tengo poder aquí, debo advertíroslo. Soy administrador del rey en varios de los estados, y tengo doce filas de soldados a mis espaldas.

–He oído decir en la comarca –le dije, un poco irritado– que sois hombre difícil de manejar.

Él continuó mirándome, como si vacilase.

—Bien —dijo por fin—; tenéis la lengua atrevida, pero no me disgusta la franqueza. Si me hubierais preguntado el camino de la casa de James Stewart cualquier otro día que no fuera hoy, os lo hubiera indicado y os hubiese deseado feliz viaje. Pero hoy, ¿eh, Mungo? —y se volvió para mirar al abogado. Pero justo en el momento de volverme, llegó de lo alto de la colina el estruendo de un disparo, y casi al mismo tiempo Glenure cayó al suelo.

—¡Oh! ¡Me han matado! —gritó varias veces.

El abogado le había incorporado, y le sostenía entre sus brazos, mientras el criado se inclinaba sobre él y se retorcía las manos. El herido fue mirándoles uno por uno con ojos llenos de pánico y se produjo un cambio en su voz que me conmovió.

—Cuidaos —dijo—. Yo me muero.

Intentó desabrocharse la ropa como si buscara su herida, pero los dedos se le escurrieron de los botones. Entonces exhaló un profundo suspiro, su cabeza cayó sobre los hombros y pasó a mejor vida.

El abogado no dijo ni una palabra, pero su cara estaba más afilada que una pluma y más blanca que la del muerto; el criado rompió en gritos y lloros, como un niño, y yo, por mi parte, me quedé inmóvil, mirándoles con una especie de terror. El ayudante del magistrado había echado a correr en cuanto se oyó el disparo para apresurar la llegada de los soldados.

Finalmente, el abogado dejó al muerto sobre el charco de sangre, y se puso en pie tambaleándose un poco.

Me parece que fue aquel movimiento lo que me devolvió los sentidos, pues, apenas se irguió, comencé a trepar por el cerro, gritando:

—¡Al asesino! ¡Al asesino!

Tan poco tiempo había transcurrido, que, cuando llegué a lo alto de la primera pendiente y pude ver un claro en la montaña, el asesino corría a no mucha distancia todavía. Era un hombre corpulento, de casaca negra con botones de metal, y llevaba una larga escopeta de caza.

—¡Aquí! —griten—. ¡Le estoy viendo!

Al oírme, el asesino lanzó una mirada rápida por encima de su hombro y echó a correr. Un instante después se perdió entre los abedules, y luego volvió a aparecer más arriba, donde le vi trepar como un mono, pues aquella parte volvía a ser muy escarpada. Después desapareció detrás de un rellano y ya no volví a verlo.

Durante todo este tiempo no había dejado de correr y había llegado muy arriba cuando una voz me gritó que me detuviera.

Me hallaba en la linde del bosque de arriba, y por eso, cuando me detuve y miré a mis espaldas, vi a mis pies toda la parte despejada del monte.

El abogado y el ayudante del magistrado estaban más arriba del camino llamándome y haciéndome señas para que regresase, y a su izquierda los casacas rojas, mosquete en mano, comenzaban a salir trabajosamente, en fila de a uno, del bosque de abajo.

—¿Por qué debo volver? —grité—. ¡Subid vosotros!

—¡Diez libras al que coja a ese muchacho! —gritó el abogado—. Es un cómplice. Estaba apostado aquí para detenernos dándonos conversación.

Al oír estas palabras (que yo pude escuchar claramente, aunque no iban dirigidas a mí, sino a los soldados), me dio un vuelco el corazón y sentí un nuevo pánico. Porque realmente una cosa es hallarse en peligro de muerte, y otra muy distinta es hallarse en peligro de perder la vida y la honra. Además, todo aquello había sucedido tan de improviso, como si hubiera sonado un trueno en el cielo claro, que yo estaba atónito y desamparado.

Los soldados comenzaban a desplegarse, algunos de ellos a correr, en tanto que otros me apuntaban con sus mosquetes, y yo seguía inmóvil.

—Métete entre los árboles —dijo una voz muy cerca de mí.

Obedecí, aunque apenas sabía lo que me hacía, y en aquel mismo instante oí los disparos de las armas y el silbido de las balas entre los abedules.

Y justamente al amparo de aquellos árboles encontré a Alan Breck de pie, con una caña de pescar. No me saludó, porque en realidad no era momento de andarse con cortesías; tan sólo me dijo: «¡Ven!», y echó a correr por la ladera de la montaña en dirección a Balachulish. Yo le seguí como un corderito.

Unas veces corríamos entre los abedules; otras nos agachábamos detrás de los montecillos; otras íbamos a gatas entre los brezos. La carrera era mortal; el corazón parecía que iba a romperme las costillas; no tenía tiempo para pensar, ni para tomar aliento y hablar. Sólo recuerdo haber visto con asombro que Alan, de cuando en cuando, se erguía todo lo que podía para mirar hacia atrás, y que cada vez que lo hacía llegaba hasta nosotros un lejano griterío de soldados.

Un cuarto de hora más tarde Alan se detuvo, se tendió completamente en el brezal y, volviéndose hacia mí, me dijo:

—Ahora va en serio. Haz lo mismo que yo, pues en ello va tu vida.

Y con la misma rapidez, pero ahora con mucha mayor precaución cruzamos de nuevo la ladera, retrocediendo por el mismo sitio por donde habíamos venido, aunque quizá algo más arriba, hasta que por fin Alan llegó al bosque alto de Lettermore, donde yo le había encontrado; y allí se tendió, con la cara entre las zarzas, jadeando como un perro. Los costados me dolían de tal modo, mi cabeza me daba tantas vueltas, mi boca estaba tan seca por el calor, que caí a su lado como muerto.

XVIII. Hablo con Alan en el bosque de Lettermore

Alan fue el primero en rehacerse. Se levantó, fue a la linde del bosque, echó una ojeada, volvió y se sentó.

—Bueno —dijo—, ha sido una buena carrera, David.

No dije nada, ni siquiera levanté la cabeza. Había visto cometer un asesinato. Un caballero corpulento, rubicundo y jovial privado de la vida en un instante. Lo lastimoso de aquella escena, todavía fresca en mi memoria, no era sino una parte de mi preocupación. Había sido asesinado el hombre a quien Alan aborrecía; allí estaba Alan, al acecho entre los árboles y huyendo de las tropas; que él hubiera sido el brazo ejecutor del disparo o simplemente la cabeza que lo había ordenado, poco importaba. A mi modo de ver, mi único amigo en aquella salvaje región era culpable de un delito de sangre en primer grado; le soportaba con horror; no podía mirarle a la cara; hubiera preferido estar solo bajo la lluvia, en mi fría isla, que en aquel cálido bosque junto a un asesino.

—¿Todavía estás cansado? —me preguntó.

—No —respondí sin apartar mi cara de los helechos—, no, ya no estoy cansado y puedo hablar. Vos y yo debemos separarnos —añadí—. Os aprecio mucho, Alan, pero los caminos que seguís no son los míos, ni son los de Dios, y a la corta o a la larga, se mire por donde se mire, tendremos que separarnos.

—No quisiera separarme de ti, David, sin una razón para hacerlo —dijo Alan con profunda gravedad—. Si tienes algo en contra de mi reputación, lo menos que puedes hacer, en nombre de nuestra antigua amistad, es decirme de qué se trata; y si es únicamente que mi compañía te disgusta, estoy en el derecho de juzgar si se me insulta.

—Alan —dije—, ¿qué significa eso? Bien sabéis que Campbell yace sobre su sangre en el camino.

Se quedó un momento silencioso, y después dijo:

—¿Has oído alguna vez el cuento del Hombre y la Buena Gente? (Esto último quería decir las hadas).

—No —respondí—, ni quiero oírlo.

—Pues con vuestro permiso, señor Balfour, voy a contároslo, a pesar de todo —dijo Alan—: Un hombre fue desterrado a una roca del mar, donde, según decían, la Buena Gente solía ir a descansar cuando se dirigía a Irlanda. La roca se llama Skerryvore, y se halla no muy lejos del lugar donde naufragamos. El caso es que, por lo visto, el hombre lloraba amargamente, diciendo que quería ver a su hijito antes de morir. Tal era su amargura, que el rey de la Buena Gente sintió lástima de él y mandó a una de las hadas que fuese volando a traer al niño en un saco y lo dejara al lado del padre mientras éste dormía. Así lo hizo. Y cuando el hombre se despertó, vio el saco a su lado y notó que algo se movía dentro. Pues bien; parece ser que aquel hombre era una de esas personas que siempre piensan lo peor, y para mayor seguridad, antes de abrir el saco, lo atravesó con su puñal, encontrando después al hijo muerto. Y me está pareciendo, señor Balfour, que vos y aquel hombre tenéis mucho en común.

—¿Queréis decirme con eso que vos no habéis tenido parte en lo sucedido? —exclamé sentándome.

—Ante todo he de deciros, de amigo a amigo, señor Balfour de Shaws —dijo Alan—, que, si yo quisiera matar a un caballero, no lo haría en mi propio país, para no perjudicar a mi clan, y además, no iría a hacerlo sin espada ni escopeta y con una larga caña de pescar a la espalda.

—¡También es verdad! —dije.

—Y ahora —continuó Alan, sacando su puñal y poniendo la mano encima de cierta manera—, juro por el sagrado acero que no he tenido arte ni parte, ni he hecho nada, ni he pensado hacer nada en todo este asunto.

—¡Doy gracias a Dios por ser así! —exclamé, y le ofrecí mi mano.

Él pareció no fijarse en mi ademán.

—Los Campbell nos darán todavía mucho que hacer —dijo—. ¡No son tan pocos, puedes darlo por seguro!

—Por lo menos —dije—, no podéis hacerme reproches, pues recordaréis perfectamente lo que me contasteis a bordo del bergantín. Pero la tentación y la acción son cosas diferentes, y vuelvo a dar gracias a Dios por ello. Todos podemos ser víctimas de las tentaciones; pero ¡quitar la vida a sangre fría, Alan...! Y no puedo decir más por ahora. ¿Y sabéis quién lo ha hecho? —añadí—. ¿Conocéis al hombre de la casaca negra?

—No recuerdo muy bien cómo era la casaca —dijo Alan, maliciosamente—, pero me da el corazón que debía ser azul.

—Azul o negra, ¿lo conocéis? —volví a preguntar.

—En conciencia no podría jurarlo —respondió Alan—. Es cierto que pasó muy cerca de mí, pero dio la casualidad de que en ese preciso momento estaba atándome las abarcas.

—¿Podríais jurar que no le conocéis, Alan? —exclamé medio enfadado, medio risueño, ante sus evasivas.

—Todavía no —repuso—; pero tengo una memoria excelente para olvidar, David.

—Y sin embargo, hubo una cosa que vi claramente —dije—, y es que os habéis expuesto y me habéis expuesto para atraer a los soldados.

—Es muy probable —dijo Alan—, y así lo hubiera hecho cualquier caballero. Tú y yo éramos inocentes en este asunto.

—Razón de más, puesto que se sospechaba falsamente de nosotros, para no huir —repuse—. El inocente debe anteponerse al culpable.

—El inocente, David —repuso Alan—, siempre tiene probabilidad de ser absuelto ante un tribunal; en cuanto a ese muchacho que disparó la bala, yo creo que el mejor lugar para él es el brezal. Los que no se han visto nunca en algún caso apurado deben ayudar a los que están en aprietos. Eso es de buenos cristianos. Porque si las cosas hubieran sido al revés, y el muchacho, a quien no he podido ver con claridad, hubiera estado en nuestro pellejo y nosotros en el suyo (como muy bien hubiera podido suceder), pienso que hubiéramos debido quedarle muy agradecidos si hubiera atraído a los soldados.

Cuando llegó a este punto, di a Alan por caso perdido. Pero se mostraba tan inocente y había tan evidente buena fe en lo que decía, y revelaba tan buena disposición a sacrificarse por lo que creía su deber, que mi boca permaneció cerrada. Recordé las palabras del señor Henderlan, que decía que debíamos tomar lecciones de estos salvajes highlanders. Pues bien, yo había recibido la mía. La moralidad de Alan era muy acomodaticia, pero estaba dispuesto a dar la vida por ella, a pesar de sus defectos.

—Alan —dije—, a mi modo de entender las cosas, eso no es ser buen cristiano; pero no está mal, y por eso os ofrezco mi mano por segunda vez.

Entonces me tendió las dos, diciendo que sin duda yo le había hechizado, porque me perdonaba todo. Luego se puso muy serio y dijo que no teníamos mucho tiempo que perder, pues debíamos huir de la comarca, él porque era un desertor, y como registrarían toda Appin, cada cual estaría obligado a dar cuenta de sí, y yo por estar seguramente implicado en el asesinato.

—¡Oh! —dije yo, deseoso de darle una pequeña lección—, yo no temo a la justicia de mi país.

—¡Como si éste fuera tu país! —repuso—. ¡O como si fueras a ser juzgado aquí, en una comarca de los Stewart!

—Todo es Escocia —dije yo.

—Amigo, hay veces que me dejas asombrado —dijo Alan—. El muerto es un Campbell y el caso será juzgado en Inverara, centro de los Campbell, con quince Campbell en la tribuna del jurado y el Campbell más importante de todos, el duque, sentado en la presidencia. ¿Justicia, David? En todo el mundo no hay más justicia que la que encontró hace poco Glenure en el camino.

Esto me asustó un poco, lo confieso, y me hubiera asustado más si hubiera sabido lo exactas que eran las predicciones de Alan; realmente no exageraba más que en un punto, pues no habría más de once Campbell en el jurado; pero como los otros cuatro dependían del duque, la diferencia era menor de lo que podría parecer. Sin embargo, le dije que era injusto con el duque de Argyle, el cual, a pesar de ser un whig, era un noble prudente y honrado.

—Ese hombre es un whig, sin duda alguna —dijo Alan—; pero no negaré jamás que sea un buen caudillo para su clan. ¿Y qué diría el clan si hubiesen matado a un Campbell y no se ahorcase a nadie, siendo su propio jefe el magistrado principal? Pero a menudo he observado —continuó Alan— que en tus Lowlands no se tiene clara idea de lo que es justo e injusto.

Al oír esto no pude aguantar más y solté una carcajada, y con gran sorpresa por mi parte, Alan se me unió, riéndose de tan buena gana como yo.

—Vamos, vamos —dijo—, estamos en las Highlands, David, y cuando yo te diga que corras, créeme, debes correr. No hay duda de que resulta muy duro andar por los brezales escondiéndose y muriéndose de hambre, pero todavía es más duro estar encadenado en una prisión de los casacas rojas.

Le pregunté a qué lugar huiríamos, y cuando me respondió que «a las Lowlands», me sentí algo más inclinado a irme con él, porque estaba cada vez más impaciente por volver allí y entendérmelas con mi tío. Además, Alan estaba tan seguro de que en aquel asunto la justicia brillaría por su ausencia, que ya empezaba yo a temer que tuviera razón. Entre todas las formas de morir, la última que elegiría sería el cadalso; la imagen de aquel instrumento sobrenatural me venía a las mientes con extraordinaria claridad (tal como lo había visto grabado yo en un romance de ciego, y se me quitaron las ganas de vérmelas con los tribunales de justicia).

—Correré el riesgo —dije—. Iré con vos, Alan.

—Pero recuerda que no es cosa fácil —replicó—. Tendrás que dormir al raso y andar frecuentemente con el estómago vacío. Tu cama será la de los lagópodos; tu vida, como la de un ciervo perseguido, y habrás de dormir con un arma en la mano. ¡Sí, amigo mío, tendrás que pasar muchas penalidades antes de vernos libres! Te lo digo por anticipado, porque conozco muy bien esa vida. Pero si me preguntas si tenemos otra posibilidad, te contestaré que ninguna. O te vienes al monte conmigo o vas a la horca.

—La elección resulta fácil —dije, y nos estrechamos las manos en señal de asentimiento.

—Ahora vamos a echar otra ojeada a los casacas rojas —dijo Alan.

Y me llevó a la linde nordeste del bosque.

Asomándonos por entre los árboles pudimos ver buena parte de la ladera de la montaña, que descendía muy en picado hasta las aguas de la ría. Era una zona escabrosa, toda peñascos suspendidos, brezos y grandes grupos de abedules; y allá a lo lejos, hacia Balachulish, los minúsculos soldados rojos se internaban arriba y abajo por el monte, haciéndose cada vez más pequeños. Ahora no daban voces, porque, según creo, necesitaban para otros menesteres el aliento que les quedaba; pero continuaban rastreando, creyendo, sin duda, que nos hallábamos muy próximos a ellos. Alan los vigilaba sonriéndose.

¡Bueno! —dijo—. ¡Van a cansarse antes de acabar su tarea! De modo que tú y yo, David, podemos sentarnos a comer un bocado, respirar con más desahogo y echar un trago de la botella. Luego nos iremos a Aucharn, a casa de mi pariente James de Glen, donde he de recoger mi ropa, mis armas y dinero para el viaje; y después, David, lanzaremos un «¡Adelante y buena suerte!» y nos internaremos en los brezales.

Así pues, nos sentamos y comimos y bebimos en un lugar desde el cual podíamos ver el sol ponerse sobre un paisaje de grandes, inexploradas y despobladas montañas, un paisaje como el que ahora estaba condenado a recorrer con mi compañero. Parte, mientras estábamos sentados, y parte después por el camino de Aucharn, nos relatamos nuestras respectivas aventuras. De las de Alan referiré únicamente lo que considero más curioso o más necesario.

Al parecer, Alan corrió a las bordas apenas hubo pasado la ola; me vio, me perdió de vista y volvió a verme cuando me agitaba en el agua. Finalmente me vio un instante cuando estaba agarrado a la verga. Esto fue lo que le infundió alguna esperanza de que tal vez habría podido llegar a tierra, y por eso fue dejando aquellas señales y aquellos mensajes que habían de llevarme (por mis pecados) a aquella ingrata tierra de Appin. Mientras tanto, los que seguían a bordo del bergantín consiguieron echar al agua el esquife, y uno o dos de ellos estaban ya a bordo de él cuando una segunda ola, más alta que la primera, levantó el bergantín del sitio donde había encallado. Sin duda, esto último lo habría mandado al fondo si no hubiera chocado y quedado cogido en algún saliente del arrecife. El primer golpe fue de proa, de manera que la popa quedó más baja; pero el segundo golpe había lanzado la popa al aire, dejando la proa bajo el agua, con lo cual comenzó a entrar agua por la escotilla como por una esclusa de molino.

Noté que Alan palidecía al contarme lo que siguió. Todavía quedaban dos hombres imposibilitados en sus literas, y al ver que entraba agua comenzaron a dar gritos, pensando que el barco se hundía; los gritos eran tan desgarradores, que todos los que estaban en cubierta se precipitaron al esquife cayendo unos sobre otros, y agarraron los remos. No se habrían alejado ni doscientas yardas cuando llegó una tercera ola, que levantó totalmente el bergantín. El velamen se hinchó por un momento, y ya parecía como si el barco fuese a salir en persecución del esquife cuando empezó a hundirse poco a poco como si una mano tirase de él, y el mar se cerró sobre el Covenant de Dysart. Los marineros no dijeron ni media palabra mientras remaban, pues estaban aturdidos por el horror de aquellos gritos; pero apenas hubieron puesto el pie en la playa, el capitán Hoseason pareció despertar de una meditación, y les ordenó dar caza a Alan; sin embargo, ellos se resistieron, porque no les agradaba la empresa. Hoseason, hecho una fiera, gritaba que Alan estaba solo, que llevaba mucho dinero encima, que él había sido el culpable de la pérdida del bergantín y de que se hubieran ahogado sus compañeros, y que matándole obtendrían venganza y riqueza a un tiempo. Eran siete contra uno, y en aquella parte de la costa no había ninguna roca que pudiera guardar las espaldas de Alan, por lo cual los marineros comenzaron a desplegarse para ir tras él.

—Y entonces —dijo Alan—, aquel hombrecillo pelirrojo, no recuerdo cómo se llama...

—Riach —dije.

—¡Eso, Riach! —continuó Alan—. Pues bien, él fue quien se puso de mi parte, preguntando a los hombres si no temían ser juzgados, y añadiendo: «¡Andad!, yo mismo cubriré las espaldas al highlander». No es malo del todo tu hombrecillo de pelo rojo —añadió Alan—. Tiene ciertos ribetes de decencia.

—Conmigo siempre fue bueno a su manera —dije.

—Y también lo fue para Alan —dijo él—; y su proceder me pareció excelente. Pero, ya ves, David, la pérdida del barco y los gritos de aquellos pobres muchachos conmovieron al hombre, y estoy pensando que aquello fue el motivo por el que me defendió.

—Así lo creo yo también —dije—, porque al principio era tan malo como los otros. ¿Y cómo lo tomó Hoseason?

—Me figuro que se lo tomó muy a mal —dijo Alan—. Pero el hombrecillo me gritó que corriese, y como pensé que era un buen consejo, eché a correr. Lo último que pude ver fue que todos estaban enredados en la playa, como gente que no está muy de acuerdo.

—¿Qué queréis decir con ello? —dije.

—Que andaban a puñetazos —dijo Alan— y que vi a uno de ellos caer al suelo. Pero me pareció más prudente no aguardar. Ten en cuenta que en aquel extremo de Mull hay una banda de Campbell, que no es buena compañía para un caballero como yo. Si no hubiera sido por eso, habría esperado y hubiera cuidado de mí mismo, a la vez que echaba una mano al hombrecillo. (No dejaba de ser extraño que Alan hiciera hincapié en la estatura del señor Riach, pues, a decir verdad, no era el uno mucho más bajo que el otro). Así pues —continuó—, corrí tanto como pude, y a todos los que encontraba les gritaba que había ocurrido un naufragio en la costa. ¡Amigo, ni uno solo se detenía a hablar conmigo! ¡Tenías que haberles visto correr hacia la playa! Y cuando llegaban allí, se encontraban con que habían disfrutado de una carrera, lo cual vendría bien a los Campbell. Estoy pensando que fue un castigo de Dios enviado al clan que el bergantín se hundiera de una pieza y no se hiciese añicos. Pero fue una verdadera desgracia para ti, porque, si hubieran llegado a la costa algunos restos del naufragio, hubieran rastreado la zona de arriba abajo y te habrían encontrado en seguida.

XIX. La casa del miedo

Anocheció mientras caminábamos, y las nubes que se habían dispersado por la tarde se formaron de nuevo y se espesaron de tal manera, que, para esa época del año, el crepúsculo era extremadamente oscuro. Seguíamos un camino de pedregosas laderas, y aunque Alan seguía adelante con mucha seguridad, yo no podía entender cómo se orientaba.

Finalmente, a eso de las diez y media, llegamos a lo alto de un cerro y vimos luces a nuestros pies. Parecía una casa con la puerta abierta, por la que salía un haz de claridad del hogar y de alguna vela. Junto a la casa y en sus alrededores cinco o seis personas se movían apresuradamente, llevando cada una una tea encendida.

–James debe de haber perdido la cabeza –dijo Alan–. ¡En buen lío se hubiera metido si en vez de llegar tú y yo llegan los soldados! Pero imagino que tendrá algún centinela en el camino y estará totalmente seguro de que ningún soldado podrá hallar el sendero por donde hemos venido nosotros.

Entonces silbó tres veces de un modo particular. Fue curioso ver cómo al primer silbido todas las antorchas se quedaron inmóviles, como si sus portadores se hubieran asustado, y cómo al tercer silbido aquel ajetreo comenzó de nuevo, igual que antes.

Tranquilizada aquella gente, descendimos por la ladera y fuimos recibidos a la puerta del corral (pues aquel lugar se parecía a una granja bien llevada) por un hombre alto y bien parecido, de algo más de cincuenta años, que saludó a Alan en gaélico.

–James Stewart –dijo Alan–, os ruego que habléis en escocés, porque este joven caballero que viene conmigo no sabe otra lengua. Este caballero –agregó, cogiéndome del brazo– es de las Lowlands, y además, dueño de un señorío en su país; pero estoy pensando que le convendría más despedirse de su nombre.

James de Glen se volvió durante un instante hacia mí, me saludó cortésmente y en seguida se dirigió a Alan.

–Ha sido un accidente espantoso –exclamó–, que acarreará trastornos al país. Y se retorció las manos.

–¡Bah! –dijo Alan–. Hay que tomar las cosas como vienen, amigo mío. Colin Roy está muerto, ¡demos gracias por ello!

–¡Ay! –exclamó James–. Pues os digo de verdad que desearía que estuviese vivo. Es muy fácil alardear y vanagloriarse de antemano; pero lo hecho hecho está, Alan, y ¿quién cargará con la culpa? El suceso ha ocurrido en Appin, tenedlo en cuenta, Alan, y Appin tendrá que pagarlo, y yo soy un hombre que tiene una familia.

Mientras conversaban me puse a observar a los criados que estaban a mi alrededor. Algunos estaban subidos en escaleras rebuscando en el tejado de la casa y en los de las dependencias de la granja, de los cuales sacaban escopetas, espadas y otras armas de guerra; otros se las llevaban, y por los golpes de azadón que provenían de la ladera supuse que estaban enterrándolas. Aunque todos estaban muy atareados, no había orden alguno en sus esfuerzos; unos y otros se peleaban por la misma escopeta, y se perseguían con las antorchas encendidas. James interrumpía a cada momento su conversación con Alan para vocear órdenes que, al parecer, no eran atendidas. A la luz de las antorchas, el semblante de aquella gente era el de personas agobiadas por la prisa y el pánico, y aunque ninguno hablaba en voz alta, su forma de hablar revelaba ansiedad y rabia.

Fue entonces cuando salió de la casa una muchacha con un paquete o fardo, y siempre me río al pensar en cómo se despertó la atención de Alan en cuanto vio aquello.

—¿Qué lleva esa muchacha? —preguntó.

—Estamos poniendo la casa en orden —dijo James en tono asustado y algo servil—. Van a registrar todo Appin, palmo a palmo, y debemos tener todo dispuesto. Estamos enterrando las escopetas y las espadas entre el musgo, como veis, y eso que lleva la muchacha deben ser vuestras ropas francesas. Me parece que conviene enterrarlas.

—¡Enterrar mis ropas francesas! —exclamó Alan—. ¡De eso ni hablar!

Y cogiendo el paquete se metió en el granero para cambiarse de indumentaria, recomendándome mientras tanto a su pariente.

James me llevó a la cocina y se sentó conmigo a la mesa, sonriendo y hablando al principio de una manera muy hospitalaria. Pero en seguida le volvió el pesimismo y permaneció sentado con el ceño fruncido y mordiéndose los dedos. Sólo se acordaba de mí de cuando en cuando, y entonces no me dirigía más que una o dos palabras y una débil sonrisa, volviendo a sus secretos terrores. Su mujer, que estaba sentada junto a la lumbre, lloraba con la cara entre las manos; su hijo mayor, agachado en el suelo, echaba un vistazo a un montón de papeles, escogía de cuando en cuando uno, le prendía fuego y dejaba que se quemase completamente; mientras tanto, una criada de mejillas coloradas revolvía toda la habitación con una prisa ciega producida por el miedo, lloriqueando mientras iba de acá para allá. Y a cada momento algún hombre asomaba la cabeza desde el patio y pedía órdenes. Al fin James no pudo permanecer más tiempo sentado, y pidiéndome perdón por su descortesía, me dijo:

—No soy más que una mala compañía, señor, pero es que no puedo pensar en nada que no sea ese espantoso accidente y en los problemas que ocasionará a personas completamente inocentes.

Poco después se fijó en que su hijo quemaba un papel que él consideraba que debía guardarse, y aquello le excitó de manera tal que daba pena presenciar la escena, pues pegó al muchacho repetidamente.

—¿Te has vuelto loco? —gritó—. ¿Quieres que ahorquen a tu padre?

Y haciendo caso omiso de mi presencia continuó largo rato hablándole en gaélico, sin que el joven respondiese nada; solamente la mujer, al oír lo de la horca, se echó el delantal a la cara y sollozó más fuerte que antes.

Todo esto resultaba muy triste para la vista y el oído de un forastero como yo, y me alegré muchísimo cuando Alan regresó vestido con sus elegantes ropas francesas, que le sentaban a las mil maravillas, aunque sinceramente estaban ya demasiado raídas y estropeadas para merecer el adjetivo de elegantes. Entonces llegó mi turno, y salí con uno de los hijos de James, quien me proporcionó las ropas para mudarme, cosa que necesitaba desde hacía mucho tiempo. Me dio, además, un par de abarcas de los highlanders hechas de piel de venado, que al principio me hacían algún daño, pero después de acostumbrarme resultaron muy cómodas.

Cuando volví de mudarme, Alan debía haber contado ya su historia, porque pareció cosa sobreentendida que yo iba a escapar con él, y todos andaban muy atareados en la preparación de nuestro equipaje. Nos dieron a cada uno una espada y pistolas, aunque yo les advertí de mi incapacidad para el manejo de la primera, y con aquellas armas y algunas municiones, un saco de harina de avena, una cacerola de hierro y una botella de aguardiente francés auténtico, quedamos preparados para echarnos al monte. Faltaba dinero, por supuesto. A mí me quedaban unas dos guineas; y como el cinto de Alan había sido enviado por otro conducto, el fiel mensajero poseía por toda fortuna diecisiete peniques. En cuanto a James, por lo visto, se había empobrecido tanto con los viajes a Edimburgo y las costas judiciales en favor de los colonos, que sólo pudo reunir tres chelines y cinco peniques y medio, la mayor parte en calderilla.

—Poco dinero es éste —dijo Alan.

—Cerca de aquí encontraréis un lugar seguro —dijo James—. Pensad, Alan, que tenéis que hacer lo posible para salir bien parado de este asunto. No es momento de reparar en guinea más o menos. Seguramente os descubrirán, seguramente os buscarán y, en mi opinión, seguro que os echarán la culpa de lo que hoy ha sucedido. Si la acusación cae sobre vos, recaerá también sobre mí, que soy vuestro pariente más próximo y os di refugio mientras os hallabais en la comarca. Y si me sucede eso... —se detuvo y se mordió los dedos, con el semblante muy pálido—. Sería muy doloroso para nuestros amigos que me ahorcasen —añadió.

—Sería un mal día para Appin —dijo Alan.

—Se me encoge el corazón pensando en ese día —dijo James—. ¡Ay, amigo, amigo Alan! ¡Los dos hemos hablado como locos! —exclamó dando una palmada en la pared, que hizo retumbar la casa.

—Sí, también eso es cierto —replicó Alan—, y este amigo mío de las Lowlands (señalándome a mí) me dio un buen consejo a ese propósito, que hubiera debido escuchar.

—Pero comprended —dijo James volviendo a su primera actitud—, si me pillan, Alan, entonces sí que necesitaréis dinero. Por todo lo que he dicho y por todo lo que vos habéis dicho, la cosa va a ponerse muy fea para los dos, ¿entendéis? Prestadme atención y comprenderéis que no tendré más remedio que poner un bando contra vos, tendré que ofrecer una recompensa por vuestra captura; ¡sí, tendré que hacerlo! Es muy lamentable que algo semejante tenga que hacerse entre parientes tan próximos; pero si me hacen responsable de ese espantoso suceso, me veré obligado a defenderme, amigo mío. ¿Os hacéis cargo?

Hablaba con ardor, agarrando a Alan por las solapas de la casaca.

—Sí —dijo Alan—, me hago cargo.

—Y vos tendréis que salir de la región, Alan, sí, y de Escocia..., vos y vuestro amigo de las Lowlands también. Porque igualmente tendré que denunciar a vuestro amigo.

¿Lo comprendéis, verdad, Alan? ¡Decidme que lo comprendéis!

Me pareció que Alan se sonrojaba un poco.

–Eso es muy duro para mí, que le he traído, James –dijo echando hacia atrás la cabeza–. ¡Es como convertirme en un traidor!

–¡Vamos, Alan, amigo! –exclamó James–. ¡Ved las cosas como son! Su nombre saldrá en un bando, lo empapelarán de todas maneras; seguramente Mungo Campbell lo empapelará. ¿Qué importancia tiene, pues, que lo empapele yo también? Y además, Alan, tengo familia. –Y después de una breve pausa por ambas partes, añadió–: Además, Alan, el jurado estará formado por los Campbell.

–Hay una cosa –dijo Alan pensativo–, y es que nadie sabe su nombre.

–¡Ni lo sabrán, Alan! ¡Tienes mi palabra! –exclamó James, como si realmente supiese mi nombre e hiciese un sacrificio»–. Pero ¿y el traje que viste y su aspecto, y su edad, y todo lo demás? No me queda más remedio.

–Me asombráis –exclamó Alan severamente–. ¿Queréis vender al muchacho con un regalo? ¿Le cambiáis de ropa y después le traicionáis?

–No, no, Alan –dijo James–. No, no, la ropa que se ha quitado, la que le vio Mungo. –Me pareció que estaba alicaído; en efecto, se agarraba a un clavo ardiendo, y por todas partes, a mi entender, veía los rostros de sus enemigos hereditarios en el tribunal y en el banco del jurado, y el cadalso al fondo.

–Y bien, señor –dijo Alan volviéndose hacia mí–, ¿qué decís de esto? Estáis bajo la salvaguardia de mi honor, y es mi obligación procurar que no se haga nada que os desagrade.

–Sólo una palabra tengo que decir –repliqué–. Soy totalmente ajeno a esta discusión. Pero es de sentido común que la culpa debe recaer sobre quien la tenga, y ése es el hombre que disparó el tiro. Que le impliquen, como decís, y que le persigan, y que se deje a las personas honradas, a los inocentes, mostrad su cara sin miedo.

Pero al oírme hablar así, tanto James como Alan lanzaron exclamaciones de horror, rogándome que me callase, porque no cabía pensar en cosa tal, y preguntándome qué pensarían los Cameron (lo cual me confirmó que debía de haber sido un Cameron de Marmore el que había cometido aquel acto) y si no comprendía que aquel muchacho podía ser detenido.

–Seguramente no habéis pensado en eso –dijeron con tanta ingenuidad, que renuncié a toda argumentación.

–De acuerdo, entonces –dije–; empapeladme si así os place, empapelad a Alan, empapelad al rey Jorge. Los tres somos inocentes, que es, según parece, lo que se busca. Pero, al menos, señor –le dije a James recobrándome de mi arrebato–, soy amigo de Alan y no vacilaré ante ningún riesgo que haya de correr por uno de sus amigos. Pensé que lo mejor era poner buena cara a mi consentimiento, porque vi que Alan estaba desazonado, y además (dije para mis adentros), en cuanto vuelva la espalda me empapelarán, como ellos dicen, me avenga o no a ello. Pero en esto vi que estaba equivocado, pues apenas hube pronunciado aquellas palabras la señora Stewart se levantó de un brinco de su silla, vino corriendo hacia nosotros y lloró sobre mi pecho y el de Alan, dando gracias a Dios por nuestra bondad para con su familia.

—En cuanto a vos, Alan, no habéis hecho más que cumplir con vuestro estricto deber —dijo ella—. Pero este muchacho que ha venido aquí en el peor momento, que ha visto a mi esposo, un buen hombre, suplicar como un mendigo, cuando por sus derechos debía dar órdenes como un rey..., en cuanto a vos, hijo mío —añadió—, mi corazón desconoce vuestro nombre, pero conserva vuestra imagen, y mientras el corazón me lata en el pecho conservaré esa imagen, la recordaré y la bendeciré.

Y me besó y de nuevo sus sollozos me desconcertaron.

—Bueno, bueno —dijo Alan como atontado—. En este mes de julio amanece muy temprano, y mañana habrá mucho ajetreo en Appin, vendrán los dragones gritando: «¡Cruachan!», y correrán los casacas rojas, por lo cual conviene que vos y salgamos de aquí lo antes posible.

En seguida, pues, nos despedimos, y nos pusimos nuevamente en camino, desviándonos algo hacia el este en una hermosa noche oscura templada, y por la misma región escabrosa de antes.

XX. La huida por los brezales. Las rocas

Unas veces íbamos andando, otras corriendo; y a medida que se acercaba la mañana andábamos menos y corríamos más. Aunque, por su superficie, esta región parecía un desierto, había, no obstante, chozas y casas, de las cuales debimos de toparnos con más de veinte, escondidas en tranquilos lugares de las montañas. Cada vez que llegábamos a una de esas casas, Alan me dejaba en el camino y seguía él solo, llamaba y hablaba un rato por la ventana con algún durmiente a quien había despertado. Esto lo hacía para difundir las noticias; lo cual, en este país, era regla tan obligada, que Alan tenía que seguirla, a pesar de ir huyendo para salvar su vida, y tan observada por todos, que en más de la mitad de las puertas donde llamó ya estaban enterados del asesinato. En las casas donde lo ignoraban, por lo que pude comprender (pues me hallaba siempre a una cierta distancia y oía una lengua extraña), las noticias eran recibidas con más consternación que sorpresa.

A pesar de la prisa que nos dimos, empezó a despuntar el alba cuando todavía nos hallábamos lejos de todo refugio. Nos pilló en un valle prodigioso sembrado de rocas por el que corría un espumoso río. Peladas montañas lo rodeaban; no crecían en él hierba ni árboles, y desde entonces, algunas veces he pensado si no sería aquel el valle llamado Glencoe, donde tuvo lugar la matanza en tiempos del rey Guillermo. En cuanto a los pormenores de nuestro itinerario, soy un mar de dudas: nuestro camino discurría unas veces por cortos atajos y otras dando grandes rodeos; nuestro paso era muy apresurado y viajábamos normalmente por la noche, y como los nombres de los lugares por los que preguntaba y los que oía eran en gaélico, los olvidé fácilmente.

Las primeras luces del día nos mostraron aquel tétrico lugar, y pude ver que Alan fruncía el entrecejo.

—Este sitio no es conveniente para ti ni para mí —dijo—. Es una zona que necesariamente registrarán.

Y diciendo esto, empezó a correr más deprisa que nunca monte abajo hacia la ribera, en un punto donde el río se dividía en dos a causa de tres rocas. Las aguas pasaban por allí con un tremendo estruendo que me hacía estremecer, y formaban una neblina de espuma. Alan no miró ni a la derecha ni a la izquierda, sino que saltó limpiamente a la roca del centro, en la que cayó de manos, para contener así el impulso, porque la roca era pequeña y Alan hubiera podido caer de cabeza al otro lado. En cuanto a mí, apenas tuve tiempo de medir la distancia ni de tomar conciencia del peligro antes de seguirle, tan sólo salté, y él me cogió y me detuvo.

Y allí estábamos los dos, pegados el uno al otro, sobre una pequeña roca escurridiza por la espuma del río, con otro salto que dar mucho más grande y con las ensordecedoras aguas envolviéndolo todo. Cuando vi dónde me hallaba, el miedo me causó un vértigo mortal y me tapé los ojos con la mano. Alan me cogió y me zarandeó; vi que estaba hablándome, pero el estrépito de las cascadas y la confusión de mi mente me impedían oírle; sólo vi que tenía el rostro encendido de rabia y que daba patadas en la roca. La misma tímida ojeada me dejó ver las turbulentas aguas y la llovizna como suspendida en el aire, y volví a taparme los ojos, temblando de miedo.

Un minuto después Alan me acercó a los labios la botella de aguardiente y me obligó a beber un buen trago, que me hizo subir de nuevo la sangre a mi cabeza. Entonces, abocinando las manos, acercó su boca a mi oído y gritó:

—¡Ahorcado o ahogado!

Y volviéndome las espaldas, saltó sobre el otro brazo del río, alcanzando sano y salvo la otra orilla.

Me quedé solo en la roca y, por consiguiente, con mayor espacio; sentía los efectos del aguardiente; tenía delante de mí aquel buen ejemplo que acababa de ver, y me quedaba sentido suficiente para darme cuenta de que si no saltaba en seguida no saltaría nunca más. Me agaché sobre las rodillas y salté al vado con esa especie de airada desesperación que a veces ha sustituido en mí al valor. Lo cierto es que únicamente mis manos alcanzaron la orilla, resbalé, volví a agarrarme, y resbalé nuevamente; y ya iba a arrastrarme la corriente, cuando Alan me cogió, primero por los cabellos, después por el cuello, y, con gran esfuerzo, fue tirando de mí hasta ponerme a salvo.

No dijo una palabra, sino que echó a correr a gran velocidad, y no tuve más remedio que ponerme en pie, todavía vacilante, y seguirle. Si ya antes estaba cansado, ahora estaba mareado y magullado y en parte embriagado por el aguardiente. Fui dando traspiés al correr, y sentí un dolor punzante, que a punto estuvo de acabar conmigo, cuando al fin Alan se detuvo al pie de una enorme roca, que se alzaba entre otras muchas, en buena hora para David Balfour.

He dicho una gran roca, pero en realidad eran dos, que se apoyaban una contra otra en lo alto, de unos veinte pies de altura y, a primera vista, inaccesibles. Incluso el propio Alan (del que podría decirse que tenía cuatro manos) fracasó dos veces en su intento de trepar por ellas; necesitó una tercera prueba para lograr llegar arriba, y eso subiéndose en mis hombros y saltando con tal ímpetu que creí que me había roto la clavícula. Una vez allí, me echó su cinturón de cuero, y con la ayuda de él y de un par de puntos de apoyo que la roca ofrecía para poner los pies conseguí trepar hasta donde estaba Alan. Entonces comprendí por qué habíamos subido allí; porque las dos rocas, por ser algo huecas arriba y estar inclinadas, formaban una especie de fuente o salsera, donde podían esconderse tres o cuatro hombres.

Durante todo ese tiempo Alan no había dicho ni una palabra, y había corrido y trepado con tan salvaje, silenciosa y frenética prisa, que comprendí que sentía un miedo mortal a algún fracaso. Ni siquiera ahora, que estábamos a cubierto en la roca, decía nada, ni desarrugaba el ceño, sino que se tendió completamente, y asomando un poco la cabeza, escudriñó los alrededores. El día se levantaba muy despejado; podíamos distinguir los rocosos costados del valle, así como su fondo, todo sembrado de rocas, y el río, que lo atravesaba de extremo a extremo formando espumosas cascadas; pero por ninguna parte se divisaba el humo de una casa ni criatura viviente, sólo unas cuantas águilas que gritaban alrededor de un acantilado.

Entonces, por fin, Alan sonrió.

—Sí —dijo—, ahora tenemos una posibilidad —y mirándome algo divertido, añadió—: No puede decirse que seas muy ducho en saltar.

Imagino que me ruboricé por la mortificación que esas palabras me causaron, porque inmediatamente apostilló:

—¡Bah! ¡Pocas culpas se te pueden echar! Temer una cosa y a pesar de ello hacerla es lo que refleja el valor de un hombre. Además, había agua, y el agua es algo que desanima a cualquiera, incluso a mí. No, no —dijo—, la culpa no es tuya, sino mía.

Le pregunté que por qué.

—Porque —contestó— esta noche he demostrado ser un idiota. En primer lugar, he tomado un camino equivocado, y eso en mi propio país de Appin; de manera que el día nos ha pillado donde nunca debíamos haber estado, y por culpa de eso estamos aquí tendidos con cierto peligro y con bastante incomodidad. En segundo lugar (y esto es lo peor tratándose de un hombre como yo, tan habituado a andar por los brezales), me he venido sin una botella de agua, y aquí estamos en un largo día de verano sin otra bebida que aguardiente puro. Tal vez pienses que la cosa tiene poca importancia, pero antes de que anochezca, David, ya me lo dirás.

Yo estaba ansioso por redimir mi reputación, y le ofrecí bajar a llenar la botella de agua si accedía a tirar el aguardiente.

—No desperdiciaré este aguardiente tan bueno —dijo—. Ha sido un buen amigo para ti esta noche, pues de no haber sido por él me temo que estarías aún en aquella roca. Y es más —añadió—, habrás podido observar (pues eres un hombre muy perspicaz) que Alan Breck Stewart ha caminado con paso más ligero que el acostumbrado.

—¡Vos! —exclamé—. ¡Corríais hasta reventar!

—¿De verdad? —dijo—. Pues si ha sido así, puedes estar seguro de que no había tiempo que perder. Y, por hoy, ya hemos hablado bastante. Intenta dormir, muchacho, que yo velaré.

Por consiguiente me eché a dormir. Entre las rocas se había amontonado un poco de tierra turbosa, en la que crecían algunos helechos que me sirvieron de cama. Lo último que oí fue, una vez más, el grito de las águilas.

Debían ser las nueve de la mañana cuando fui bruscamente despertado, y me encontré con la mano de Alan tapándome la boca.

—¡Silencio! —susurró—. ¡Estás roncando!

—¿Y por qué no puedo roncar? —pregunté sorprendido al ver la expresión sombría y preocupada que se reflejaba en el rostro de Alan.

Asomó la cabeza para atisbar el panorama y con señas me indicó que hiciera lo mismo. El sol estaba alto, no había rastro de nubes y hacía mucho calor. El valle estaba tan tranquilo, que parecía una pintura. A una media milla aguas arriba había un campamento de casacas rojas; en el centro ardía una gran hoguera, en la cual cocinaban algo, y cerca de allí, en lo alto de una roca casi tan alta como la nuestra, había un centinela con las armas centelleando al sol. Todo el camino a lo largo del río estaba lleno de centinelas apostados, en unos sitios muy juntos y en otros más separados; unos, situados como el primero en puntos dominantes, otros a nivel del suelo, haciendo marchas y contramarchas para encontrarse a mitad de camino. En lo alto del valle, donde el terreno era más llano, la cadena de vigilancia se continuaba con soldados de caballería, a los que divisábamos a distancia cabalgando de uno a otro lado. Más abajo estaba la infantería; pero como la corriente crecía bruscamente por la confluencia de un arroyo bastante caudaloso, los soldados estaban más desperdigados y sólo vigilaban los vados y los pasos de piedras. No hice más que echar un vistazo, y en seguida me zambullí en mi escondrijo. Era realmente curioso ver el valle, tan solitario al amanecer, erizado de armas y moteado de casacas rojas.

—Ves —dijo Alan—, eso era lo que temía, Davie: que vigilasen la orilla del río. Comenzaron a venir hará un par de horas, y tú ¡durmiendo a pierna suelta! Estamos en un lugar angosto. Si suben por las laderas del monte, podrán descubrirnos fácilmente con un catalejo; pero si se mantienen al pie del valle, podremos salir del apuro. Sus puestos están más espaciados río abajo; de manera que, cuando se haga de noche, intentaremos burlarlos.

—¿Y qué vamos a hacer hasta la noche? —pregunté.

—Quedarnos aquí —respondió—, y tostarnos.

La exactitud de aquella palabra escocesa, birstle, era en efecto el resumen del día que íbamos a pasar. Recordaréis que nos hallábamos en la pelada cima de una roca como en una parrilla; el sol nos daba de lleno de manera cruel, y la roca iba poniéndose tan caliente, que apenas podía soportarse su contacto; y en el trocito de tierra y helechos que se mantenía más fresco, no había espacio más que para uno de nosotros. Por esa razón nos turnábamos para echarnos en la roca desnuda, posición muy semejante a la del santo que fue martirizado en una parrilla. Yo pensaba en lo extraordinario que era que en el mismo clima y a sólo unos pocos días de distancia hubiera padecido tan cruelmente, primero de frío en mi isla, y ahora de calor en esta roca.

Mientras tanto, no teníamos agua, sólo aguardiente puro, que era peor que nada; pero manteníamos la botella lo más fresca posible, enterrándola en la tierra, y obteníamos algún alivio mojándonos el pecho y las sienes.

Los soldados se pasaron todo el día en continuo movimiento en el fondo del valle, unas veces relevando la guardia, otras recorriendo las rocas en patrullas de exploración. Había tantas rocas, que buscar hombres entre ellas era como buscar una aguja en un pajar; de modo que siendo aquella tarea tan imposible la realizaban sin demasiado celo. Sin embargo, podíamos ver cómo los soldados clavaban sus bayonetas en los brezales, lo cual me producía escalofríos; a veces pasaban tan cerca de nuestra roca, que apenas nos atrevíamos a respirar.

En esta circunstancia fue cuando por primera vez oí hablar en correcto inglés. Un soldado que pasaba junto a la roca en la que estábamos fue a poner la mano en su parte más caldeada y la retiró con un respingo y lanzando un juramento.

—Os digo que está caliente —dijo.

Y me maravillaron las recortadas inflexiones y el singular sonsonete con que hablaba, así como aquella extraña costumbre de suprimir la hache de hot. La verdad es que yo había oído hablar de aquel modo a Ransome; pero éste había asimilado modos de hablar de todo tipo de gentes, y hablaba a veces tan imperfectamente, que sólo podía atribuirse a su puerilidad. Por eso tuve una sorpresa mayúscula al oír hablar de igual manera a una persona mayor; y la verdad es que nunca he llegado a acostumbrarme a pronunciar así, como tampoco a la gramática inglesa, cosa que un exigente ojo crítico posiblemente descubrirá en estas memorias.

El tedio y las molestias de aquellas horas sobre la roca eran cada vez mayores a medida que avanzaba el día, porque la roca se calentaba más y el sol quemaba con mayor crueldad. Tuvimos que soportar vértigos, náuseas y agudos dolores como de reumatismo. Entonces me vinieron a la mente, y posteriormente me han vuelto muchas veces, los versos de nuestro salmo escocés:

No ha de castigarte la luna por la noche ni el sol durante el día.

Y realmente, sólo gracias a la misericordia de Dios, ninguno de nosotros cogió una insolación.

Al fin, hacia las dos de la tarde, cuando nuestra situación estaba más allá del límite de tolerancia del hombre, y resultaba difícil resistir por más tiempo los dolores, el sol, que ahora se había inclinado algo hacia el oeste, permitía que nuestra roca proyectase una sombra por el este, que era precisamente la parte libre de soldados.

—Lo mismo da morir de una forma como de otra —dijo Alan; y deslizándose por el borde de la roca, se dejó caer al suelo por la parte de la sombra.

Yo le seguí inmediatamente después, y caí todo lo largo que era por efecto de la debilidad y del aturdimiento provocados por tan larga exposición al sol. Allí quedamos tendidos por espacio de una o dos horas, doloridos de pies a cabeza, con una debilidad absoluta y expuestos a que nos viera cualquier soldado que pasase por las inmediaciones. No obstante, no pasó ninguno; todos iban por el lado contrario; de manera que nuestra roca continuaba siendo nuestro escudo incluso en esta nueva posición.

Poco a poco comenzamos a recobrar las fuerzas, y como los soldados estaban agrupándose junto a la orilla del río, Alan propuso que intentásemos la escapada. En aquellos momentos sólo existía una cosa en el mundo que me asustara, y era tener que volver a la roca; cualquier otra cosa la aceptaba de buen grado; de modo que al momento nos pusimos en orden de marcha, y comenzamos a escurrirnos de roca en roca, uno tras otro, unas veces arrastrándonos en la sombra, y otras emprendiendo una carrera en busca de la sombra, con el corazón en la boca.

Los soldados, que habían registrado descuidadamente esta parte del valle, y que acaso estaban algo adormilados por el bochorno de la tarde, habían desatendido mucho la vigilancia y dormitaban en sus puestos o se limitaban a echar un vistazo a las márgenes del río; de esta forma, descendiendo por el valle hacia las montañas, fuimos alejándonos de su vecindad. Pero aquella empresa era la más fatigosa de toda mi vida. Era preciso andarse con cien ojos para mantenerse oculto en aquel terreno irregular y al alcance de la voz de tantos centinelas por allí esparcidos. Cuando teníamos que atravesar un descampado, la rapidez no era suficiente; se precisaba una perspicaz cautela para reconocer no sólo la naturaleza de todo el terreno, sino la solidez de cada una de las piedras donde poníamos los pies, porque a la caída de la tarde reinaba tal silencio, que el rodar de un guijarro hubiera sonado como el estampido de una pistola y despertado el eco en montes y riscos.

A la caída del sol habíamos recorrido cierta distancia, a pesar de la lentitud de nuestro avance, aunque todavía veíamos al centinela de la roca. Pero ahora nos topamos con algo que desvaneció todos nuestros temores, y fue un profundo y turbulento arroyo que se precipitaba para ir a reunirse con el río del valle. Al verlo nos tiramos al suelo y sumergimos la cabeza y los hombros en el agua; y no sabría decir qué era más agradable: si la fuerte impresión que producía la fresca corriente al pasarnos por encima, o la avidez con que bebíamos aquella agua.

Allí nos quedamos tendidos (pues las márgenes nos ocultaban) bebiendo una y otra vez, mojándonos el pecho, abandonados los brazos al impulso de la corriente hasta dolernos de frío; y al fin, maravillosamente reconfortados, sacamos la bolsa de la comida y preparamos drammach en la cacerola de hierro. Y aunque el plato no consiste en otra cosa que harina de avena mezclada con agua fría, no deja de ser un alimento bastante bueno para quien tiene hambre; y donde no hay manera de hacer fuego o cuando, como en nuestro caso, existen poderosas razones para no encenderlo, es el mejor sustento para quienes andan por los brezales.

Tan pronto como se hubieron extendido las sombras de la noche, reanudamos la marcha, al principio con la misma precaución, pero después con mayor arrojo, andando completamente erguidos y apretando el paso. El camino era muy intrincado, pues se extendía por las escarpadas laderas de las montañas y por las crestas de los riscos; con la puesta del sol el cielo se había cubierto de nubes, y la noche era oscura y fría; de manera que yo andaba sin mucha fatiga, pero con el constante temor de caer y rodar montaña abajo, y sin saber a ciencia cierta cuál era nuestra dirección.

Al fin salió la luna, y nos pilló todavía en el camino; estaba en su último cuarto y rodeada de nubes; pero al cabo de un rato brilló plenamente, mostrándome las negras cumbres de muchas montañas y reflejándose a lo lejos en un estrecho brazo de mar.

Ante aquella visión nos detuvimos: yo me quedé extasiado al hallarme en un lugar tan alto y caminando (así me lo parecía) sobre las nubes; Alan quería asegurarse del rumbo que seguía.

Aparentemente estaba muy satisfecho, y a buen seguro se pensaba fuera del alcance del oído de nuestros enemigos, porque el resto de nuestra marcha nocturna lo animó silbando varias tonadas, guerreras unas, alegres otras, tristes las demás, aires de giga que aligeraban nuestro paso, aires de mi tierra del sur, que me hacían anhelar el regreso al hogar después de mis aventuras; todas aquellas canciones nos acompañaron en nuestro camino por las grandes, sombrías y desiertas montañas.

XXI. La huida por los brezales. El «Heugh» de Corrynakiegh

Aunque amanece bien temprano a primeros de julio, todavía estaba oscuro cuando llegamos a nuestro destino: una hendidura en la cumbre de una gran montaña, por donde corría un arroyo y a un lado, en una roca, había una cueva poco profunda. Crecían allí abedules formando un lindo bosquecillo que un poco más allá se convertía en un bosque de pinos. El arroyo estaba lleno de truchas; el bosque de palomas torcaces, y en la ladera abierta de la montaña silbaban los mirlos y abundaban los cuclillos. Desde la boca de la hendidura divisábamos una parte de Marmore y el brazo de mar que separa esta comarca de Appin, y esto desde una altura tal que hacía que la visión me produjese continuo asombro y placer.

Esta hendidura se llamaba el Heugh de Corrynakiegh, y aunque a causa de su altura y de su proximidad al mar a menudo estaba envuelta en nubes, con todo, era éste, en conjunto, un lugar muy agradable, y los cinco días que estuvimos allí pasaron felizmente.

Dormíamos en la cueva, haciendo la cama con matas de brezo que cortábamos con este propósito, y tapándonos con el capote de Alan. En una vuelta de la cañada había un lugar bajo y escondido, donde tuvimos la osadía de encender lumbre, de manera que pudimos calentarnos cuando llegaban las nubes, y cocinar gachas y asar las pequeñas truchas que cogíamos a mano bajo las piedras y los salientes de las orillas del arroyo. Ésta era, en realidad, nuestra tarea principal y nuestra diversión, y pasábamos gran parte del día a orillas del agua, desnudos hasta la cintura, buscando a tientas aquellos peces no sólo por ahorrar harina por si venían tiempos peores, sino por una rivalidad que nos divertía mucho. Los más grandes que cogimos no pesarían más de un cuarto de libra, pero tenían una carne muy buena y sabrosa, y una vez asados sobre las brasas, sólo les faltaba un poco de sal para resultar deliciosos.

En los ratos libres Alan se dedicaba a enseñarme a manejar la espada, porque mi ignorancia al respecto le preocupaba mucho; pero yo creo, además, que, como algunas veces le aventajaba en la pesca, no le desagradaba dedicarse a un ejercicio en el cual me llevaba la delantera. Esta ocupación se la tomaba con más interés del que hubiera sido necesario, porque durante la lección me vociferaba y me regañaba de una manera muy violenta, y me atacaba tan de cerca, que a menudo me entraban ganas de volverle la espalda y salir corriendo, pues hubo momentos en que pensé que iba a atravesarme el cuerpo de una estocada. Pero, no obstante, defendía mi terreno y saqué algún provecho de aquellas lecciones; por lo menos aprendí a permanecer en guardia con talante sereno, que por lo regular es todo lo que se requiere. De forma que, aun cuando no conseguía contentar en lo más mínimo a mi maestro, no quedaba yo del todo descontento conmigo mismo.

No vayáis a suponer que entretanto descuidábamos nuestro objetivo principal, que era escapar.

—Pasarán muchos días —me dijo Alan la primera mañana— antes de que a los casacas rojas se les ocurra registrar Corrynakiegh; por tanto, ahora debemos mandar recado a James para que nos busque dinero.

—¿Y cómo vais a mandar recado? —dije—. Estarnos en un lugar desierto, que en realidad no nos atrevemos a abandonar, y a no ser que echéis mano de los pájaros para que os sirvan de mensajeros, no veo cómo nos las vamos a apañar.

—¿De veras? —replicó Alan—. Eres hombre de pocos recursos, David.

Y con esto se quedó muy pensativo contemplando los rescoldos del fuego; después cogió un trozo de madera, hizo con él una cruz, tiznó los cuatro extremos en las brasas. Entonces me miró un poco tímidamente y dijo:

—¿Quieres prestarme mi botón? Resulta extraño pedir lo que se ha regalado, pero me cuesta mucho tener que arrancar otro.

Le di el botón; entonces lo ató a la tira que había cortado de su capote para atar la cruz, y luego de atar también una pequeña rama de abedul a otra de abeto, contempló con satisfacción su obra.

—Ahora —dijo—, no muy lejos de Corrynakiegh, hay un pequeño clachan (lo que los ingleses llaman villorrio), que se llama Koalisnacoan. Allí viven muchos amigos míos a quienes podría confiar mi vida, y algunos de quienes no me fiaría tanto. Ten en cuenta, David, que se habrá puesto precio a nuestras cabezas; el propio James habrá ofrecido dinero; y en cuanto a los Campbell, no escatimarán gastos tratándose de perjudicar a un Stewart. Sí no fuera por eso, yo mismo bajaría a Koalisnacoan y confiaría mi vida a aquella gente con la misma tranquilidad que confiaría mi guante a otra persona.

—¿Pero no siendo así?... —pregunté.

—No siendo así —repuso—, prefiero que no me vean. En todas partes hay gente mala, y lo que es mucho peor, gente débil. De manera que, cuando anochezca, entraré furtivamente en el villorrio y dejaré lo que he estado haciendo en la ventana de un buen amigo mío, John Breck Maccoll, un bouman de Appin.

—Pero, de todo corazón, decidme —le pregunté—: y si lo encuentra, ¿qué se supone que hará?

—¡Ay! —respondió Alan—. Ya quisiera yo que fuese hombre de más perspicacia, porque, a fe mía, mucho me temo que comprenda poco esta señal. Pero verás, esto es lo que he ideado; esta cruz es algo parecido a una cruz embreada, o cruz ardiente, que es la señal de reunión de nuestros clanes; sin embargo, él sabrá muy bien que el clan no va a levantarse, porque la cruz estará en su ventana y no lleva inscripción alguna. De modo que se dirá: «El clan no va a levantarse, pero algo sucede». Entonces reparará en mi botón y verá que es de Duncan Stewart, y entonces se dirá: «El hijo de Duncan se encuentra en el brezal y me necesita».

—De acuerdo, tal vez suceda así —dije—. Pero, aun suponiendo que sea de ese modo, me parece que media mucha distancia desde aquí hasta el Forth.

—También es muy cierto —repuso Alan—. Pero entonces John Breck verá la ramita de abedul y la ramita de abeto, y se dirá (si es que es hombre con algo de agudeza, cosa que dudo bastante): «Alan estará en un bosque donde hay abetos y abedules»; y luego pensará: «Esos no abundan por estos alrededores», y vendrá a echar una ojeada en Corrynakiegh. Y si no lo hace, David, que el diablo se lo lleve, que poco me importa, pues será que ese hombre no vale ni lo que la sal de sus gachas.

—Amigo mío —dije en tono algo burlón—, ¡sois muy ingenioso! Pero ¿no sería más sencillo escribirle unas palabras?

—Esa es una excelente observación, señor Balfour de Shaws —repuso Alan también con chanza—; sería sin duda mucho más sencillo para mí escribirle, pero para John Breck resultaría muy penoso tener que leerlo. Tendría que ir a la escuela durante dos o tres años, y es posible que nos cansásemos de esperarle.

De modo que aquella misma noche Alan se llevó su cruz embreada y la dejó en la ventana del bouman. Cuando regresó estaba intranquilo, porque los perros habían ladrado y la gente había salido corriendo de sus casas, y creyó oír ruido de armas y ver un casaca roja asomado a una de las puertas. Por lo que pudiera suceder, nos tendimos al día siguiente en la linde del bosque, y vigilamos atentamente para si aparecía John Breck poder guiarle y, en el caso de que fueran los casacas rojas quienes se presentasen, poder huir a tiempo. Hacia el mediodía vimos a un hombre rondando por la ladera abierta de la montaña, al sol, y mirando en torno suyo, poniéndose la mano de visera. Apenas le vio Alan, le dio un silbido, el hombre se volvió y avanzó un poco hacia nosotros; entonces Alan silbó de nuevo, y el hombre se acercó más, y así, por los silbidos, fue guiado hasta el lugar donde nos encontrábamos.

Era un hombre harapiento, de aspecto rudo, barbudo, de unos cuarenta años, brutalmente desfigurado por la viruela, y parecía torpe y brutal. Aunque su inglés era muy defectuoso y balbuciente, Alan (siguiendo su gentil costumbre cuando estaba yo con él) no le permitió hablar en gaélico. Tal vez la lengua extranjera en que tenía que hablar le hacía parecer más obtuso de lo que era en realidad; pero me dio la impresión de que no tenía muchos deseos de ayudarnos, aunque sí un miedo de espanto.

Alan hubiera querido que llevase un recado a James, pero el bouman no quiso oír hablar de recado alguno. Dijo con su voz chillona que se le olvidaría y que o se le daba una carta, o se desentendía del asunto.

Pensé que Alan se encontraba en un apuro, porque carecíamos de medios con que escribir en medio de aquel desierto; pero era el hombre de más recursos que he conocido, y fue buscando por el bosque hasta encontrar una pluma de paloma torcaz, que cortó en forma de pluma de escribir; hizo luego una especie de tinta con pólvora del cuerno que llevaba y agua del arroyo, y rasgando un ángulo del nombramiento militar francés (que llevaba en el bolsillo como un talismán para librarse del cadalso), se sentó y escribió lo que sigue:

«Querido pariente: Tened la bondad de hacerme llegar dinero por medio del portador al lugar que él sabe.

Afectuosamente, vuestro primo,

A.S.»

Confió el mensaje al bouman, quien prometió ver la manera de llevarlo tan rápido como pudiera, y echó a correr montaña abajo.

Tardó tres días largos en regresar, pero hacia las cinco de la tarde del tercero oímos un silbido en el bosque, al que Alan contestó; al cabo de un rato apareció el colono en la orilla del agua, buscándonos con la mirada. Parecía menos arisco que antes, y efectivamente no había duda de que se sentía satisfecho de haber llevado a buen término su peligroso cometido.

Nos trajo noticias de la comarca: que estaba plagada de casacas rojas; que habían sido encontradas algunas armas, y la pobre gente era importunada a diario; que James y algunos de sus criados estaban ya encarcelados en el Fuerte William, bajo graves sospechas de complicidad. Por lo visto, por todas partes corría el rumor de que había sido Alan Breck quien había disparado el tiro, y se había publicado un pregón ofreciendo una recompensa de cien libras por su captura y la mía.

Todo iba, pues, de mal en peor; pero la breve nota de la señora Stewart que el colono nos había traído era de una tristeza desoladora. En ella le suplicaba a Alan que no se dejase capturar, asegurándole que, si caía en manos de las tropas, tanto James como él podían darse por muertos. El dinero que enviaba era todo lo que había podido obtener, pidiéndolo o tomándolo prestado, y rogaba al cielo que tuviéramos suficiente con ello. Finalmente decía que adjuntaba uno de los pregones en los que se daba nuestra descripción. Lo leímos con gran curiosidad y no poco temor, en parte como quien se mira a un espejo y en parte como quien mira el cañón del mosquete de un enemigo para saber si le apunta a él. Alan era descrito como «un hombre bajo, picado de viruelas, vivaz, de unos treinta y cinco años, vestido con sombrero de plumas, casaca francesa azul con botones de plata y encajes bastante manchados, chaleco rojo y calzón negro», y yo era «un muchacho alto y fuerte, de unos dieciocho años, que lleva una chaqueta azul usada y muy andrajosa, una gorra de los Highlands vieja, un largo chaleco y calzones azules; las pantorrillas, desnudas, y zapatos al estilo de las tierras bajas, despuntados; habla como un natural de las Lowlands, y no lleva barba».

A Alan le agradó mucho ver tan perfectamente detallada su elegancia; pero al leer la palabra «manchados», se miró los encajes con aire de mortificación. En cuanto a mí, me pareció que causaba una deplorable impresión en el retrato, y a pesar de todo, también me satisfizo bastante, pues, habiéndome quitado aquellos andrajos en casa de James, la descripción que de mí se hacía había dejado de ser un peligro y se convertía en tabla de salvación.

—Alan —dije—, deberíais cambiaros de ropa.

—¡Eso sí que no! —repuso—. No tengo otra y, además, ¡bonita figura la mía si me presentase en Francia con gorra!

Esto me llevó a una segunda reflexión: si me separaba de Alan y de su delatadora ropa, me libraría del arresto y podría continuar mi camino sin preocupaciones. Y no sólo eso; en el caso de que fuese arrestado yendo solo, había pocas pruebas contra mí, pero si me cogían en compañía del presunto asesino mi caso podría ser grave.

Por generosidad no me atrevía a hablar de este asunto, pero no por eso dejé de seguir pensando en ello.

Y aún pensé más cuando el bouman sacó una bolsa verde con cuatro guineas de oro y buena parte de otra llena de calderilla. Cierto que aquel dinero era más de lo que yo tenía; pero Alan tenía que llegar a Francia con menos de cinco guineas, mientras que yo con dos escasas no tenía que ir más allá de Queensferry; de manera que, considerando las cosas en su justa medida, la compañía de Alan era no sólo un peligro para mi vida, sino también una carga para mi bolsa.

En cambio, en la honrada cabeza de mi compañero no existían ideas de semejante naturaleza. Él creía que estaba sirviéndome, ayudándome y protegiéndome, y ¿qué podía hacer yo sino seguir en paz, rabiar y entregarme a mi suerte?

–Es bastante poco –dijo Alan guardándose la bolsa–, pero tendré suficiente. Y ahora, John Breck, si me devolvéis mi botón, este caballero y yo reanudaremos el camino.

Pero el colono, después de rebuscar en su peluda bolsa, que llevaba colgando delante, al estilo de los highlander (aunque vestía el traje de los lowlanders con pantalones de marinero), comenzó a mover los ojos de manera extraña y dijo por fin:

–Me parece que lo he perdido.

–¡Cómo! –gritó Alan–. ¿Habéis perdido el botón, que fue de mi padre antes que mío? Pues ahora voy a deciros lo que pienso, John Breck: pienso que éste es el peor trabajo que habéis realizado desde el día en que nacisteis.

Y mientras hablaba, Alan se ponía las manos en las rodillas y miraba al colono con mueca sonriente, y aquel brillo saltarín en los ojos que anunciaba mala cosa para sus enemigos. Tal vez el colono era honrado; tal vez había pensado engañarle, pero, al verse solo con nosotros dos en un lugar desierto, volvió a su honradez por ser cosa más segura, y al fin encontró el botón y se lo devolvió a Alan.

–Está bien, y me alegro por el honor de los Maccoll –dijo Alan; y luego, dirigiéndose a mí, añadió–: Aquí tienes otra vez mi botón, y te agradezco que te hayas separado de él, lo cual ha sido una prueba más de tu amistad para conmigo.

Entonces se despidió efusivamente del bouman.

–Porque –dijo– os habéis portado muy bien conmigo; habéis aventurado vuestro cuello, y siempre os consideraré un hombre cabal.

Finalmente, el bouman tomó un camino, y Alan y yo (reuniendo nuestros bártulos) fuimos por otro para continuar nuestra huida.

XXII. La huida por los brezales: El páramo

Más de siete horas de ruda e incesante marcha nos llevaron por la mañana temprano al final de una cadena de montañas. Frente a nosotros se abría un pequeño horizonte de tierras desérticas bajas y escabrosas, que teníamos que atravesar. El sol no estaba todavía bastante alto, y nos daba de lleno en los ojos; una ligera neblina emergía de la superficie del páramo, que parecía envuelto en humo; de forma que, como dijo Alan, podía haber allí veinte escuadrones de dragones sin que pudiéramos darnos cuenta.

Por consiguiente nos sentamos en una hondonada de la ladera a esperar que se alzase la niebla, y preparamos nuestro ya habitual plato de harina de avena con agua, y celebramos un consejo de guerra.

—David —dijo Alan—, allí está el paso peligroso. ¿Permanecemos aquí hasta que llegue la noche, o nos arriesgamos y seguimos adelante?

—La verdad es que estoy cansado —repuse—, pero podría andar otro tanto si es necesario.

—No hay tanto que andar, no falta ni la mitad —dijo Alan—. La situación es ésta: Appin sería la muerte segura para nosotros. Al sur todos son Campbell, y no hay que pensar siquiera en ello. Al norte, en fin, no ganamos mucho yendo al norte, ni tú, que quieres ir a Queensferry, ni yo, que quiero ir a Francia. De manera que nos dirigiremos al este.

—¡Pues andando hacia el este! —dije muy contento. Pero pensaba para mis adentros: «Si tomaras tú una dirección y yo tomase otra, sería lo mejor para ambos».

—Verás, al este están los páramos —dijo Alan—. Una vez allí, todo será fácil. Fuera de aquellas tierras peladas y desnudas, ¿adónde puede uno dirigirse? Si los casacas rojas se suben a las colinas pueden vernos a muchas millas de distancia, y lo peor de todo es que, con sus caballos, se nos echan encima en un abrir y cerrar de ojos. No es un buen lugar aquel, David, y puedo asegurar que es peor de día que de noche.

—Alan, escuchad lo que yo pienso —dije—; Appin es la muerte para nosotros; tenemos poco dinero y apenas comida; cuanto más tiempo les demos para buscar, más fácilmente pueden llegar a imaginar dónde nos hallamos; todo implica un riesgo, por tanto creo que debemos continuar nuestra marcha hasta que nos caigamos rendidos.

Alan se quedó encantado.

—A veces —dijo— eres demasiado circunspecto, demasiado whig para acompañar a un caballero como yo; pero otras veces te muestras tan ardiente como una centella, y es entonces cuando te siento como si fueras hermano mío.

La niebla se levantó y se desvaneció, y vimos que la región que se extendía ante nosotros era tan desolada como el mar; únicamente se escuchaban por allí los chillidos de la cerceta y del avefría, y a lo lejos, en dirección al este, se distinguía un rebaño de ciervos, que se movía como una línea de puntos. Gran parte del terreno aparecía rojizo por los brezos, y gran parte del resto estaba cortado por pantanos, grietas y hoyos de turberas; había zonas ennegrecidas por algún incendio en los brezales; y, además, había también un bosque de abetos completamente secos, que se alzaban como esqueletos. Era el desierto más triste que pueda alguien imaginarse, pero al menos estaba limpio de tropas, que era lo que importaba.

Así pues, descendimos al páramo y comenzamos nuestro penoso y tortuoso viaje hacia el extremo oriental. A nuestro alrededor se alzaban las cumbres de las montañas, desde las cuales (como recordarán) podíamos ser descubiertos en cualquier momento; de manera que procurábamos mantenernos en las partes bajas del páramo, y cuando éstas se desviaban de nuestra dirección, atravesábamos el terreno desnudo con infinito cuidado. A veces, durante media hora seguida, teníamos que ir arrastrándonos de un matorral a otro como los cazadores cuando siguen de cerca a los venados. El día volvía a despejarse; el sol era abrasador; el agua que llevábamos en la botella de aguardiente no tardó en acabarse; y la verdad es que, si yo hubiera sospechado que tendríamos que andar la mitad del tiempo a rastras y la otra casi de rodillas, sin duda me hubiera guardado de tan mortal empresa.

Andando fatigosamente y descansando, y volviendo a andar, pasamos toda la mañana, y al mediodía nos echamos sobre un espeso arbusto de brezo para dormir. Alan se encargó de la primera guardia, y cuando me despertó para hacer yo la segunda guardia me pareció que apenas me había dado tiempo de cerrar los ojos. No teníamos reloj para saber la hora, y Alan clavó en el suelo una ramita de brezo para hacer las veces, advirtiéndome que en cuanto la sombra de la ramita alcanzase un cierto punto hacia el este le despertase. Pero yo estaba tan cansado, que hubiera dormido doce horas de un tirón; le había tomado gusto al sueño; tenía las articulaciones dormidas, aunque mi cerebro velaba; el cálido olor del brezal y el zumbido de las abejas silvestres eran para mí como adormideras; y a cada momento me sobresaltaba y me encontraba con que me había adormilado. La última vez que me desperté me pareció que volvía de muy lejos y pensé que el sol había recorrido un buen trecho en el firmamento. Miré la ramita de brezo, y a punto estuve de lanzar un grito, porque vi que había sido infiel a mi deber. Tenía la cabeza medio trastornada por el miedo y la vergüenza, y al ver lo que vi cuando miré a mi alrededor, creí que se me paraba el corazón. Pues sucedió que durante mi sueño había bajado un destacamento de caballería y se aproximaba a nosotros desde el sudeste, desplegado en forma de abanico y llevando a los caballos de un lado para otro por las partes más profundas del brezal.

Cuando desperté a Alan, miró primeramente a los soldados y después a la ramita y a la posición del sol, y frunció el ceño con una súbita y rápida mirada llena de furia y de ansiedad. Éste fue el único reproche que recibí de él.

–¿Qué hacemos ahora? –pregunté.

–Tendremos que jugar a las liebres. ¿Ves aquella montaña? –dijo señalando una que se alzaba, al nordeste.

–Sí contesté.

–Pues bien –añadió–, hay que correr hacia ella. Se llama Ben Alder; es una montaña áspera y desierta, llena de lomas y hondonadas, y si conseguimos llegar a ella antes del amanecer, es posible que aún podamos salvarnos.

—Pero, Alan —repuse—, eso nos obligará a cruzarnos con los soldados.

—Lo sé muy bien —dijo—; pero si volvemos a Appin, podemos darnos por muertos. De manera que, amigo David, ¡con paso ligero!

Y diciendo esto empezó a correr a gatas con increíble rapidez, como si aquélla fuera su manera natural de andar. No dejaba de serpentear buscando las hondonadas del páramo donde podíamos ocultarnos mejor. Algunas partes del terreno habían sido quemadas, o al menos chamuscadas; y un polvo asfixiante tan fino como el humo se levantaba de allí, dándonos en la cara (que llevábamos casi a ras del suelo). El agua hacía ya tiempo que se nos había acabado, y esto, unido a la postura de correr a gatas, me producía tal insoportable cansancio y debilidad, que me dolían las articulaciones y era como si las muñecas fueran a ceder bajo el peso de mi cuerpo.

Sin embargo, de cuando en cuando nos tendíamos un rato junto a alguna gran mata de brezo, jadeantes y apartando la hojarasca para volver a echar una ojeada a los dragones. No nos habían descubierto, porque seguían avanzando en línea recta; según mis cálculos era medio escuadrón cubriendo unas dos millas de terreno y batiéndolo cuidadosamente a medida que avanzaban. Me había despertado justo a tiempo; si llego a despertarme un poco más tarde, hubiéramos tenido que huir delante de ellos, en lugar de hacerlo por un flanco. Pero aun así, el menor contratiempo podía descubrirnos, y de vez en cuando, al levantarse un urogallo de entre el brezal, batiendo las alas, nos quedábamos quietos, como muertos, sin atrevernos a respirar.

El dolor y la debilidad de mi cuerpo, la fatiga de mi corazón, las heridas de las manos, la irritación de mi garganta y de mis ojos causada por la continua humareda de polvo y cenizas se habían hecho tan insoportables, que de buena gana hubiera abandonado. Nada sino el temor a Alan me prestaba una especie de falso valor para continuar. En cuanto a él (y téngase en cuenta que iba enfundado en su grueso capote), se había puesto primeramente colorado, pero, pasado el tiempo, el enrojecimiento fue cubriéndose de manchas blancas; al avanzar roncaba y silbaba, y su voz, cuando me murmuraba alguna observación al oído, durante los altos, no sonaba a humana. A pesar de ello, no parecía decaído de espíritu ni disminuía su actividad; así que no podía dejar de sorprenderme la resistencia de aquel hombre.

Por fin, cuando empezó el crepúsculo, oímos un toque de trompeta, y al mirar hacia atrás entre los brezos, vimos que la tropa comenzaba a replegarse. Poco después habían encendido una hoguera y habían acampado para pasar la noche en medio del desierto. Entonces rogué y supliqué a Alan que nos echásemos a dormir.

—¡Esta noche no se duerme! —dijo Alan—. Desde ahora esos fastidiosos dragones se mantendrán en la cima del páramo, y nadie, excepto las aves, podrá salir de Appin. Hemos cruzado en el momento preciso, y ¿vamos a poner en peligro lo que hemos ganado? No, no, cuando llegue el día nos encontrará a ti y a mí en un lugar seguro, en Ben Alder.

—Alan —dije—, no es por falta de voluntad; son las fuerzas las que me faltan. Si pudiera lo haría, pero os juro por mi vida que no puedo.

—De acuerdo, entonces yo te llevaré a cuestas —dijo Alan.

Le miré para saber si lo decía en broma, pero no: el hombrecillo hablaba en serio, y ante tal resolución me avergoncé.

—Echad a andar; os sigo —dije.

Alan me dirigió una mirada como diciendo: «¡Bien dicho, David!», y reanudó la marcha a toda velocidad.

Con la llegada de la noche refrescó y oscureció algo, aunque no mucho. El cielo estaba despejado; eran los primeros días de julio y nos hallábamos bastante al norte; de suerte que, en la hora más oscura de esa noche, no diré que no hicieran falta buenos ojos para leer, pero declaro que he visto mediodías de invierno más oscuros. Caía un denso rocío y empapaba el páramo como si lloviese, y eso me refrescó un poco. Cuando nos detuvimos para tomar aliento y tuve tiempo de mirar a mi alrededor, la claridad y la suavidad de la noche, las siluetas de las colinas, cual seres durmientes, y la fogata que iba disminuyendo detrás de nosotros como un punto brillante en medio del páramo, me infundieron rabia al pensar que tenía que seguir arrastrándome angustiado, comiendo polvo como un gusano. Por lo que he leído en los libros, me parece que pocos de los que utilizan la pluma han estado nunca realmente cansados, pues de lo contrario escribirían sobre ello con más fervor. A mí no me importaba ya la vida, ni pasada ni futura, y apenas si recordaba que existía un muchacho llamado David Balfour; no pensaba en mí mismo más que con desesperación, y a cada paso que iba a dar me parecía que sería el último, y también pensaba en Alan, pero con odio, porque era el causante de todo. Alan eran un auténtico militar en cuanto a hacer que los hombres continuaran ejecutando órdenes, sin saber con qué finalidad, manteniéndose firmes aun cuando fueran a morir. Y en cuanto a mí, me atrevo a decir que yo hubiera sido un soldado raso bastante bueno, pues en estas últimas horas no se me ocurrió otra cosa que hacer más que seguir obedeciendo a Alan mientras fuera capaz y morir obedeciendo.

El día comenzó a despuntar al cabo de varios años, o así me lo pareció, y por entonces ya habíamos pasado lo más peligroso y podíamos andar de pie como los humanos, en lugar de andar a cuatro patas como las bestias. Pero ¡Santo Dios, qué cuadro debíamos de ofrecer los dos, andando encorvados como viejos, dando traspiés como niños y pálidos como muertos! No nos decíamos ni media palabra; cada cual llevaba cerrada la boca y mantenía la vista fija ante sí, y levantaba, y ponía los pies en el suelo como esos hombres que levantan pesos en las ferias de pueblo; y entretanto las aves del páramo piaban en el brezal y el día comenzaba a clarear lentamente por el oriente.

He dicho que Alan hacía lo mismo que yo, pero no era que yo le mirase, pues bastante tenía ya con mirar por dónde me andaba, sino porque era evidente que debía de estar tan atontado por el cansancio como yo, y ni siquiera miraba el camino que seguíamos, pues de otro modo no hubiéramos caído en una emboscada como si estuviésemos ciegos. Los hechos sucedieron del siguiente modo: Bajábamos por una ladera cubierta de brezos, Alan a la cabeza y yo siguiéndole a un paso o dos, como un músico callejero y su mujer, cuando de repente se oyó un crujido entre los brezos, saltaron tres o cuatro hombres harapientos, y un instante después estábamos tendidos de espaldas con un puñal al cuello. Puedo decir que aquello no me importó; el dolor del rudo trato quedaba casi apagado por los dolores que sentía de antes, y me hallaba demasiado contento de haber dejado de andar como para preocuparme por el puñal. Me quedé mirando la cara del nombre que me tenía sujeto, y recuerdo que su rostro estaba ennegrecido por el sol y que sus ojos echaban chispas; pero no me daba miedo. Oí que Alan susurraba algo en gaélico a otro hombre; pero lo que decían no me importaba.

Entonces los puñales fueron envainados, nos quitaron nuestras armas, y nos quedamos sentados viéndonos las caras.

—Son hombres de Cluny —dijo Alan—. No podíamos habernos topado con nada mejor. Vamos a esperar aquí con éstos, que son los centinelas, hasta que puedan avisar al jefe de mi llegada.

Cluny Macpherson, jefe del clan Vourich, había sido uno de los caudillos de la gran rebelión ocurrida seis años atrás; habían puesto precio a su vida y yo le suponía desde hace tiempo en Francia, con el resto de los jefes de aquel desesperado partido. A pesar de hallarme tan cansado, la sorpresa de lo que oía me despertó.

—¡Cómo! —exclamé—. ¿Cluny está aquí todavía?

—¡Sí, aquí está! —respondió Alan—. Todavía está en su tierra y velando por su clan. El rey Jorge no podría hacer más.

De buen grado hubiera hecho más preguntas, pero Alan me impuso silencio diciendo:

—Estoy bastante cansado y me gustaría echar un sueño.

Y sin añadir más palabras, hundió la cabeza en un matorral de brezo, y pareció quedar dormido al instante.

Pero a mí me resultó imposible hacer como él. ¿Habéis oído el zumbido de los saltamontes en el campo en el verano? Pues bien, apenas cerré los ojos, mi cuerpo, y sobre todo mi cabeza, mi vientre y mis muñecas me parecieron estar llenos de saltamontes zumbando, y tuve que abrir los ojos y revolearme y sacudirme y sentarme, y volver a echarme; y miraba al cielo, que me deslumbraba, o si no miraba a los montaraces y sucios centinelas de Cluny, que se asomaban por encima de los brezos y charlaban unos con otros en gaélico.

Éste fue todo el reposo que tuve hasta que regresó el mensajero. Cuando se nos dijo que Cluny tendría mucho gusto en recibirnos, tuvimos que levantarnos otra vez y ponernos en camino. Alan se hallaba muy animado y muy descansado después del sueño que se había echado, muy hambriento, y esperando complacido un trago y una buena tajada de carne, que el mensajero le había prometido. Por mi parte, me daban náuseas con sólo oír hablar de comida. Antes había sentido una pesadez mortal, pero ahora sentía una especie de liviandad espantosa que no me dejaba andar. Sentía que flotaba como un vilano; el suelo era como una nube, las montañas, un montón de plumas, y sentía en el aire una corriente como la de un arroyo, que me llevaba de un lado a otro. Entonces se apoderó de mi mente una especie de horror desesperado, que me daba ganas de echarme a llorar pensando en mi desamparo.

Vi que Alan me miraba con el ceño fruncido, y supuse que estaba enfadado, lo cual me produjo una angustia delirante, como la que pudiera sufrir un niño. Recuerdo también que yo sonreía y que no podía dejar de sonreírme por mucho que me esforzaba, porque comprendía que estaba fuera de lugar. Pero mi buen compañero no abrigaba en su mente más que bondad, y un instante después dos de aquellos hombres me cogieron por los brazos y me encontré con que era transportado a gran velocidad (al menos así me lo parecía a mí, aunque estoy seguro de que avanzaba muy lentamente) por un laberinto de tristes cañadas y hondonadas al corazón de aquella lúgubre montaña de Ben Alder.

XXIII. La jaula de Cluny

Al fin llegamos al pie de un bosque extraordinariamente empinado, que trepaba por una escarpada ladera y que estaba coronado por un desnudo precipicio.

—Aquí es —dijo uno de los guías, y empezamos a subir por la montaña.

Los árboles, que colgaban de la pendiente como los marineros sujetos a los obenques de un barco, eran como los peldaños de una escalera por la que subíamos.

Una vez en la cima, precisamente ante la rocosa cara del acantilado que surgía por encima del follaje, encontramos aquella extraña casa conocida en la comarca por el nombre de «La jaula de Cluny». Habían sido entrelazados los troncos de varios árboles, reforzando los huecos con estacas, y el terreno que quedaba detrás de aquella barricada lo habían nivelado con tierra para formar el suelo. Un árbol, que crecía en la ladera de la montaña, hacía las veces de viga central viviente del tejado. Las paredes eran de zarzos y estaban cubiertas de musgo. La casa, en conjunto, venía a tener la forma de un huevo, y medio colgaba, medio reposaba en aquella escarpada ladera cubierta de matorral, como un nido de avispas en un verde espino.

El interior era lo suficientemente espacioso como para albergar a cinco o seis personas con cierto desahogo. Un saliente del risco había sido hábilmente aprovechado para hogar, y como el humo se elevaba contra la superficie de la roca y no difería de ésta en color, no resultaba fácil distinguirlo desde abajo.

Éste no era sino uno de los escondites de Cluny, pues disponía además de cuevas y cámaras subterráneas en varios puntos de la región y, según las informaciones que le traían sus exploradores, se trasladaba de uno a otro lugar, ateniéndose a la proximidad o a la lejanía de los soldados. Mediante aquel sistema de vida, y gracias al cariño de los de su clan, no sólo había permanecido allí a salvo, en tanto que otros muchos habían huido o sido presos y ejecutados, sino que pudo pasar allí cuatro o cinco años; y si por fin marchó a Francia, lo hizo por expreso mandato de su jefe. En Francia no tardó en morir, y es muy probable que a causa de la nostalgia que sentía por su «jaula» de Ben Alder. Cuando llegamos a la puerta estaba sentado junto a su chimenea de roca, observando cómo guisaba uno de sus hombres. Iba vestido muy sencillamente, con un gorro de dormir de punto cubriéndole la cabeza hasta las orejas, y fumaba una sucia y tosca pipa. Y a pesar de todo, tenía aires de rey, y había que verlo cuando se levantó para darnos la bienvenida.

—¡Oh, señor Stewart! —dijo—. Entrad y amigo, cuyo nombre ignoro todavía.

—¿Cómo estáis, Cluny? —dijo Alan—. encontréis bien. Es un verdadero honor saludarle y mi amigo el señor de Shaws, David Balfour.

Alan no se refería nunca a mi condición sin emplear cierto tono de burla; pero esto lo hacía únicamente cuando estábamos a solas, porque ante los extraños pronunciaba las palabras con la solemnidad de un heraldo.

—Pasad, caballeros —dijo Cluny—. Bienvenidos a mi casa, que, a pesar de ser una vivienda extraña y tosca, sin embargo ha albergado a un personaje real, y vos, señor

Stewart, sin duda sabéis a qué personaje me refiero. Tomaremos un trago para que nos dé buena suerte, y en cuanto este desmañado cocinero tenga a punto la carne, comeremos y jugaremos una partida de cartas como corresponde a caballeros. Mi vida es algo aburrida –dijo, sirviendo el aguardiente–. Veo a poca gente y me paso el día entero sentado mano sobre mano, pensando en un gran día que ya pasó, y consumiéndome en espera de que llegue otro gran día que todos esperamos y que va acercándose. Así es que, ¡brindemos por la Restauración!

Chocamos nuestros vasos y bebimos. Por mi parte, no deseé ningún mal al rey Jorge, y aunque él hubiera estado allí personalmente, es muy probable que hubiera hecho lo mismo que yo. Apenas hube bebido me sentí muchísimo mejor y pude escuchar y considerar lo que se decía, tal vez algo confundido aún, pero ya no con aquel terror infundado y aquella angustia de antes.

El lugar era ciertamente extraño, al igual que extraño era su propietario. Durante el largo tiempo que vivió escondido, Cluny había llegado a adquirir hábitos precisos, como les sucede a las viejas solteronas. Tenía un sitio particular, donde nadie más que él podía sentarse; la «jaula» estaba ordenada de un modo especial, y nadie podía alterarlo; la cocina era uno de sus principales caprichos, y ni siquiera mientras nos agasajaba apartaba los ojos de las tajadas de carne.

Por lo visto, en ciertas ocasiones, y al amparo de la noche, visitaba o era visitado por su mujer y por uno o dos de sus más íntimos amigos; pero la mayor parte del tiempo vivía completamente solo, y se comunicaba sólo con sus centinelas y con los hombres que le servían en la «jaula». Uno de éstos, que era barbero, lo primero que hacía por la mañana era ir a afeitarle y a llevarle noticias de la región, de las que Cluny estaba siempre ávido. No acababa de hacer preguntas, y las formulaba con la misma vehemencia que un niño, y al recibir ciertas respuestas se reía más allá de los límites de lo razonable, y se desataba en carcajadas, sólo al recordarlas, horas después de haberse marchado el barbero. La verdad es que sus preguntas tenían una determinada intención, pues, aunque estaba recluido y, como los demás hacendados de Escocia, desposeído de sus facultades legales por el último decreto promulgado por el Parlamento, aún ejercía una justicia patriarcal en su clan. Iban a su agujero con pleitos para que él decidiese, y los hombres de su tierra, que se hubiesen burlado de los tribunales de justicia, renunciaban a sus venganzas y pagaban lo que fuese ante la decisión puramente verbal de aquel hombre proscrito, perseguido y fuera de la ley. Cuando estaba enfadado, cosa que ocurría con bastante frecuencia, daba sus órdenes y lanzaba amenazas de castigo como un verdadero rey. Sus criados temblaban y se encogían ante él como los niños con un padre severo. Al entrar cada uno de ellos, les daba ceremoniosamente la mano, y ambos se la llevaban al gorro, al estilo militar. Tuve una ocasión excelente para conocer algo de la vida interna de un clan de los highlanders, y ello por medio de un jefe proscrito y fugitivo, con su país conquistado, con las tropas batiendo todas las zonas en su busca, en ocasiones a menos de una milla de donde él se hallaba, y cuando el último de sus harapientos compañeros, a los que regañaba y amenazaba, hubiera podido hacer una fortuna traicionándole.

Aquel primer día que pasamos con él, cuando las tajadas de carne estuvieron a punto, Cluny exprimió sobre ellas un limón con su propia mano (porque no le faltaban exquisiteces de ningún tipo en la comida), y nos invitó a sentarnos a la mesa con él.

—Son —dijo, refiriéndose a las tajadas— iguales que las que ofrecí a su Alteza Real en esta misma casa, aunque faltaba el jugo de limón, porque en aquellos tiempos habíamos de contentarnos con la carne y no pensar en los condimentos. En efecto, en el año cuarenta y seis había en mi país más dragones que limones.

No sé sí la carne estaba realmente buena, pero mi corazón se alegró sólo con verla, aunque apenas pude comer. Mientras tanto, Cluny nos contaba cosas referentes a la estancia del príncipe Carlitos en la «jaula», repitiéndonos las palabras exactas de los interlocutores, y levantándose de su sitio para enseñarnos el lugar que habían ocupado. Por lo que nos decía, deduje que el príncipe era un joven gracioso, animado, digno hijo de una raza de reyes corteses, aunque no tan sabios como Salomón. Deduje también que mientras se hallaba en la «jaula» se pasaba la mayor parte del tiempo borracho, vicio este que ya había empezado a manifestarse en él y que, según todos, tanto mal le causó. Apenas hubimos comido, Cluny sacó una vieja, manoseada y grasienta baraja, como las que suelen encontrarse en una humilde posada, y se le alegraron los ojos al proponernos una partida.

Precisamente ésta era una de las cosas que me habían enseñado a evitar por considerarla una deshonra, pues mi padre decía que no era de cristianos ni de caballeros ganarse la vida a costa de otros con un pedazo de cartón pintado.

Lo cierto es que hubiera podido alegar cansancio, que ya era excusa suficiente; pero me pareció que tenía el deber de dar mi opinión. Debí de ponerme colorado, pero hablé con firmeza, diciendo que no pretendía ser juez de los demás, pero que por mi parte ésa era una materia en la que no estaba ducho.

Cluny dejó de barajar las cartas y me dijo:

—¿Qué demonios significa esto? ¿Qué manera de hablar es esa tan a lo whig en casa de Cluny Macpherson?

—Yo pondría mi mano en el fuego por el señor Balfour —dijo Alan, saliendo al paso—. Es un caballero honrado y gentil, y desearía que tuvierais en cuenta que quien esto os dice lleva nombre de rey —dijo ladeando su sombrero—. Y yo y todo el que yo llame amigo estaremos juntos para lo que sea menester. Pero este caballero está cansado y desearía dormir. Si no le interesan las cartas, eso no impedirá que vos y yo juguemos. Por mi parte, me encuentro perfectamente y estoy dispuesto, señor, a jugar con vos a lo que queráis.

—Señor —dijo Cluny—, quiero que sepáis que en esta humilde casa mía todo caballero puede hacer lo que le plazca. Si vuestro amigo se conforma, sea bienvenido. Pero si él, o vos o cualquier otro no está precisamente satisfecho, me sentiré orgulloso de salir ahí fuera para discutirlo.

Yo no tenía el menor interés en que aquellos dos amigos se degollasen por mi culpa, y dije:

—Señor, estoy muy cansado, como dice Alan, y además, como sois hombre que tendréis hijos, probablemente me comprenderéis mejor si os digo que fue una promesa que le hice a mi padre.

—No digáis más, no digáis más —dijo Cluny señalándome una cama de brezo en un rincón de la «jaula».

Sin embargo, estaba bastante molesto conmigo, me veía con malos ojos y refunfuñaba cuando me miraba. Aunque debo admitir que tanto mis escrúpulos como las palabras con que los expresé eran como una bofetada al covenanter, y poco adecuadas entre montareces jacobitas de las Highlands.

Con el aguardiente y la carne de venado se apoderó de mí una extraña pesadez, y apenas hube caído en la cama quedé sumido en una especie de sopor, que me duró prácticamente todo el tiempo que estuvimos en la «jaula». Algunas veces estaba despierto del todo y comprendía lo que pasaba; otras veces tan sólo oía voces o ronquidos de hombres, como el rumor de un manso río, y las mantas escocesas que cubrían las paredes se hinchaban y deshinchaban como las sombras que proyecta la lumbre en el techo. Estoy casi seguro de haber gritado alguna que otra vez, porque recuerdo que me quedaba muy sorprendido cuando sentía que me contestaban; y con todo, no tenía conciencia de ninguna pesadilla en particular, sino sólo de un horror general, negro y permanente, horror al sitio donde me hallaba, a la cama donde estaba tendido, a las mantas de las paredes, a las voces, al fuego y a mí mismo.

El barbero, que también hacía de médico, fue llamado para que me recetase; pero como hablaba en gaélico, no entendía ni una palabra de su juicio y me encontraba demasiado malo como para pedir que me lo tradujesen. Sabía demasiado bien que estaba enfermo, y era lo único que me importaba.

Prestaba poca atención a lo que sucedía mientras me hallaba en tal mísero trance. Pero Alan y Cluny jugaban a las cartas la mayor parte del tiempo, y recuerdo claramente que Alan empezó ganando, pues cuando me senté sobre la cama vi que andaban muy enfrascados en el juego y que Alan tenía en la mesa a su lado una gran pila de relucientes monedas donde habría de sesenta a cien guineas. Producía un extraño efecto ver toda esa riqueza en el nido aquel colgado de las paredes de un acantilado entre árboles enzarzados. Incluso pensé que era una situación difícil para Alan, que había entrado en batalla sin más pertrechos que una bolsa verde y cinco libras.

La suerte, al parecer, cambió al segundo día. Hacia las doce me despertaron, como de costumbre, para comer, y como de costumbre, me negué a hacerlo, por lo cual me administraron una bebida con una infusión amarga que el barbero había recetado. El sol entraba por la abierta puerta de la «jaula» y me deslumbraba y molestaba. Cluny estaba sentado a la mesa y barajaba las cartas. Alan se había inclinado sobre la cama y tenía su cara muy cerca de mis ojos, a los cuales, turbados como estaban por la fiebre, les parecía aquella cara desmesuradamente grande.

Me pidió que le prestara dinero del mío.

—¿Para qué? —dije.

—Se trata sólo de un préstamo —replicó.

—¿Pero para qué? —insistí—. No lo comprendo.

—¡Vamos, David! —dijo Alan—. No irás a regatearme un préstamo.

Se lo habría negado si hubiera estado en posesión de mis cinco sentidos; pero en ese momento lo único que deseaba era que se apartara aquella cara de mis ojos, y le entregué el dinero.

En la mañana del tercer día, cuando llevábamos en la «jaula» cuarenta y ocho horas, me desperté muy animado; débil y cansado todavía, pero viendo las cosas en su justa medida y con su aspecto normal. Tenía además ganas de comer y me levanté de la cama por propia iniciativa. Cuando terminamos de almorzar me dirigí hacia la puerta de la «jaula», salí y me senté en la parte alta del bosque. Hacía un día gris, con aire frío y suave, y pasé la mañana pensando sin que me importunase nadie más que los exploradores y los criados de Cluny, que le traían provisiones y noticias, porque, como entonces la costa estaba despejada, bien podía decirse que tenía allí su corte abiertamente.

Cuando regresé él y Alan habían dejado a un lado las cartas y estaban interrogando a un sirviente.

El jefe se volvió hacia mí y me habló en gaélico.

—No entiendo el gaélico, señor —le dije.

Desde el asunto de las cartas, todo cuanto decía o hacía tenía la virtud de molestar a Cluny, y me respondió airadamente.

—Pues entonces vuestro nombre tiene más sentido que vos mismo, porque pertenece al buen gaélico. Pero el asunto es éste: mi explorador me informa de que el sur está despejado de tropas, y la cuestión es saber si tenéis fuerzas para andar.

Vi las cartas encima de la mesa, pero no el oro; sólo había un montón de papelitos escritos, y éstos en el sitio de Cluny. Además, Alan tenía mal semblante, como de no estar demasiado contento, y empecé a sentir una gran inquietud.

—No sé si estoy todo lo bien que debiera estar —dije mirando a Alan—; pero el poco dinero que tenemos tiene que servirnos para llegar muy lejos.

Alan se mordió el labio inferior y agachó la mirada.

—David —me dijo al fin—, lo he perdido; ésta es la pura verdad.

—¿Mi dinero también? —pregunté.

—Tu dinero también —respondió Alan dando un quejido—. No debías habérmelo dado; pierdo la cabeza cuando juego a las cartas.

—¡Vamos! ¡Vamos! —exclamó Cluny—. Todo ha sido una tontería, un disparate. Os será devuelto vuestro dinero, por supuesto, y aun el doble, si me lo permitís. Sería cosa extraña en mí que me lo guardase. No supondrá nadie que vaya yo a ser un obstáculo para unos caballeros en vuestra situación; ¡no faltaría más! —exclamó empezando a sacar oro de su bolsillo con el semblante muy colorado.

Alan no decía nada y seguía mirando al suelo.

—¿Queréis salir conmigo a la puerta, señor? —dije. Cluny contestó que lo haría con mucho gusto y me siguió de buena gana; pero parecía nervioso y algo molesto.

—Y ahora, señor —le dije—, ante todo debo agradeceros vuestra generosidad.

—¡Qué disparate! ¡Qué disparate! —exclamó Cluny—. ¿Dónde está mi generosidad? Lo del juego ha sido un asunto desacertado; pero ¿qué queréis que haga encerrado en esta «jaula», que es como una colmena..., sino invitar a mis amigos a jugar a las cartas cuando puedo recibirlos? Pero si pierden no debe suponerse que... –y al llegar a este punto hizo una pausa.

–Sí –le dije yo–, si pierden les devolvéis su dinero, y si ganan se llevan el vuestro. Ya os he dicho que os agradezco la generosidad; no obstante, para mí es muy desagradable verme colocado en esta situación.

Hubo un breve silencio, durante el cual parecía como si a cada momento fuera a hablar Cluny, pero no dijo nada. Mientras tanto iba poniéndose más y más colorado.

–Soy un joven –le dije–, y os pido consejo. Aconsejadme, pues, como si fuera vuestro hijo. Mi amigo perdió, jugando limpiamente, su dinero después de haberos ganado una cantidad mucho mayor; ¿puedo aceptar yo la devolución? ¿Sería correcto por mi parte? Cualquiera que sea mi decisión, vos mismo podéis comprender que la situación es muy penosa para un hombre con un mínimo de orgullo.

–También es muy penoso para mí, señor Balfour –dijo Cluny–, y ahora os veo como alguien que ha cogido en la trampa a una pobre gente para mortificarla. Yo sería incapaz de llevar a los amigos a cualquiera de mis casas para aguantar afrentas –exclamó con un repentino arrebato de cólera–, ¡ni tampoco para causarlas!

–Por eso, señor –dije–, comprenderéis que algo puede decirse en mi favor; y que esa clase de juego es una ocupación muy mísera para los caballeros. Pero todavía estoy esperando vuestra opinión.

Estoy seguro de que si existía alguien en el mundo al que detestara Cluny ése era David Balfour, Me miró de arriba abajo con aire belicoso y vi el desafío en sus labios; pero le desarmó mi juventud, o quizá su propio sentido de la justicia. Realmente era un asunto molesto para todos los relacionados con él, y especialmente para Cluny; por eso tuvo mayor mérito al tomárselo de la forma en que lo hizo.

–Señor Balfour –me dijo–, me parece que sois demasiado escrupuloso y demasiado remilgado; pero, a pesar de todo, tenéis el espíritu de un verdadero caballero. Bajo mi palabra honrada, podéis tomar este dinero... Eso sería lo que diría a mi hijo..., y aquí está con mi mano.

XXIV. La huida por los brezales. La disputa

Alan y yo fuimos acompañados por uno de los guías de la «jaula» y atravesamos de noche el estuario de Errocht, y siguiendo su orilla oriental, llegamos a otro escondrijo próximo a la cabeza del estuario de Rannoch. Aquel individuo llevaba todo nuestro equipaje y el capote de Alan, por añadidura, trotando bajo aquel peso, mucho menos de la mitad del cual me baldaba a mí; pero aquel hombre lo llevaba como si fuera una robusta jaca de montaña cargada con una pluma, y sin embargo en lucha abierta yo hubiera podido fácilmente romperle los huesos a aquel hombre.

Sin lugar a dudas era un gran alivio andar con las manos libres, y tal vez sin este desahogo y la consecuente sensación de libertad y ligereza no hubiera podido dar un paso. Acababa de levantarme del lecho de enfermo, y no había nada en el estado de nuestros asuntos que pudiera infundirme ánimos para el ejercicio, viajando como lo hacíamos por los más deprimentes desiertos de Escocia, bajo un cielo encapotado y con el distanciamiento que había sobrevenido entre Alan y yo.

Durante mucho tiempo no dijimos nada; caminábamos uno al lado del otro unas veces, y otras uno detrás de otro, sin cambiar la expresión, yo enfadado y orgulloso, sacando las fuerzas de estos dos sentimientos violentos y pecaminosos; y Alan, enfadado y avergonzado; avergonzado por haber perdido mi dinero, y enfadado por haber tomado yo tan a mal aquel asunto.

La idea de la separación iba reforzándose en mi mente, y cuanto más la aprobaba, más me avergonzaba su aprobación. Hubiera sido un rasgo delicado, hermoso y generoso, realmente, si Alan se hubiera vuelto hacia mí y me hubiese dicho: «Vete; yo soy quien corre mayor peligro, y mi compañía solamente sirve para aumentar el tuyo». Pero volverme yo a mi amigo, que de verdad me quería, y decirle: «Vos corréis un gran riesgo; yo corro muy poco; vuestra amistad es una carga para mí; marchaos a correr solo vuestros peligros y a soportar solo vuestras fatigas», no, eso no era posible, y de sólo pensarlo se me enrojecían las mejillas.

Y, sin embargo, Alan se había portado como un niño, y (lo que era peor) como un niño traicionero. Sacarme el dinero mientras estaba semiconsciente era poco menos que un robo; y a pesar de esto, caminaba a mi lado, sin un penique en el bolsillo, y, por lo que veía, encantado de la vida con el dinero que me había obligado a pedir. Lo cierto es que yo estaba decidido a compartirlo con él, pero me daba rabia ver que contase de antemano con mi buena disposición.

Aquellos dos pensamientos eran los que absorbían principalmente mi mente; pero no podía abrir la boca para referirme a ninguno de ellos sin cometer una negra falta de generosidad. Por tanto, hice lo peor que podía hacer con excepción de lo anterior, pues no dije ni palabra y no miré a mi compañero más que de reojo.

Por fin, ya en la otra orilla del Errocht, andando por un terreno llano, cubierto de juncos, donde la marcha se hacía fácil, Alan no pudo contenerse más y se me acercó.

—David —me dije—, éste no es el modo como deben tomarse dos amigos un pequeño incidente. Debo decirte que lo siento mucho, y dicho queda; ahora, si tienes algo que decirme, harás bien en hacerlo.

—No —contesté—, no tengo nada que decir.

Pareció desconcertado, lo cual me alegró miserablemente.

—No —respondió con voz temblorosa—; pero acaso ¿se me puede culpar?

—Por supuesto que se os puede culpar —repuse fríamente—; pero no me negaréis que jamás os lo he echado en cara.

—Nunca —dijo él—; pero sabes muy bien que has hecho algo peor. ¿Vamos a separarnos? Así lo dijiste en una ocasión. ¿Vuelves a decirlo ahora? Hay bastantes brezales entre estos parajes y los dos mares, David, y te confieso que nunca me ha gustado quedarme donde no se me quiere.

Aquello me atravesó como una espada y tuve la sensación de que quedaba al descubierto mi secreta deslealtad.

—¡Alan Breck! —exclamé; y añadí—: ¿Me creéis capaz de volveros la espalda cuando más necesitado estáis? No os atreváis a decirme eso a la cara. Toda mi conducta demuestra que es falso. Es verdad que me quedé dormido en el páramo, pero fue a causa del cansancio, y os equivocáis al reprochármelo.

—Cosa que nunca he hecho —dijo Alan.

—Pero, aparte de eso —continué—, ¿qué he hecho yo para que supongáis tal cosa? Jamás le he fallado a un amigo, y no es probable que empiece a hacerlo con vos. Han ocurrido cosas entre nosotros dos que no podré olvidar jamás, aunque vos las olvidéis.

—Tan sólo una cosa quiero decirte, David —repuso Alan muy serenamente, y es que hace mucho tiempo te debo la vida y ahora te debo el dinero. Yo quisiera que procurases aliviarme de ese cargo.

Esto hubiera debido conmoverme, y en cierta forma fue así, pero de manera equivocada. Me daba cuenta de que estaba portándome mal; y ahora no sólo estaba enfadado con Alan, sino también conmigo mismo, y esto me hacía ser más cruel.

—Me habéis pedido que hable; pues bien, hablaré —dije—. Vos mismo reconocéis que me habéis causado un perjuicio; he tenido que aguantar una afrenta. Nunca os lo he reprochado ni he mentado el asunto hasta que vos lo habéis hecho. Y ahora me censuráis porque no puedo reír ni cantar, como si me alegrase la afrenta. ¡Lo único que falta es que me arrodille ante vos y os dé las gracias! Deberíais pensar más en vuestros semejantes, Alan Breck. Si pensaseis más en los demás, tal vez hablaríais menos de vos mismo; y cuando un amigo que os quiere ha dejado pasar una ofensa sin decir una palabra, deberíais contentaros con dejar las cosas como están en lugar de hacer reproches. Por la manera en que os habéis conducido, sois vos quien merecéis ser llamado al orden y, por tanto, no deberíais buscar querella.

—Muy bien —dijo Alan—, no digas más.

Y volvimos a nuestro anterior silencio y terminamos el itinerario de aquel día y cenamos y nos acostamos sin mediar palabra.

Al anochecer del día siguiente el guía nos cruzó el lago Rannoch y nos dio su opinión en cuanto al mejor camino que debíamos seguir. Consistía en dirigirnos sin demora hacia la cima de las montañas, seguir un circuito alrededor de los promontorios de Glen Lyon, Glen Lochay y Glen Dochart, y descender a las tierras bajas por Kippen y las aguas altas del Forth. A Alan no le agradó demasiado aquella ruta, pues nos llevaba a través del territorio de sus enemigos acérrimos, los Glenorchy Campbell. Objetaba que, volviendo hacia el este, llegaríamos casi inmediatamente a la tierra de los Athole Stewart, raza de su mismo nombre y de su mismo linaje, aunque obedecían a distinto jefe, y desde allí podríamos dirigirnos por un camino más fácil y rápido al lugar de nuestro destino. Pero el guía, que en realidad era el jefe de los exploradores de Cluny, tenía buenas razones para darnos su opinión, enumerando las fuerzas que tenía la tropa en cada uno de los diferentes distritos, y alegando finalmente (según pude comprender) que en ninguna otra parte nos molestarían menos que en la zona de los Campbell.

Alan cedió al fin, aunque no del todo convencido.

—Es una de las comarcas más deprimentes de Escocia —dijo—. Que yo sepa, no hay allí más que brezos, cuervos y los Campbell. Pero veo que sois hombre de cierta agudeza, y haré como decís.

De acuerdo con esto seguimos aquel itinerario, y durante la mayor parte de tres noches viajamos por imponentes montañas y por las cabeceras de los impetuosos ríos, unas veces envueltos en la niebla, azotados por el viento y por la lluvia casi constantemente, y ni una sola vez reconfortados por los rayos del sol. Durante el día nos tumbábamos y dormíamos sobre el brezal encharcado, y por la noche gateábamos sin respiro por montes suicidas y por escabrosos despeñaderos. Unas veces andábamos errantes; otras nos envolvía de tal modo la niebla, que nos veíamos obligados a detenernos hasta que se despejaba. ¡Ni pasársenos por la mente el encender una fogata! Nuestro único alimento era la harina de avena con agua, y un poco de carne fría que habíamos traído de la «jaula». En cuanto a la bebida, bien sabe Dios que agua no nos faltaba.

El tiempo era espantoso, y aún lo era más por la temperatura y por lo deprimente del paisaje. No entraba en calor; me castañeteaban los dientes, la garganta me dolía tanto como cuando estaba en la isla, sentía un constante dolor en el costado, y cuando dormía en mi húmedo lecho, con la lluvia mojándome y el fango rezumando bajo mi cuerpo, me volvía a la imaginación la parte peor de mis aventuras: veía la torre de Shaws iluminada por el relámpago; a Ransome en brazos de los marineros que le bajaban ya muerto, a Shuan agonizando en la toldilla y a Colin Campbell agarrándose la pechera de su casaca. De estos sueños entrecortados, era despertado al anochecer para sentarme en el mismo charco donde había dormido, para cenar el mismo alimento frío de siempre con la lluvia azotándome el rostro o metiéndoseme por la espalda en chorritos helados, y con la niebla envolviéndome como una tétrica cámara, o quizá, si el viento soplaba apartándola, bruscamente, para mostrarme el abismo de algún tenebroso valle, donde las corrientes de agua retumbaban.

De todas partes me llegaba el ruido de un número infinito de ríos. Con aquella lluvia tan persistente los manantiales de la montaña se habían desbordado, cada cañada rebosaba agua como si fuera una cisterna y cada arroyo era un torrente que había llenado su caudal y se desbordaba. Durante nuestras caminatas nocturnas era solemne oír la voz del agua en el fondo de los valles, unas veces retumbando como el trueno, y otras lanzando una especie de enfurecido grito. Entonces pude comprender la historia del Genio de las Aguas, de aquel demonio de los arroyos que, según la leyenda, permanece lamentándose y rugiendo en el vado hasta que llega el viajero destinado a la muerte. Vi que Alan lo creía o lo medio creía, y cuando el grito del río se hacía más agudo que de costumbre, no me sorprendía demasiado (aunque siempre me chocaba verle persignarse como los católicos).

Durante todas estas terribles marchas no hubo familiaridad alguna entre nosotros, y apenas nos hablamos. La verdad es que me sentía tremendamente enfermo, y ésta era mi mejor excusa. Pero, además, soy por naturaleza poco dado a perdonar, me costaba ofenderme, pero aún me costaba más olvidar, y entonces estaba rabioso con mi compañero y conmigo mismo. Durante la parte de aquellos dos días se mostró infatigablemente bondadoso; silencioso, sí, pero siempre dispuesto a ayudarme y esperando siempre (como yo podía ver muy bien) que se me pasase el enfado. Sin embargo, todo aquel tiempo permanecí reservado, alimentando mi rabia, rechazando ásperamente sus servicios y mirándole con indiferencia como si fuera una mata o una piedra.

La segunda noche, o mejor dicho, al despuntar el tercer día, nos encontramos en un monte muy abierto, de manera que no podíamos seguir nuestro acostumbrado plan de sentarnos inmediatamente a comer y echarnos a dormir. Antes de haber llegado a un lugar donde poder refugiarnos, aclaró el nublado, pues, aunque continuaba lloviendo, las nubes pasaban muy altas, y Alan me miró a la cara con muestras de preocupación.

–Mejor sería que me dejases llevar tu hatillo –dijo, quizá por novena vez desde que nos separamos del guía junto al lago Rannoch.

–Voy bien así, gracias –le dije más frío que el hielo. Alan se puso muy colorado.

–No repetiré mi ofrecimiento –dijo–. No soy hombre paciente, David.

–Yo nunca he dicho que lo fuerais –repliqué con la misma grosería y estupidez de un chiquillo de diez años.

Alan no contestó de momento, pero su conducta respondió por él. Se diría que desde entonces se perdonó a sí mismo por lo sucedido en casa de Cluny, pues volvió a ponerse el sombrero ladeado y anduvo con gallardía silbando y mirándome de reojo con una sonrisa provocativa.

La tercera noche tuvimos que atravesar el extremo occidental de la región de Balwuhidder. El cielo estaba despejado y hacía frío, en el aire había un amago de helada y el viento del norte barría las nubes y dejaba brillar las estrellas. Los arroyos seguían crecidos, lógicamente, y todavía producían un gran ruido entre las montañas; pero observé que Alan se había olvidado ya del Genio de las Aguas y que estaba de muy buen humor. En cuanto a mí, el cambio de tiempo llegó demasiado tarde: había estado tanto tiempo en el fango que (como se dice en la Biblia) «hasta mis propios vestidos tienen horror de mí». Estaba mortalmente cansado, mortalmente enfermo y todo lo que sentía eran dolores y escalofríos; el frío del viento me calaba hasta los huesos, y su ruido me ensordecía. En este lamentable estado tenía que soportar de mi compañero algo parecido a una persecución. No paraba de hablar, y siempre utilizando un tono burlón. Whig era el mejor apodo con el que se refería a mí. «Mira –solía decir–, ahí hay un charco que tienes que saltar, pequeño whig. ¡Sé que eres un buen saltarín!». Y así por el estilo, siempre con expresión de sarcasmo en las palabras y en el rostro.

Sabía perfectamente que la culpa de todo aquello la tenía solamente yo; pero era demasiado miserable como para arrepentirme. Sabía que no podría continuar arrastrándome por mucho más tiempo; no tardaría en verme obligado a dejarme caer y morir en aquellas húmedas montañas como una oveja o un zorro, dejando que mis huesos se calcinasen allí como los huesos de un animal salvaje. Tal vez estuviera delirando; pero ya empezaba a gustarme esta posibilidad y comenzaba a halagarme la idea de semejante muerte, solo en el páramo, con las águilas salvajes asediándome en mis últimos momentos. Pensaba que entonces Alan se arrepentiría, que cuando yo hubiese muerto recordaría lo mucho que me debía, y el recuerdo sería su tortura. Con este talante iba yo, como un colegial, enfermo, estúpido y de mal corazón, fomentando mi odio contra un prójimo, cuando hubiera hecho mejor arrodillándome y pidiendo a Dios misericordia. Y a cada pulla que Alan me lanzaba, me alegraba pensando: «¡Ah! La que te tengo preparada es mucho mejor: cuando caiga y muera, será como una bofetada para ti, ¡ah!, ¡qué venganza la mía! ¡Cuánto te pesará tu ingratitud y tu crueldad!».

Mientras tanto iba poniéndome cada vez peor. Una vez me caí, porque, sencillamente, se me doblaron las piernas, cosa que, por un momento, pareció impresionar a Alan; pero me levanté con tal presteza y reanudé la marcha de manera tan natural, que no tardó en olvidar el incidente. Tan pronto me invadían grandes sofocos como espasmos de frío. La punzada del costado era cada vez más insoportable. Finalmente, empezaba a sentir que no podría seguir adelante, y con esta sensación me vino el deseo de poner las cosas en claro con Alan, dar rienda suelta a mi cólera, y acabar con mi vida de un modo más rápido. Precisamente acababa de llamarme whig, y me detuve diciendo con voz temblorosa, como la cuerda de un violín:

—Señor Stewart, sois más viejo que yo y deberíais saber comportaros. ¿Consideráis muy prudente o muy ingenioso echarme en cara mis ideas políticas? Siempre he mantenido la idea de que, cuando dos personas difieren en sus opiniones, es propio de caballeros diferir cortésmente; y si no lo creyese así, puedo aseguraros que sabría encontrar burlas más crueles que todas las vuestras.

Alan se había parado frente a mí con el sombrero de medio lado, las manos en los bolsillos de los calzones y la cabeza un poco ladeada. Me escuchó sonriendo diabólicamente, según pude ver a la luz de las estrellas, y cuando hube terminado mi discurso se puso a silbar una tonada jacobita. Era una cancioncilla compuesta para satirizar la derrota del general Cope en Preston Pans, y decía así:

¡Eh, Johnnie Cope! ¿Seguís aún en pie? ¿Y redoblan todavía vuestros tambores?

Y fue entonces cuando se me ocurrió que Alan debía haber luchado el día de la batalla en el bando real.

—¿Por qué habéis elegido esa tonada, señor Stewart? —pregunté—. ¿Acaso para recordarme que habéis sido derrotado en ambos bandos?

La tonada quedó congelada en los labios de Alan.

—¡David! —me dijo.

—Ya es hora de que cesen esos modales —continué— exijo que de ahora en adelante habléis con cortesía de mi rey mis buenos amigos los Campbell.

–Soy un Stewart... –comenzó a decir Alan.

–¡Oh! –repuse–. ¡Ya sé que lleváis nombre de rey! Pero debéis recordar que desde que estoy en las Highlands de Escocia he conocido a muchos que lo llevan, y lo mejor que puedo decir de ellos es que no estarían peor si se lo quitasen.

–¿Sabes que me estás insultando? –dijo Alan en voz muy baja.

–Lo siento –dije yo–, porque todavía no he terminado, y si os ha disgustado este sermón, dudo mucho que os agrade el segundo. Habéis sido perseguido en el campo por los principales hombres de mi partido, y me parece una muy pobre diversión desafiar a un muchacho. Tanto los Campbell como los whigs os han derrotado; habéis corrido delante de ellos como una liebre, y os toca, pues, hablar de ellos como personas que valen más que vos.

Alan permanecía inmóvil, con los faldones de su capote ondeando al viento.

–Es una lástima –dijo por fin–. Hay cosas que no pueden dejarse pasar.

–Ni os he pedido que hagáis tal cosa –repuse–. Estoy tan dispuesto como vos a sostenerlas con las armas.

–¿Dispuesto? –dijo Alan.

–Dispuesto –repetí–. No soy tan parlanchín ni tan presumido como algunos cuyos nombres podría citar. ¡En guardia, pues!

Y desenvainando mi espada, me puse en guardia, como el propio Alan me había enseñado.

–¡David! –exclamó–. ¿Te has vuelto loco? No puedo batirme contigo. Sería un asesinato legal.

–Esa era vuestra intención al insultarme –dije yo.

–Es cierto –repuso Alan, y permaneció un instante pellizcándose los labios con los dedos, como quien se encuentra en una situación de perplejidad–. Esa es la pura verdad –dijo, y desenvainó la espada.

Pero antes que pudiera yo tocar su hoja con la mía, la arrojó lejos de sí y se tiró al suelo diciendo:

–No, no, no puedo... No puedo...

Ante aquella escena, se desvaneció la escasa rabia que me quedaba, y me encontré solamente enfermo, apenado, atónito y asombrado de mí mismo. Hubiera dado el mundo entero por retirar lo que había dicho; pero, una vez pronunciada una palabra, ¿quién puede volver a guardarla? Recordé todas las bondades de Alan para conmigo y el valor demostrado en anteriores ocasiones, cómo me había ayudado, alentado y soportado en los días malos, y entonces recordé mis insultos y vi que había perdido para siempre a aquel valeroso amigo. Al mismo tiempo, la enfermedad que pesaba sobre mí parecía que se redoblaba y el dolor del costado se volvía tan agudo como una cuchillada. Pensé que iba a desmayarme allí mismo.

Esto fue lo que me sugirió una idea. Ninguna disculpa podría borrar lo que había dicho; era inútil pensar en buscarla, porque ninguna podría borrar la ofensa; pero donde toda disculpa era vana, un simple grito pidiendo auxilio podría atraer de nuevo a Alan a mi lado. De modo que olvidé mi orgullo y dije:

—Alan, si no podéis ayudarme, me moriré aquí mismo.

Él, que estaba sentado en el suelo, se levantó y me miró.

—Es verdad —dije—. Ya no puedo más. ¡Oh! Llevadme hasta el cobertizo de alguna casa donde pueda morir más tranquilo.

No tenía necesidad de fingir. Me gustara o no, hablaba con voz tan suplicante, que hubiera ablandado un corazón de piedra.

—¿Puedes andar? —me preguntó Alan.

—No —contesté—, sin ayuda no podré hacerlo. Desde hace una hora se me doblan las piernas; siento una punzada en el costado como si me pinchasen con un hierro candente, y no puedo respirar bien. Si me muero, ¿me perdonaréis, Alan? En el fondo de mi corazón nunca he dejado de quereros, ni siquiera cuando más irritado estaba.

—¡Calla! ¡Calla! —exclamó Alan—. No digas eso, David, muchacho, sabes que... —cerró la boca para contener un sollozo—. Déjame que te coja —continuó—. ¡Eso es! Ahora apóyate bien en mí. ¡Sabe Dios dónde habrá una casa! Estamos muy cerca de Balwuhidder; allí no faltarán casas ni casas de amigos tampoco. ¿Vas mejor así, David?

—Sí —respondí—, de esta manera puedo caminar —y le apreté el brazo con la mano. De nuevo estuvo a punto de sollozar.

—David —me dijo—, no soy una buena persona; no tengo sentimientos, ni soy bondadoso; me he olvidado de que eres tan sólo un chiquillo, no he sabido ver que estabas muriéndote de pie; David, debes intentar perdonarme.

—Amigo, no hablemos más de eso —repliqué—. Ninguno de los dos puede culpar al otro, ésa es la verdad. Tenemos que sufrirnos y soportarnos, amigo Alan. ¡Ay, cómo me duele el costado! ¿No habrá ninguna casa cerca?

—Yo encontraré una casa para ti, David —dijo resuelto—. Bajaremos por el arroyo, donde es seguro que habrá casas. ¡Mi pobre amigo! ¿No irías mejor si te llevara a cuestas?

—Pero, Alan, si soy doce pulgadas más alto que vos —dije.

—Tampoco tanto —exclamó Alan estirándose—. Apenas tienen importancia una o dos pulgadas de diferencia; no voy a decir que soy lo que se llama un hombre alto; pero —añadió con voz entrecortada y de un modo muy cómico—, ahora que lo pienso, me parece que llevas toda la razón. Sí, me llevas un pie, o incluso algo más de altura. Era conmovedor y risible el modo como Alan medía sus palabras por temor a provocar una nueva disputa. Me habría reído si no me hubiera dolido tanto la punzada del costado. Pero si me hubiese reído creo que hubiera llorado también.

—Alan —pregunté—, ¿por qué sois tan bueno conmigo? ¿Por qué cuidáis tanto a un individuo tan desagradecido como yo?

—No lo sé —dijo Alan—. Porque precisamente yo creía que te quería porque jamás buscabas pendencia, ¡y resulta que ahora te quiero más!

XXV. El Balwuhidder

Alan llamó a la puerta de la primera casa que encontramos, lo cual era empresa poco segura en aquella parte de las Highlands de Escocia a la que llamaban las laderas de Balwuhidder. Allí no gobernaba ningún clan grande; las tierras estaban ocupadas y eran disputadas por pequeñas tribus y restos dispersos de «gentes sin jefe», como allí se les decía, empujadas hasta la salvaje región de las fuentes del Forth y del Teith por el avance de los Campbell. Había allí Stewart y Maclaren, que venía a ser la misma cosa, pues los Maclaren seguían al jefe de Alan en las guerras y no formaban más que un único clan con Appin. Había también algunos del antiguo, proscrito, nefando y convicto clan de los Macgregor. Éstos habían sido siempre mal considerados, y mucho más ahora, pues no tenían prestigio en ningún lugar ni en ningún partido de toda Escocia. Su jefe, Macgregor de Macgregor, estaba en el destierro; el jefe más inmediato de aquéllos, en los alrededores de Balwuhidder, James More, el hijo mayor de Rob Roy, estaba esperando ser procesado en el castillo de Edimburgo; estaban a matar lo mismo con los de las Lowlands que con los de las Highlands, con los Graham, con los Maclaren y los Stewart, y Alan, que se peleaba con cualquier amigo, por distante que estuviera, tenía sumo cuidado en evitarles. La casualidad nos favoreció, porque la casa a la que habíamos llamado era la de un Maclaren, donde Alan no solamente fue bien recibido por su apellido, sino porque también le conocían por su reputación. Una vez allí, me acostaron sin dilación y trajeron a un médico, el cual dijo que me hallaba en muy mal estado. Pero bien porque el médico fuera excelente, bien porque yo era muy joven y fuerte, no tuve que estar encamado más que una semana, y antes de un mes ya podía reemprender la marcha con muy buenos ánimos.

Durante todo este tiempo Alan no quería dejarme, aunque a menudo le insistía yo para que lo hiciese, y realmente su imprudencia al permanecer allí era motivo de protestas por parte de los dos o tres amigos que estaban en el secreto. De día permanecía oculto en un agujero de una ladera junto a un bosquecillo, y por la noche, cuando no había moros en la costa, venía a la casa a visitarme. No es necesario que diga lo mucho que me alegraba al verle; la señora Maclaren, la dueña de la casa, pensaba que nada era bastante para el tal huésped; en cuanto a Duncan Dhu (que era el nombre del amo de la casa) como tenía un par de gaitas y era muy amante de la música, el tiempo que duró mi restablecimiento fue una fiesta continua, y por lo general hacíamos de la noche día.

Los soldados nos dejaban tranquilos, aunque una vez llegó un destacamento de dos compañías y algunos dragones al fondo del valle, donde podía verlos desde la ventana de mi cuarto de enfermo. Lo más sorprendente era que ningún magistrado venía a verme, ni nadie me preguntaba de dónde venía ni adonde iba; de manera que en aquellos tiempos de agitación me encontraba tan libre de investigaciones como si me hallase en un desierto. No obstante, antes de que me marchase, mi presencia era conocida por todos los habitantes de Balwuhidder y sus alrededores; muchos venían a visitar a los dueños de la casa y (como es costumbre en la región) difundían la noticia entre los vecinos. También allí habían sido publicados los bandos para nuestra captura. A los pies de mi cama había uno clavado en el que podía leer mi no muy halagadora descripción, y en grandes caracteres el precio que se había puesto a mi vida. Duncan Dhu y los demás que sabían que había llegado en compañía de Alan no podían abrigar dudas en cuanto a quién era yo, y otros muchos debían adivinarlo, pues, aunque me había cambiado de ropa, no podía cambiar mi edad ni mi persona, y no abundaban por aquellos lugares muchos jóvenes de dieciocho años de las Lowlands, y sobre todo en aquel tiempo, para que la gente dejase de relacionar una cosa con la otra, y a mí con el bando. Pero lo cierto es que así fue; y de la misma manera que otras personas guardan un secreto entre dos o tres amigos, y algo de él siempre se escapa, entre aquellos hombres de clan el secreto se cuenta a toda una comarca y lo guardan durante un siglo. Sólo ocurrió un hecho que merece la pena ser narrado, y fue la visita que tuve de Robin Oig, uno de los hijos del célebre Rob Roy. Se le buscaba por todas partes bajo la acusación de haberse llevado a una joven de Balfron y (según se alegaba) haberla forzado a casarse con él. Sin embargo, se paseaba por Balwuhidder amparado en su propia prudencia. Él había sido quien había pegado un tiro a James Maclaren, querella jamás satisfecha, y, sin embargo, se paseaba por la casa de sus enemigos acérrimos como pudiera hacerlo un viajante de comercio en una posada. Duncan tuvo ocasión de decirme quién era, y nos miramos el uno al otro con preocupación. Hay que tener en cuenta que se aproximaba la hora de llegar Alan, y era muy poco probable que ambos se aviniesen, y por otro lado, si le avisábamos o le hacíamos una señal, era seguro que despertaríamos sospechas en un hombre de tan mala fama como Macgregor.

Entró con grandes muestras de cortesía, pero como quien se halla entre inferiores; se quitó la gorra para saludar a la señora Maclaren, pero volvió a ponérsela para hablar con Duncan, y después de haberse mostrado en su propia luz, se acercó a mi cama y me saludó con una reverencia.

—Se me ha dicho, señor —dijo—, que vuestro nombre es Balfour.

—Me llaman David Balfour —repuse—, para serviros.

—Debería deciros mi nombre también —dijo—, pero por lo que se ha hablado de él en estos últimos días tal vez sea suficiente con que os diga que soy hermano de James More Drummond o Macgregor, de quien sin duda habréis oído hablar.

—No, señor —dije un poco alarmado—. Como tampoco he oído hablar de vuestro padre, Macgregor-Campbell.

Y me incorporé y le saludé con una reverencia, porque me pareció que era mejor cumplimentarle debidamente, por si se sentía orgulloso de haber tenido por padre a un sujeto fuera de la ley.

Él inclinó la cabeza a su vez, y añadió:

—Pero lo que he venido a deciros, señor, es esto: En el año cuarenta y cinco mi hermano sublevó a una parte de los «Gregara» y seis compañías marcharon a asestar un buen golpe en favor del partido honrado; y el cirujano que iba con nuestro clan, y que curó la pierna que mi hermano se rompió en Preston Pans, era un caballero que llevaba precisamente el mismo nombre que vos. Era hermano de Balfour de Baith, y por si tenéis algún grado de parentesco con la familia de ese caballero, he venido a ponerme, junto con mi gente, a vuestras órdenes.

Como recordaréis yo sabía tanto de mi linaje como un perro de mendigo del suyo. Es verdad que mi tío había parloteado algo acerca de nuestro elevado linaje, pero no me había contado nada que me sirviese para el momento actual, así que no me quedaba más que la amarga desgracia de confesar que ignoraba todo lo relativo a mis parientes. Robin me dijo en breves palabras que sentía mucho haberme molestado; se dio media vuelta sin hacer el más mínimo gesto de despedida, y cuando ya estaba en la puerta, pude oír que le decía a Duncan que yo no era más que «un pobre bobo que ni siquiera sabía quién era su padre». A pesar de estar furioso por aquellas palabras y avergonzado de mi propia ignorancia, apenas pude contener la risa pensando que un hombre como aquél, que estaba perseguido por la ley (y, en efecto, fue ahorcado unos tres años más tarde), se mostrase tan meticuloso en lo tocante al linaje de los descendientes de sus amistades. En la misma puerta se tropezó con Alan que entraba, y los dos retrocedieron y se miraron como perros que no se conocen. Ninguno de los dos era corpulento, pero parecieron hincharse de orgullo al verse. Ambos llevaban espada, y con un movimiento de cadera se llevaron la mano a la empuñadura, para poder agarrarla más pronto, y desenvainarla en caso necesario.

—Supongo que es usted el señor Stewart —dijo Robin.

—Así es, señor Macgregor, y no es un nombre del que tenga que avergonzarme —repuso Alan.

—No sabía que os hallaseis en mi país, señor —replicó Robin.

—Pues a mí se me figura que estoy en el país de mis amigos los Maclaren —dijo Alan.

—Eso no tiene la menor importancia —replicó el otro—. Se podría decir mucho acerca de eso. Pero, según tengo entendido, sois hombre que maneja la espada.

—Si no sois sordo de nacimiento, señor Macgregor, habréis oído decir mucho más que eso —dijo Alan—. Y no soy el único que sabe esgrimir el acero en Appin, pues, cuando mi pariente y caudillo, Ardshiel, tuvo cierta cuestión con un caballero de vuestro apellido, no hace muchos años, nunca oí decir que aquel Macgregor llevase la mejor parte.

—¿Os referís a mi padre, caballero? —dijo Robin.

—No me extrañaría nada que hubiera sido él —dijo Alan—. El caballero a quien me refiero tuvo el mal gusto de añadir el apellido Campbell al suyo.

—Mi padre era un anciano —replicó Robin—. El encuentro fue desigual. Vos y yo haríamos mejor pareja, caballero.

—Soy de la misma opinión —dijo Alan.

Yo estaba casi fuera de la cama, y Duncan tenía cogidos del brazo a aquellos dos gallos de pelea, dispuesto a intervenir a la menor ocasión. Pero al ser pronunciada la última palabra, era cosa de intervenir, entonces o nunca, y Duncan, con el semblante algo pálido, se interpuso entre ambos.

—Caballeros —dijo—, yo estaba pensando en una cosa muy distinta. Aquí están mis gaitas, y aquí hay dos caballeros que son famosos gaiteros. Desde hace muchos años se discute quién de los dos toca mejor. Ahora, pues, se nos presenta una ocasión magnífica para dirimir la cuestión.

—Me parece, caballero —dijo Alan continuando su conversación con Robin, de quien no había apartado la mirada, como tampoco había dejado de hacerlo Robin con Alan—, me parece, caballero, haber oído algún rumor de esa clase. ¿Sabéis música, como dice la gente? ¿Tocáis la gaita?

—¡Puedo tocarla tan bien como un Macrimmon! —exclamó Robin.

—Eso es bastante atrevido —dijo Alan.

—He llevado a cabo hechos atrevidos en otros tiempos —replicó Robin—, y contra mejores adversarios.

—Será fácil probarlo —dijo Alan.

Duncan Dhu se apresuró a traer dos gaitas, que eran su principal tesoro, y en poner ante sus huéspedes una pierna de carnero y una botella de esa bebida que ellos llaman Athole brose y que se hace con whisky viejo, miel clarificada y nata dulce, todo ello cuidadosamente batido en el orden y en la proporción debidos. Los dos enemigos estaban todavía a punto de comenzar la riña, pero se sentaron uno a cada lado del fuego de turba, dando grandes muestras de cortesía. Maclaren insistió en que probaran el carnero y bebieran, advirtiéndoles que el brose lo había hecho su mujer, que era de Athole y que tenía fama por su destreza en la preparación de la bebida. Pero Robin rechazó estos obsequios, por ser malos para el aliento.

—He de advertiros, caballero —dijo Alan—, que llevo cerca de diez horas sin probar bocado, lo cual es peor para el aliento que cualquier brose de Escocia.

—Pues no he de llevar ventaja, señor Stewart —repuso Robin—. Comed y bebed, y yo os seguiré.

Cada uno tomó una pequeña porción de carnero y bebió un vaso del brose preparado por la señora Maclaren, y después, con muchos cumplidos, tomó Robin la gaita y tocó una corta tonada con bastante ampulosidad.

—Sí, veo que sabéis soplar —dijo Alan.

Y tomando el instrumento de su rival, tocó primero la misma tonada de modo idéntico al de Robin; pero después comenzó a introducir variaciones con una serie perfecta de graciosas notas de las que tanto gustan los gaiteros, y que llaman floreos. Escuchar la música de Robin me había complacido, pero la de Alan me entusiasmó.

—Eso no está mal del todo, señor Stewart —dijo su rival—; pero demostráis poco ingenio en cuestión de floreos musicales.

—¡Yo! —exclamó Alan encendiéndose de rabia—. Os demostraré que es falso.

—¿Os consideráis vencido en la gaita cuando queréis cambiarla por la espada? —dijo Robin.

—Eso está muy bien dicho, señor Macgregor —replicó Alan—, y mientras tanto —añadió poniendo énfasis en las palabras—, no acepto esa mentira. Apelo a Duncan.

—Realmente no necesitáis apelar a nadie —dijo Robin—. Vos sois mejor juez que ningún Maclaren de Balwuhidder, porque la pura verdad es que para ser un Stewart sois un gaitero notable. Dadme la gaita.

Alan hizo lo que le pedía, y Robin procedió a imitarle y a corregir una parte de las variaciones de Alan, que al parecer recordaba perfectamente.

—Sí, es cierto que sabéis música —dijo Alan taciturno.

—Y ahora, juzgad por vos mismo, señor Stewart —dijo Robin.

Y tomando las variaciones desde el principio, las ejecutó de un modo tan nuevo, con tanta ingeniosidad y sentimiento, y con tan singular fantasía y viva agilidad en las notas de adorno, que me quedé pasmado al escucharle.

En cuanto a Alan, su rostro se ensombreció y ruborizó y se quedó sentado retorciéndose las manos como quien ha recibido una afrenta mortal, hasta que gritó:

—¡Basta! Sabéis tocar la gaita y sacar buen partido de ella.

E hizo ademán de levantarse.

Pero Robin alzó la mano como para pedir silencio, y tocó en compás más lento un pibroch. Era una pieza musical de gran belleza, notablemente ejecutada, y que, al parecer, era una tonada característica de los Stewart de Appin y una de las preferidas de Alan, pues, apenas habían sonado las primeras notas, su semblante experimentó un cambio; cuando el compás se hizo más rápido, pareció agitarse inquieto en su asiento, y mucho antes de que aquella pieza llegase a su final, las últimas señales de rabia se habían borrado, y ya no pensaba en otro asunto más que en la música.

—Robin Oig —dijo cuando éste hubo terminado—, sois un excelente gaitero. No tengo condiciones para tocar donde vos toquéis. ¡Por mi vida que lleváis más música en vuestra bolsa que yo en mi cabeza! Y aunque sigo con la idea de que no seríais tan diestro con el frío acero, no estaría bien discutir. ¡Iría contra mi corazón si matase a un hombre que sabe tocar la gaita tan bien como vos!

Así terminó la disputa; durante toda la noche corrió el brose, y las gaitas pasaron de unas manos a otras, y ya despuntaba el día cuando los tres hombres seguían divirtiéndose hasta que Robin pensó en marcharse.

Fue la última vez que le vi, pues yo estaba en las comarcas bajas, en la Universidad de Leyden, cuando fue procesado y colgado en el Grassmarket. Y si me he extendido tanto en contar esto es, en parte, porque éste fue el último incidente destacable que me sucedió en la frontera de las Highlands, y en parte porque (como el hombre fue ahorcado) es, en cierto sentido, historia.

XXVI. El fin de la huida: pasamos el Forth

Como ya he dicho, aún no había terminado el mes, pero ya estaba muy avanzado agosto, y el tiempo era deliciosamente cálido y prometedor de una temprana y abundante cosecha, cuando se me declaró apto para continuar mi viaje. Nuestro dinero había menguado tanto, que lo primero que debíamos hacer era apresurarnos, pues si no llegábamos pronto a casa del señor Rankellior o si cuando llegásemos no me socorría, con toda seguridad moriríamos de hambre. Además, en opinión de Alan, debían de haber aflojado nuestra persecución, y la frontera del Forth e incluso el puente Stirling, que es el paso principal del río, estarían poco vigilados.

—En asuntos militares uno de los principios capitales es dirigirse al lugar donde menos se espera que uno vaya —dijo Alan—. El Forth es nuestra preocupación. Ya sabes lo que dice el proverbio, «el Forth es un freno para el montaraz highlander». Pues bien, si tratamos de dar un rodeo por la cabecera de ese río para bajar por Kippen o Balfron, será allí precisamente donde estarán esperándonos para echarnos mano. Pero si avanzamos en línea recta por el viejo puente Stirling, apuesto mi espada a que nos dejan pasar sin ser detenidos.

Así pues, la primera noche llegamos hasta la casa de un Maclaren amigo de Duncan, en Strathire, donde dormimos el día **21**, y de donde salimos a la caída de la noche para recorrer otra fácil etapa. El día **22** nos echamos a descansar en un brezal de la ladera de un monte de Uam Var, a la vista de un rebaño de ciervos, donde, con un sol hermoso, una brisa suave y un terreno completamente seco, pasé las diez horas más felices de sueño de que jamás he disfrutado. Por la noche alcanzamos el río Alian y fuimos por la orilla río abajo, y al llegar al borde de los montes, contemplamos a nuestros pies toda la llanura de Stirling, tan plana como una torta, con la ciudad y el castillo en un cerro en el centro y la luna brillando sobre los remansos del Forth.

—Ahora —dijo Alan—, no sé si te gustará o no, pero ya estás en tu tierra. Hemos pasado la frontera de las Highlands a primera hora, y si conseguimos cruzar esa corriente tan turbulenta, ya podremos lanzar nuestras gorras al aire.

En el río Alian, cerca de donde vierte sus aguas al Forth, descubrimos un islote arenoso cubierto de bardana, fárfara y otras plantas bajas, que servían para cubrirnos, si nos tendíamos bien pegados al suelo. Allí fue donde establecimos nuestro campamento, completamente a la vista del castillo de Stirling, cuyos tambores oíamos redoblar mientras pasaba revista una parte de la guarnición. Unos segadores trabajaron todo el día en un campo a la orilla del río, y se oían perfectamente las piedras golpeando las herramientas, y las voces e incluso cada palabra pronunciada por aquellos hombres. Era necesario permanecer silenciosos y muy pegados el uno al otro. Pero, por suerte, la arena del islote estaba caliente por efecto del sol, la vegetación ofrecía abrigo a nuestras cabezas, teníamos comida y bebida en abundancia y, por si fuera poco, nuestra seguridad estaba al alcance de la vista.

En cuanto los segadores dejaron su trabajo y empezó a caer la noche, vadeamos el río y nos dirigimos al puente Stirling, manteniéndonos junto a los campos y los setos. El puente está al pie del cerro del castillo, y es una construcción antigua, alta y estrecha, con pináculos a lo largo del parapeto, y el lector bien puede imaginar con cuánto interés lo contemplaba yo no sólo por ser un lugar históricamente famoso, sino por convertirse ahora en puerta de salvación tanto para Alan como para mí. Aún no había salido la luna cuando llegamos; unas cuantas luces brillaban a lo largo del frente de la fortaleza, y más abajo se veían algunas ventanas iluminadas en la ciudad; pero reinaba un profundo silencio y no parecía haber guardia alguno en el puente.

Yo estaba decidido a pasar, pero Alan se mostró más cauteloso.

–Todo parece estar demasiado tranquilo –dijo–; por lo que pueda suceder, más vale que esperemos prudentemente detrás de ese dique para estar más seguros. De manera que aguardamos allí durante un cuarto de hora, unas veces hablando en voz baja y otras en completo silencio, sin oír otro ruido que no fuera el del agua batiendo contra los pilares del puente. Finalmente pasó una mujer anciana y coja, apoyada en una muleta, que primero se detuvo un poco muy cerca de donde nos hallábamos, quejándose del largo camino que había andado, y luego siguió subiendo la empinada rampa del puente. La mujer era tan pequeña y la noche tan oscura, que la perdimos de vista en seguida, oyendo solamente el ruido de sus pasos y de su muleta, y unos accesos de tos que le daba mientras se alejaba lentamente.

–Debe haber cruzado ya –susurré.

–No –repuso Alan–. Todavía suenan a hueco sus pasos. Eso significa que aún va por el puente.

Y precisamente en aquel momento una voz le dio el alto y oímos el golpeteo de la culata de un mosquete en las piedras. Yo supuse que el centinela se había dormido, y que si lo hubiéramos intentado, habríamos podido pasar sin ser vistos; pero ya se había despertado y habíamos perdido la ocasión.

–Por aquí jamás podremos pasar, David –dijo Alan–; jamás pasaremos, jamás, David. Y, sin decir más, comenzó a deslizarse a rastras a través de los campos, y un poco después, cuando estuvo fuera del alcance de la vista del centinela, se puso de pie y tomó un camino que conducía hacia el este. Yo no podía imaginar lo que estaba haciendo, y como estaba tan profundamente desanimado, apenas tenía esperanzas de nada. Un momento antes me veía ya llamando a la puerta del señor Rankellior, reclamando mi herencia como un héroe de balada, y ahora volvía a ser un errabundo, un pobrecillo perseguido, en la orilla equivocada del Forth.

–Y bien, ¿qué hacemos ahora? –dije.

–¿Y bien? –respondió Alan–. ¿Qué quieres que hagamos? No son tan tontos como me figuraba. Aún tenemos que pasar el Forth, Davie. ¡Malditas sean las lluvias que lo alimentan y los montes que guían sus aguas!

–¿Y por qué nos dirigimos hacia el este? –pregunté.

–Por probar suerte –dijo–. Si no podemos cruzar el río, tendremos que ver lo que puede hacerse por el estrecho.

–En el río hay vados, pero en el estrecho, no –dije.

–Claro que hay vados, y también hay un puente –replicó Alan–; pero ¿de qué nos sirven si estamos vigilados?

—Bueno —dije—; pero un río se puede pasar a nado.

—Eso está bien para los que sepan nadar —repuso—; pero, que yo sepa, ni tú ni yo sabemos mucho de ese arte. Al menos yo, nado como una piedra.

—No quisiera pareceros impertinente, Alan —repliqué—; pero creo que estamos empeorando las cosas. Si es difícil pasar un río, es de lógica que será mucho peor pasar el mar.

—Pero en el mar hay unas cosas que se llaman barcas, o yo estoy muy engañado —dijo Alan.

—Sí, y también hay una cosa que se llama dinero —repliqué—; aunque, por lo que a nosotros respecta, que no tenemos ni lo primero ni lo segundo, es como si no hubieran sido inventados.

—¿Lo crees así? —dijo Alan.

—Así lo creo —repuse.

—David —dijo Alan—; eres hombre de muy poca inventiva y de mucha menos fe. Pero deja que aguce mi ingenio, y si no puedo suplicar, pedir prestada una barca, o si ni siquiera puedo robarla, ¡fabricaré una!

—¡Como si lo viera! —dije—. Y aún veo más: veo que si pasamos el puente no dejaremos rastro que pueda delatarnos, pero si pasamos el estrecho dejaremos allí la barca, y toda la gente pensará, como es lógico, que alguien la ha llevado hasta allí, y toda la comarca comenzará a...

—¡Amigo mío! —exclamó Alan—. ¡Es que si construyo una barca, buscaré alguien que vuelva a llevársela! De manera que no sigas diciendo tonterías, y camina, que es todo lo que tienes que hacer, y deja que Alan piense por ti.

Durante toda la noche estuvimos andando por el lado norte del Carse, bajo las altas montañas de Ochil; pasamos junto a Alloa, Clackmannan y Culross, puntos éstos que evitamos; y hacia las diez de la mañana, muy hambrientos y cansados ya, llegamos a la pequeña aldea de Limekilns. Este es un lugar que se asienta cerca de la ribera, y desde el cual, a través del Hope, se ve el pueblo de Queensferry. De las casas de esta población y de las de las aldeas y granjas de los alrededores salía humo. Estaban segando los campos; había dos buques anclados, y las barcas iban y venían por el Hope. Era una vista muy agradable para mí, y no me cansaba de contemplar aquellos apacibles, verdes y cultivados montes, y la gente laboriosa del campo y del mar.

Además de todo esto, allí, en la orilla sur, estaba la casa del señor Rankellior, donde sin duda alguna me esperaba la fortuna, mientras que yo me hallaba en la orilla norte, vestido como un mísero forastero, con tres chelines de plata por todo caudal, con un precio puesto a mi cabeza, y con un hombre fuera de la ley por toda compañía.

—¡Ay, Alan! —exclamé—. ¡Qué pena da pensar en ello! Allí, en aquel lado, está esperándome todo lo que el corazón puede desear; los pájaros van y vienen, los barcos también..., todo el mundo puede ir, menos yo. ¡Se me parte el corazón!

En Limekilns entramos en una tiendecita. Supimos que era una cantina por una ramita que había sobre la puerta; compramos allí un poco de pan y queso a la guapa muchacha que despachaba. Nos llevamos aquello en un paquete, para comérnoslo sentados en un bosquecillo cercano a la orilla del mar, que veíamos a un tercio de milla frente a nosotros. Mientras caminábamos no apartaba la mirada del agua y suspiraba en silencio, y no advertí que Alan iba sumido en una profunda meditación. Finalmente se detuvo en el camino.

—¿Te has fijado en la muchacha que nos ha vendido esto? —me preguntó dando palmaditas al paquete del pan y el queso.

—Claro que sí —contesté—. Era una chica guapa.

—¿Eso fue lo que pensaste? —exclamó—. Pues es una buena noticia, David.

—Por lo que más queráis, hablad claro. ¿Qué de bueno hay en ello? —dije.

—Es que eso me hace concebir esperanzas de que ella nos procure la barca —dijo Alan con una de sus pícaras miradas.

—Si ella pensase así, habría alguna posibilidad.

—Eso es lo único que se te ocurre —dijo Alan—. Verás, David, yo no deseo que esa muchacha se enamore de ti; lo único que quiero es que te tenga lástima, para lo cual no hay necesidad alguna de que te considere una belleza. Deja que te vea bien —me miró detenidamente—. Me gustaría que estuvieras un poco más pálido; pero de cualquier manera, servirás perfectamente para mi propósito. Tienes buen aspecto: andrajoso, encogido, exhausto y lleno de magulladuras, como si hubieras robado esa chaqueta de un campo de patatas. Ven, volvamos a la tienda a que nos den nuestra barca. Yo le seguí riéndome.

—David Balfour —dijo—, ya veo que eres un caballero muy divertido, y sin duda tu trabajo va a ser muy divertido también. Pero ten presente que, si te importa algo mi cuello (para no decir nada del tuyo), tendrás que tomarte este asunto con mucha seriedad. Voy a hacer un poco de teatro, y en el fondo es algo tan serio como el cadalso para nosotros dos. Tenlo presente, si no te importa, y condúcete como la situación lo requiere.

—Está bien, está bien, haré lo que queráis —dije.

Cuando estuvimos cerca del caserío, me dijo que le tomara del brazo y me colgase de él como si no pudiera tenerme de cansancio, y al abrir la puerta de la taberna parecía que me llevaba casi en vilo. La muchacha se mostró sorprendida de nuestro pronto regreso, pero Alan no tuvo que desperdiciar palabras para darle explicaciones; me llevó hasta una silla y pidió una copa de aguardiente, que me dio a beber a pequeños sorbos, y después, partiendo el pan y el queso, fue dándome de comer como una niñera a un chiquillo. Todo ello lo hacía con tan graves, preocupados y cariñosos modales, que hubieran impresionado a un juez. Hubiera sido extraño que la muchacha no se interesase al ver el cuadro que ofrecíamos un pobre muchacho enfermo, agotado, y su amable camarada. Se aproximó a nosotros y se quedó apoyada en la mesa de al lado.

—¿Qué le pasa? —preguntó al fin.

Alan se volvió hacia ella con una especie de furia que me dejó asombrado.

—¿Que qué le pasa? —exclamó—. Pues que ha recorrido más cientos de millas que pelos tiene en la cabeza, y ha dormido más veces en el húmedo brezal que entre sábanas secas. ¿Que qué le pasa?, pregunta. ¡Algo grave, según pienso! ¡Grave de veras! Y siguió refunfuñando, mientras me daba de comer, como si estuviera disgustado.

—Es joven para tales fatigas —dijo la criada.

—Demasiado joven —repuso Alan vuelto de espaldas a la muchacha.

—Hubiera hecho mejor yendo a caballo —dijo ella.

—¿Y dónde podía yo encontrarle un caballo? —exclamó Alan volviéndose con el mismo semblante airado—. ¿Quieres que lo robe?

Pensé que aquella brusquedad enojaría a la muchacha, y en efecto, permaneció callada durante un rato. Pero mi compañero sabía muy bien lo que se hacía, pues, a pesar de lo candoroso que era para las cosas de la vida, era muy pícaro tratándose de asuntos de esta índole.

—No necesito que me lo digáis —dijo la muchacha al fin—, pero se nota que sois caballeros.

—Sí —dijo Alan suavizando el tono un poco (creo yo que contra su voluntad) ante aquel ingenuo comentario—. Y suponiendo que lo seamos, ¿has oído decir alguna vez que la nobleza baste para llenar de dinero los bolsillos?

Ella suspiró al oír esto, como si fuera una gran dama desheredada y repuso:

—Desde luego.

Mientras tanto, irritado yo por el papel que estaba representando, seguía sentado, con la boca cerrada y entre avergonzado y divertido; pero no podía aguantarme por más tiempo, y le dije a Alan que me dejase, porque ya me encontraba mejor. La voz se me anudaba en la garganta, porque siempre he aborrecido tomar parte en embustes; pero mi sincero embarazo contribuyó al triunfo de la intriga, pues la muchacha pensó que lo ahogado de mi voz era muestra inequívoca de enfermedad y de fatiga.

—¿No tiene amigos? —preguntó ella con cierta congoja.

—¡Claro que los tiene! —dijo Alan—. Si pudiéramos llegar a ellos... Tiene amigos, y amigos ricos, y camas donde dormir, alimentos que tomar y doctores que le vean, y sin embargo ahí le tienes caminando por entre los charcos y durmiendo en los brezales como un mendigo.

—¿Y eso por qué? —preguntó la muchacha.

—Hija mía —dijo Alan—, no puedo decírtelo claramente; pero te diré lo que puedo hacer en lugar de eso; te silbaré una corta tonada.

E inclinándose sobre la mesa, silbó con gran sentimiento unos cuantos compases de la canción «Charlie is my darling».

—¡Callad! —dijo la muchacha mirando hacia la puerta por encima del hombro.

—Eso es —dijo Alan.

—¡Y tan joven! —exclamó ella.

—Tiene la edad suficiente para...

Y Alan se pasó el índice por el cuello, queriendo indicar que yo tenía edad para que me cortaran la cabeza.

—Sería una vergüenza —exclamó ella poniéndose muy colorada.

—Pues eso le pasará, a menos que hallemos la manera de remediarlo —dijo Alan. Al oír esto, la muchacha echó a correr, dejándonos solos. Alan estaba de muy buen humor, pues sus planes salían adelante, y yo, en cambio, me sentía amargamente furioso al ver que me llamaba jacobita y me trataba como a un niño.

—Alan —exclamé—, no puedo seguir aguantando esto.

—Pues tienes que aguantar, David —repuso—; porque si lo estropeas ahora, tal vez puedas salvar tu vida, pero Alan Breck será hombre muerto.

Esto era tan cierto, que sólo pude exhalar un suspiro; y hasta este suspiro mío sirvió para los propósitos de Alan, pues fue oído por la muchacha, que en ese momento entraba de nuevo, corriendo, con un plato de salchichas blancas y una botella de cerveza fuerte.

—¡Pobrecillo! —dijo ella.

Y apenas hubo puesto el plato delante de mí, me puso la mano en el hombro amistosamente, como invitándome a que me animase. Entonces nos dijo que podíamos comer sin cuidado, porque no teníamos que pagar nada, pues la posada era suya o, mejor dicho, de su padre, que había ido aquel día a Pittencrieff. No esperamos a que nos invitase por segunda vez, puesto que el pan y el queso eran poca cosa para nosotros y las salchichas blancas olían francamente bien; y mientras comíamos y bebíamos se sentó frente a nosotros en la mesa de al lado; con la mirada fija, pensando, frunciendo el entrecejo por lo que iba imaginando y jugueteando con la cinta de su delantal.

—Estoy pensando que habláis demasiado —dijo al fin a Alan.

—Sí —repuso Alan—, pero ya ves que sé con quién hablo.

—Yo jamás os haría traición, si es eso lo que queréis decir —dijo la muchacha.

—No —dijo Alan—, tú no eres de esa clase de gente. Y te diré lo que puedes hacer si quieres ayudarnos.

—Yo no puedo ayudaros, no puedo —dijo ella moviendo la cabeza.

—Pero si pudieras, ¿lo harías? —preguntó Alan.

La muchacha no respondió.

—Verás, hija mía —dijo Alan—, en el reino de Fife hay barcas, porque he visto al menos dos en la orilla, al venir por el otro extremo del pueblo. Si pudiéramos hacer uso de una de las barcas para pasar de noche a Lothian, y si consiguiéramos un hombre decente y fiel que guardase el secreto y se trajese la barca, se salvarían dos vidas, la mía, probablemente, y la de él, con toda seguridad. Si no tenemos la barca, sólo contamos con tres chelines para andar por el ancho mundo; no sé qué hacer ni dónde podríamos ir a parar, como no sea a la picota. Es la pura verdad, no sé qué haríamos. ¿Tendremos que irnos sin la barca, muchacha? ¿Vas a acostarte en tu cálido lecho pensando en nosotros cuando el viento silbe en la chimenea y la lluvia azote el tejado? ¿Vas a comer tu pan al calor de la lumbre, pensando en este pobre muchacho enfermo que se morderá los dedos de hambre y frío? Sano o enfermo, no tiene más remedio que continuar la marcha; con la muerte pisándole los talones, tendrá que arrastrarse bajo la lluvia por esos largos caminos, y cuando dé los últimos suspiros sobre un montón de frías piedras, no tendrá cerca más amigos que Dios y yo.

Ante esta súplica pude ver que la muchacha se quedó muy turbada y tentada de ayudarnos; pero temía estar socorriendo a unos malhechores, por lo cual determiné intervenir y aliviar sus escrúpulos con una parte de la verdad.

—¿Has oído hablar alguna vez —le pregunté— del señor Rankellior de Ferry?

—¿Rankellior, el escribano? —repuso—. ¡Ya lo creo!

—Pues bien —dije—, es a su casa a donde me dirijo; de manera que juzga por ti misma si soy o no un malhechor; y te diré más: te diré que, aunque por un tremendo error mi vida está en peligro, el rey Jorge no tiene mejor amigo en toda Escocia que yo.

El semblante de la muchacha se aclaró de una forma extraordinaria al oírme decir aquello, pero el de Alan se ensombreció.

—Eso es más de lo que yo quería saber —dijo la muchacha—. El señor Rankellior es un nombre muy conocido.

Y nos invitó a terminar la comida para que abandonásemos el caserío lo antes posible y fuéramos a escondernos al bosquecillo que estaba junto a la orilla del mar.

—Podéis confiar en mí —dijo—. Yo encontraré los medios necesarios para que paséis el río.

Ante esto, no aguardamos más, sino que nos estrechamos las manos para sellar el trato, terminamos los púdines rápidamente, y volvimos a salir de Limekilns en dirección al bosque. Ocupaba éste una pequeña extensión de terreno, con apenas una veintena de matas de saúco y espinos blancos y unos pocos fresnos jóvenes, que no eran lo suficientemente espesos como para ocultarnos de los que pasaran por el camino o por la playa. Allí tuvimos que permanecer agachados, aunque muy animados por la bonanza de aquella temperatura cálida y por las esperanzas que teníamos ahora de una pronta liberación, mientras planeábamos más detalladamente lo que nos quedaba por hacer. No tuvimos más que un contratiempo en todo el día; un gaitero ambulante que vino a sentarse en el mismo bosque, un tipo de nariz colorada, legañoso y borracho, con una gran botella de whisky en el bolsillo y una larga historia de perrerías que le habían hecho personas de todas clases, desde el Lord Presidente del Tribunal de Sesiones Charlie is my darling, que le había negado justicia, hasta los magistrados municipales de Inverkeithing, que le habían dado mucha más de la que él deseaba. Era imposible que no le infundieran sospechas dos hombres que se pasaban todo el día ocultos tras un matorral sin tener motivos que alegar; el tiempo que permaneció allí nos tuvo fritos a preguntas entrometidas; de manera que, cuando se marchó, sentimos gran impaciencia por marcharnos nosotros también, pues no nos pareció que aquél fuese hombre dado a mantener la boca cerrada.

El día terminó tan hermoso como había comenzado, y la noche apareció clara y serena; empezaron a encenderse luces en casas y aldeas, y luego fueron apagándose una tras otra; pero ya eran las once pasadas y llevábamos un buen rato torturados por la ansiedad, cuando oímos el chirrido de los remos de una barca. Entonces miramos y vimos a la muchacha, remando hacia el lugar donde estábamos nosotros. No había querido confiar a nadie nuestro plan, ni siquiera a su novio, si es que lo tenía, y en cuanto su padre se había dormido, había salido de la casa por la ventana, había cogido la barca de un vecino y había acudido en nuestro auxilio, sin ayuda de nadie.

Yo estaba avergonzado, porque no encontraba palabras para darle las gracias; pero la vergüenza de ella no era menor sólo de pensar que pudiéramos agradecerle su favor; nos rogó que no perdiéramos tiempo y que guardásemos silencio, diciendo (muy acertadamente) que lo más importante de nuestra empresa estribaba en andar de prisa y silenciosamente; y de esta manera, entre una cosa y otra, nos puso en la orilla del Lothian, no lejos de Carríden, nos estrechó la mano y se alejó remando hacia Limekilns, antes de que hubiéramos podido decirle una palabra de agradecimiento por la ayuda que nos había prestado.

Aún después de haberse marchado no supimos qué decirnos, pues lo cierto es que no había palabras para tanta bondad. Alan se quedó un buen rato en la orilla moviendo la cabeza.

—Es una excelente muchacha —dijo por fin—. David, es una excelente muchacha. Y al cabo de una hora, estando acostados en una cueva de la orilla del mar y cuando ya empezaba a dormirme, volvió nuevamente a ensalzar el carácter de aquella joven. Por mi parte, no pude decir nada, porque se trataba de una criatura tan sencilla, que el corazón se me llenaba de temor y de remordimiento: remordimiento por habernos servido de su ignorancia, y temor por haberla envuelto en cierta forma en los peligros de nuestra situación.

XXVII. Voy a casa del señor Rankellior

Al día siguiente convinimos que Alan se las arreglara solo hasta la puesta del sol y que en cuanto comenzase a oscurecer se echara en los campos que había al borde del camino, cerca de Newhalls, y no se moviese de allí por ningún motivo hasta que me oyese silbar. Al principio, le propuse que la señal fuese la Bonita casa de Airlie, mi canción predilecta; pero Alan objetó que la pieza era demasiado conocida y que cualquier labrador podría silbarla por casualidad, de manera que me enseñó un fragmento de una tonada de las Highlands, que se me quedó en la memoria desde aquel día y seguirá en ella hasta mi muerte. Cada vez que la recuerdo me viene a las mientes lo ocurrido el último día de mis inquietudes, con Alan sentado al fondo de la cueva, silbando y marcando el compás con un dedo, y con el rostro iluminado por las primeras luces del alba.

Me encontraba yo en la calle larga de Queensferry antes de salir el sol. Era una villa muy bien construida; las casas hechas con piedra de calidad, muchas con el tejado de pizarra; el ayuntamiento no era tan hermoso como el de Peebles, ni la calle tan elegante; pero en conjunto me daba vergüenza andar por allí con mis sucios harapos.

A medida que avanzaba la mañana, y comenzaban a encenderse las chimeneas y a abrirse las ventanas y a salir la gente de sus casas, mi inquietud y mi desaliento se volvían cada vez más sombríos. Ahora comprendía que carecía de fundamentos sólidos en que apoyarme; no tenía una prueba clara de mis derechos, ni tan siquiera tenía con qué acreditar mi identidad. Si todo resultaba ser una estafa, iba a llevarme un buen chasco y a quedarme en una situación pésima. Pero, aunque las cosas salieran como yo había pensado, con toda seguridad se tardaría un tiempo en comprobar mis pretensiones; ¿y qué tiempo podía desperdiciar yo con menos de tres chelines en el bolsillo y estando acompañado de un hombre condenado y perseguido que debía embarcarse para huir del país? Lo cierto era que, si mis esperanzas quedaban defraudadas, el cadalso nos esperaría a los dos. Y mientras iba de un lado a otro, viendo cómo la gente me miraba con desconfianza y se daban con los codos, haciéndose comentarios y sonriéndose al pasar yo, comenzó a asaltarme una nueva aprensión: que tal vez no sería cosa fácil llegar hasta el abogado, y mucho menos convencerle de la veracidad de mi historia.

Aseguro por mi vida que no conseguía reunir valor para dirigirme a ninguno de aquellos respetables vecinos del pueblo; me daba vergüenza hablar con ellos tan cubierto de andrajos y de polvo, y si les hubiera preguntado por la casa de una persona como el señor Rankellior, supongo que se habrían echado a reír en mi propia cara. Así que no dejé de andar calle abajo y calle arriba, llegando hasta el puerto, como un perro que ha perdido a su amo, con una extraña sensación que me roía interiormente y sintiendo de vez en cuando un estremecimiento de desesperación. Ya era completamente de día, serían tal vez las nueve de la mañana, cuando, fatigado de aquellas idas y venidas, me paré por casualidad frente a una casa realmente hermosa, con bellas ventanas de cristales, con flores en los alféizares, las paredes recién revocadas y un perro de caza sentado y bostezando en los escalones de la entrada, como si aquélla fuese su casa. Incluso llegué a envidiar a ese estúpido animal, cuando se abrió la puerta y apareció un caballero elegante, de semblante refinado, rubicundo y bondadoso, con una peluca bien empolvada y anteojos. Era tal mi aspecto, que nadie se volvía a mirarme; pero aquel caballero, como bien lo demostró, quedó tan impresionado por mi miserable apariencia, que vino derecho hacia mí y me preguntó qué hacía.

Yo le dije que había venido a Queensferry para arreglar un asunto, y haciendo de tripas corazón le pedí sin más que me indicase dónde estaba la casa del señor Rankellior.

–Vaya –dijo él–, precisamente acabo de salir de su casa, y, por una casualidad bastante singular, yo soy el hombre por quien preguntáis.

–En ese caso, caballero –repuse–, tengo que pediros el favor de una entrevista.

–No sé cuál es vuestro nombre, ni me suena vuestra cara –dijo.

–Me llamo David Balfour –repuse.

–¿David Balfour? –repitió en un tono bastante alto, como si le hubiera sorprendido–. ¿Y de dónde viene, señor David Balfour? –preguntó mirándome con sequedad a la cara.

–Vengo de muchos lugares extraños, señor –dije–; pero creo que sería mejor que os hablase del cómo y del porqué de todo ello más en privado.

Pareció reflexionar un momento, pellizcándose el labio con los dedos y dirigiendo la mirada unas veces a mí y otras a la acera.

–Sí –dijo–, eso será lo mejor, sin ninguna duda.

Y haciéndome entrar en la casa, gritó a alguien que yo no vi que estaría ocupado toda la mañana, y luego me pasó a una salita polvorienta llena de libros y documentos. Allí se sentó y me mandó sentar, aunque me parece que lo hizo muy a su pesar, temiendo que ensuciase su limpia silla con mis sucios harapos.

–Y ahora –dijo–, si tenéis algún asunto del que hablarme, os ruego brevedad y que vayáis directamente al grano. Nec gemino bellum Trojanum orditur ab ovo... ¿Comprendéis? –dijo con una mirada penetrante.

–Incluso haré lo que dice Horacio, señor –respondí sonriendo–, y os situaré in medias res.

Hizo un movimiento de cabeza, como si aquello le hubiera complacido, pues en realidad aquel latinajo le había servido para probarme. Aunque aquello me animó algo, se me subieron los colores cuando añadí:

–Tengo mis motivos para creerme con algunos derechos sobre los bienes de Shaws. Sacó un cuaderno de un cajón y lo puso ante sí, abierto.

–¿Y bien? –dijo.

Pero después de soltar mi frase, me había quedado sin habla.

–Vamos, vamos, señor Balfour –dijo–, debéis continuar. ¿Dónde habéis nacido?

–En Essendean, señor –dije–, en el año **1734**, el **12** de marzo.

Pareció comprobar esta afirmación en su cuaderno, aunque yo no sabía el significado de aquello.

—¿Y vuestro padre y vuestra madre? —preguntó.

—Mi padre era Alexander Balfour, maestro de escuela de aquel lugar —dije—, y mi madre se llamaba Grace Pitarrow. Creo que su familia era de Angus.

—¿Tenéis documentos que prueben vuestra identidad? —preguntó de nuevo el señor Rankellior.

—No, señor —respondí—; mis documentos están en poder del señor Campbell, el pastor, y pueden obtenerse en cualquier momento. Además, el señor Campbell lo atestiguaría, y no creo que mi tío pudiera desmentirme.

—¿Os referís al señor Ebenezer Balfour? —preguntó.

—Al mismo —repuse.

—¿Le conocéis?

—Fui recibido por él en su propia casa —respondí.

—¿Habéis conocido a un hombre llamado Hoseason? —siguió preguntando el señor Rankellior.

—Sí, para desgracia mía —repuse—; pues por medio de él y por voluntad de mi tío he sido secuestrado a la vista de este pueblo, embarcado y llevado al mar, sufriendo un naufragio y otras cien penalidades más, que me obligan a presentarme hoy a vos en este miserable estado.

—Decís que naufragasteis —dijo Rankellior—. ¿Dónde ocurrió eso?

—En el extremo sur de la isla de Mull —le dije—. La isla a la que fui arrojado se llama Earraid.

—¡Ah! —exclamó sonriendo—. Veo que estáis más fuerte que yo en geografía. Puedo deciros que lo que hasta ahora me habéis contado coincide totalmente con otras informaciones que poseo. Pero decís que fuisteis secuestrado; ¿en qué sentido?

—En el verdadero sentido de la palabra, señor —dije—. Iba camino de vuestra casa cuando fui llevado a bordo de un bergantín, donde me golpearon brutalmente, me arrojaron a la sentina y no supe nada más hasta que nos hubimos adentrado en el mar. Iba destinado a trabajar en las plantaciones, destino del que pude escapar gracias a la Divina Providencia.

—El bergantín se perdió el veintisiete de junio —dijo consultando su cuaderno—, y hoy estamos a veinticuatro de agosto. Hay aquí, pues, una laguna considerable, señor Balfour, de cerca de dos meses. Esto ha causado muchísimos disgustos a vuestros amigos, y yo mismo no me quedaré satisfecho hasta que el asunto no esté explicado.

—En realidad, señor —dije yo—, esa laguna de dos meses puede explicarse muy fácilmente; pero antes de contaros mi historia, quisiera tener la certeza de estar hablando con un amigo.

—Eso es argumentar en círculo vicioso —repuso el abogado—. Yo no puedo ser amigo vuestro hasta no estar debidamente informado. Sería más propio de vuestra edad ser algo más confiado. Y ya sabéis, señor Balfour, que en nuestro país existe un proverbio según el cual los malhechores temen siempre el mal.

—No debéis olvidar, señor —dije yo—, que he sufrido mucho por confiar demasiado, y que fui embarcado para hacerme esclavo, por el mismo hombre que, si no entendí mal, es cliente vuestro.

Mientras tanto, había estado ganando terreno con el señor Rankellior, y a medida que ganaba terreno ganaba también confianza. Pero ante aquella respuesta, que formulé con una cierta sonrisa, él soltó una carcajada.

—No, no —dijo—, no es tan malo como eso. Fui, non sum.

Yo fui en efecto el encargado de los negocios de vuestro tío; pero mientras vos (imberbis juvenis custode remoto) estabais de correrías por el oeste, ha pasado mucha agua por debajo de los puentes, y si no os han silbado los oídos, no será porque no se haya hablado de vos. El mismo día del naufragio el señor Campbell se presentó en mi despacho reclamando vuestra presencia a los cuatro vientos. Yo no había oído jamás hablar de vos, pero había conocido a vuestro padre y, por asuntos de mi competencia (de los cuales hablaremos después), me incliné a temer lo peor. El señor Ebenezer reconoció haberos visto; declaró (lo cual parecía improbable) que os había entregado sumas considerables y que habíais emprendido viaje al continente europeo con la intención de completar vuestra educación, lo cual era verosímil y digno de elogio. Al preguntarle cómo no habíais avisado de ello al señor Campbell, dijo que habíais expresado gran deseo de romper con vuestra vida pasada. Cuando luego le pregunté dónde os hallabais, alegó ignorarlo, pero dijo que creía que estaríais en Leyden. Esto es el resumen exacto de sus respuestas. No estoy muy seguro de que le creyese nadie —continuó el señor Rankellior con una sonrisa—, y le desagradaron tanto algunas expresiones mías, que, en una palabra, me puso en la puerta de la calle. Nos quedamos perplejos, pues, por muy fuertes sospechas que tuviéramos, no poseíamos ni una sombra de prueba. Precisamente entonces fue cuando llegó el capitán Hoseason con la historia de que habíais muerto ahogado, con lo cual todo se vino abajo, sin más consecuencias que un disgusto para el señor Campbell, perjuicio para mi bolsillo y una mancha más en la reputación de vuestro tío, que creo no estaba en situación de afrontar. Y ahora, señor Balfour —añadió—, que estáis al tanto de todo el proceso del asunto, juzgad hasta qué punto podéis fiaros de mí.

Realmente el señor Rankellior era más pedante de lo que puedo mostrar y colocaba en su discurso más citas en latín; pero todo lo expresaba con tal afabilidad en su mirada y en sus modales, que acabó por vencer mi desconfianza. Además, veía que ya me trataba como si estuviera seguro de mí; de manera que el importante punto de mi identidad pareció quedar plenamente aceptado.

—Señor —le dije—, si os cuento mi historia, tendré que confiar la vida de un amigo a vuestra discreción. Dadme palabra de que será sagrada, pues, por lo que a mí respecta, no pido más garantía que la que me muestra vuestro semblante.

Me dio su palabra muy seriamente, pero diciendo:

—Esos preliminares son un poco alarmantes, y si en vuestra historia hay algunos tropiezos con la ley, os suplico que no olvidéis que soy un abogado y paséis por ellos ligeramente.

Entonces le referí mi historia desde el principio, mientras él me escuchaba con los anteojos levantados y los ojos cerrados, de manera que algunas veces temí que se hubiera dormido. Pero no fue así. Había escuchado todas y cada una de mis palabras (como vi después) con tal finura de oído y precisión de memoria, que a menudo me asombró. Hasta los extraños nombres gaélicos, que oía por primera vez, los retenía en su memoria y me los recordaba, años más tarde. Pero cuando mencioné con nombre y apellido a Alan Breck, ocurrió una curiosa escena. El nombre de Alan había sonado en toda Escocia con las noticias del asesinato ocurrido en Appin y el ofrecimiento de una recompensa, y apenas se me hubo escapado de los labios, el abogado dio un respingo en su asiento y abrió los ojos.

—No deberíais mentar innecesariamente ciertos nombres, señor Balfour —dijo—. Sobre todo, no deberíais nombrar a gentes de las Highlands, algunas de las cuales son odiosas a la ley.

—Sí, tal vez hubiera sido mejor no decirlo —dije—; pero, aunque se me haya escapado, creo que puedo continuar.

—No es tan grave —dijo el señor Rankellior—. Yo soy algo duro de oído, como habréis podido observar, y estoy muy lejos de poder asegurar que he oído bien ese nombre. Si os parece, a vuestro amigo le llamaremos señor Thomson, y así no habrá dificultades. Y en adelante haremos igual con cualquier highlander que tengáis que mencionar, esté vivo o muerto.

De esto deduje que debió oír con toda claridad el nombre, y aun adivinar que iba a referirme al asesinato. No era asunto mío que eligiera jugar aquel papel de ignorante, de modo que sonreí, dije que el apellido no parecía muy highlander, y acepté sin más. Desde entonces hasta el final de mi historia, Alan pasó a llamarse Thomson, lo cual me hacía mucha gracia, porque era ésa una táctica muy del gusto de mi amigo. De igual manera, James Stewart era el pariente del señor Thomson; Colin Campbell, el señor Glen, y a Cluny, cuando llegué a aquel punto de mi narración, le di el nombre de señor Jameson, jefe highlander. Verdaderamente era aquella la más descarada farsa, y me maravillaba que el abogado se empeñase en continuarla; pero después de todo era una costumbre muy del gusto de la época, en que había dos partidos oficiales, y las personas amigas del orden, sin opinión propia, buscaban cualquier subterfugio para evitar que al hablar se ofendiese a uno o a otro.

—Bueno, bueno —dijo el abogado cuando hube terminado mi relato—. Es una gran epopeya, una gran odisea la vuestra. Debéis contarla en buen latín cuando vuestra educación esté más madura, o en inglés, si así lo queréis, aunque por mi parte prefiero la lengua latina, que es más contundente. Mucho habéis rodado. Quae regio in terris...?, ¿qué parroquia en Escocia (para traducir familiarmente) no sabrá de vuestras andanzas? Habéis demostrado, además, una singular aptitud para colocaros en falsas posiciones, y sobre todo para conduciros bien en ellas. Ese señor Thomson me parece un caballero de ciertas cualidades excelentes, aunque tal vez sea un poco sanguinario. No me hubiera disgustado en absoluto que (a pesar de todos sus méritos) se hubiese quedado en el mar del norte, porque ese hombre, señor David, es una triste pesadilla para todos. Pero, indudablemente, hacéis bien en adheriros a él; indudablemente él se adhirió a vos. Podemos decir, en honor a la verdad, que él ha sido vuestro verdadero compañero, del mismo modo que paribus curis vestigia figit, me atrevería a decir que hubierais seguido juntos hasta el cadalso sin haceros reproche alguno. Pero, bueno, bueno, afortunadamente esos días ya pasaron, y creo (hablando humanamente) que está muy cerca el final de vuestros males.

Y mientras moralizaba de este modo sobre mis aventuras, me miraba tan sonriente y con tal benignidad, que apenas podía yo contener mi satisfacción. Había estado tanto tiempo vagabundeando en compañía de gente sin ley y haciéndome la cama en las montañas, a cielo abierto, que el hallarme sentado nuevamente en una casa limpia y abrigada, charlando amigablemente con un caballero vestido de paño fino, me parecía una cosa extraordinaria e importantísima. Pensando en esto, mis ojos se posaron en mis indecorosos harapos y una vez más me quedé confundido. Pero el abogado lo notó y me comprendió. Se levantó, ordenó desde la escalera que pusiesen otro cubierto en la mesa, porque el señor Balfour se quedaba a comer, y me llevó a una alcoba del piso superior de la casa. Allí puso a mi disposición agua, jabón y un peine; sacó algunas prendas de vestir de su hijo, y diciendo algo adecuado al caso, me dejó solo para que me asease.

XXVIII. Voy en busca de mi herencia

Hice cuanto pude para cambiar de aspecto y me alegró mucho mirarme al espejo y ver que el mendigo pertenecía ya al pasado y que David Balfour volvía a la vida. No obstante, me daba cierta vergüenza el cambio, y, sobre todo, el llevar ropa prestada. Cuando estuve vestido, el señor Rankellior me recibió en la escalera, me felicitó por el cambio, y me llevó nuevamente al gabinete.

—Sentaos, señor Balfour —dijo—, y ahora que os parecéis un poco más a vos mismo, permitidme que vea si puedo ofreceros alguna noticia más. Indudablemente os dará que pensar el asunto de vuestro padre y vuestro tío. En realidad es una historia bastante singular, y la explicación que voy a daros me causa cierto rubor, porque —añadió con verdadero embarazo— se trata de un asunto de amor.

—Verdaderamente —dije yo— no me resulta fácil asociar esa idea con mi tío.

—Pero vuestro tío, señor Balfour, no siempre ha sido viejo —replicó el abogado—, y lo que tal vez os sorprenda más, es que no siempre ha sido feo. Era un hombre elegante y apuesto. La gente salía a la puerta para verle pasar en su brioso caballo. Yo le he visto con estos ojos, y lo confieso con franqueza, no sin cierta envidia, porque yo era un muchacho vulgar, hijo de un padre vulgar también, y en aquellos días era un caso de Odi te, qui bellus es, Sabelle.

—Eso parece un sueño —dije.

—Sí, sí —dijo el abogado—, así ocurre con la juventud y con la vejez. Pero no era esto todo, sino que, además, vuestro tío tenía un talento natural que parecía prometer grandes cosas en el futuro. En **1715**, ¿qué otra cosa podía hacer aparte de correr a unirse con los rebeldes? Vuestro padre fue quien le persiguió, le encontró en una zanja y se lo trajo multum gementem, para regocijo de toda la comarca. Sin embargo, majora canamus... Los dos muchachos se enamoraron, y de la misma mujer. El señor Ebenezer, que era el admirado y el querido y el mimado, daba indudablemente por segura la victoria, y cuando se encontró con que se había engañado, chilló como un pavo real. Toda la comarca lo supo; unas veces yacía enfermo en su casa con su ridícula familia alrededor del lecho, deshaciéndose en lágrimas, y otras andaba de taberna en taberna contando sus cuitas a Fulano, Mengano y Zutano. Vuestro padre, señor Balfour, era un caballero bondadoso, pero era también débil, tristemente débil; se tomó muy en serio todas aquellas locuras y un buen día, permitidme que os lo diga, ¡renunció a su enamorada! Ella no era tan alocada, y sin duda de ella habéis heredado vuestro buen juicio, y se negó a pasar de manos del uno a manos del otro. Ambos se pusieron de rodillas ante ella, y el resultado de todo aquello, por el momento, fue que los puso a los dos en la puerta. Esto sucedía en agosto, ¡Dios mío!, el mismo año que salí yo del colegio. La escena debió de ser muy grotesca.

A mí también me pareció que todo aquello era bastante ridículo, pero no podía olvidar que mi padre había tenido parte en el asunto y dije:

—Seguramente, señor, habría alguna nota trágica.

—De ninguna manera —replicó el abogado—. La tragedia implica algún asunto ponderable en disputa, algún dignus vtndice nodus, y en este caso todo se reducía a la petulancia de un joven asno mimado, y que no necesitaba más que le atasen corto y le dieran unos buenos azotes. Sin embargo, no opinaba así vuestro padre, y el final de todo fue que, de concesión en concesión por parte de vuestro padre, y a fuerza de los gritos de vuestro tío y de su sentimental egoísmo, finalmente se llegó a una especie de trato, cuyos malos resultados habéis tenido que sufrir recientemente. Uno se quedó con la dama y otro con la hacienda. Se habla mucho, señor Balfour, de caridad y de generosidad; pero en la discutible época actual a menudo pienso que no resultan consecuencias felices más que cuando un caballero consulta sus abogados y acepta todo lo que las leyes le permiten. El caso es que aquel rasgo de quijotismo por parte de vuestro padre, como fue injusto en sí, ha acarreado un racimo monstruoso de injusticias. Vuestro padre y vuestra madre vivieron y murieron en la pobreza, vos habéis sido criado pobremente, y mientras tanto, ¡qué buenos tiempos para los ocupantes de la hacienda de Shaws! Y aún podría añadir (si ello me importase mucho), ¡qué buenos tiempos para el señor Ebenezer!

—Y sin embargo, ésta es seguramente la parte más extraña de todo —dije—. Es muy raro que pueda cambiar de esa manera la naturaleza de un hombre.

—Es verdad —dijo el señor Balfour—; pero a mí me parece bastante natural. Vuestro tío sabía que no había desempeñado un buen papel. Los que conocían la historia le volvían la espalda, y los que la ignoraban (al ver que desaparecía uno de los dos hermanos y que el otro prosperaba en su hacienda) hablaron de asesinato; de manera que se encontró con que todo el mundo se apartaba de él. Dinero fue todo lo que sacó de su trato, y acabó por no pensar en otra cosa que no fuera conseguir más y más. Era egoísta de joven, y sigue siendo egoísta ahora que es viejo, y el último extremo de tan finas maneras y delicados sentimientos lo habéis visto personalmente.

—Bien, señor —repuse—; ¿cuál es mi situación en todo esto?

—Los bienes os pertenecen, fuera de toda duda —respondió el abogado—. No importa nada lo que vuestro padre firmase, vos sois el heredero. Pero vuestro tío es hombre capaz de defender lo indefendible, y seguramente pondrá en tela de juicio la cuestión de vuestra identidad. Un pleito es siempre costoso, y un pleito familiar es siempre escandaloso. Además, si llegasen a descubrirse algunas de vuestras actividades con el señor Thomson, nos cogeríamos los dedos. Sin lugar a dudas, lo del secuestro sería una buena baza en nuestro favor, con tal que pudiéramos probarlo, y como va a ser cosa difícil, mi consejo (de una manera general) es que hagáis un convenio muy fácil con vuestro tío, dejándole quizá en Shaws, donde ha echado raíces desde hace un cuarto de siglo, y contentaros vos, mientras tanto, con una renta razonable.

Yo le dije que estaba dispuesto a llegar a un pacto, y que sentía una natural aversión por que los asuntos de familia salieran a la luz pública. Mientras tanto (pensando por mi cuenta) comencé a entrever las líneas generales del plan, con arreglo al cual procedimos después.

—¿No os parece que lo principal es demostrar irrefutablemente el secuestro? —pregunté.

—Seguramente —repuso el señor Rankellior—; pero, a ser posible, fuera de los tribunales. Porque debéis tener en cuenta, señor Balfour, que si bien podríamos encontrar algunos tripulantes del Covenant que juraran la certeza de vuestra reclusión, sin embargo, una vez en la barra de los testigos, ya no podríamos controlar su testimonio, y cualquier palabra acerca de vuestro amigo el señor Thomson, con toda certeza, saldría a relucir. Lo cual (por lo que habéis dado a entender) me parece que no sería deseable.

—Bien, señor —dije—; escuchad lo que yo haría.

Y le expuse mi plan.

—Pero me parece que eso implicaría mi encuentro con ese señor Thomson —repuso cuando hube acabado.

—Efectivamente, así es, señor —dije.

—¡Señor mío! —exclamó frotándose el entrecejo—. No, señor Balfour, mucho me temo que vuestro plan sea inadmisible. Yo no tengo nada que decir en contra de vuestro amigo el señor Thomson; no sé nada que pueda ir en su contra, y si supiera algo, tenedlo en cuenta, señor Balfour, tendría la obligación de detenerlo. Ahora os planteo yo esta cuestión: ¿es prudente que yo me encuentre con él? Puede haber cargos en su contra. Puede que no os haya contado todo. ¡Acaso ni siquiera se llame Thomson! —exclamó el abogado parpadeando—. Porque algunos de esos individuos cambian de nombre tan fácilmente como se cambia de chaqueta.

—Vos mismo debéis decidir —dije.

Pero era evidente que mi plan le había gustado, porque permaneció meditando hasta que nos llamaron para comer en compañía de la señora Rankellior, y apenas se hubo retirado la señora, dejándonos solos ante una botella de vino, él volvió a insistir en mi proposición. Cuándo y dónde habría de encontrarme yo con mi amigo el señor Thomson; si estaba seguro de su discreción; si, suponiendo que consiguiéramos hacer caer en la trampa al zorro de mi tío, consentiría yo en tales y cuales condiciones del acuerdo... Éstas y otras cuestiones fue planteando a largos intervalos, mientras paladeaba cada trago de vino. Cuando hube contestado a todas ellas, al parecer a su satisfacción, se sumió en una meditación aún más profunda, y hasta el clarete pareció olvidársele. Luego tomó una hoja de papel y un lápiz y se puso a escribir, midiendo cada una de las palabras; finalmente, tocó una campanilla y entró en el despacho su escribiente.

—Torrance —le dijo—, necesito tener en limpio este escrito para esta noche, y cuando esté hecho, será tan amable de ponerse el sombrero para acompañarnos a mí y a este caballero, porque probablemente le necesitaremos como testigo.

—¡Cómo, señor! —exclamé tan pronto se hubo retirado el escribiente—. ¿Vais a arriesgaros?

—Así parece —repuso, llenando el vaso—. Pero no hablemos más del asunto. La presencia de Torrance me ha traído a la memoria un caso muy divertido que me ocurrió hace algunos años, cuando me cité con el pobre zoquete en la Cruz de Edimburgo. Cada cual fue por un camino diferente, y para cuando nos reunimos, a las cuatro de la tarde, Torrance, que había bebido algo, no reconocía a su amo, y yo, que me había dejado olvidados los anteojos, estaba tan ciego sin ellos, que tampoco reconocía a mi escribiente, os lo aseguro.

Y diciendo esto se echó a reír de muy buena gana.

Yo repuse que fue una casualidad muy divertida y me sonreí por pura cortesía; pero lo que me tuvo toda la tarde asombrado fue que no hacía más que volver a insistir sobre aquel suceso, añadiendo nuevos detalles y sin parar de reírse; de manera que al final empecé a perder la serenidad y a sentirme avergonzado por aquella chifladura de mi amigo.

Al aproximarse la hora de mi cita con Alan, salimos de la casa el señor Rankellior y yo del brazo y Torrance detrás con el documento en el bolsillo y una cesta tapada en la mano. Mientras atravesábamos la ciudad, el abogado iba inclinándose, saludando a derecha e izquierda, y siendo continuamente abordado por caballeros que le preguntaban por asuntos de la ciudad o particulares, lo cual me demostró que Rankellior era persona bien considerada en la comarca. Por fin salimos de la población y comenzamos a caminar a lo largo del puerto, hacia la posada de Hawes y el muelle del transbordador, escenario de mis desgracias. No pude contemplar sin emoción aquel lugar, recordando a cuantos habían estado conmigo aquel día y que no existían. Ransome, libre de pecados venideros; Shuan, llevado adonde no quisiera yo seguirle, y los pobres desgraciados que se habían hundido con el bergantín en su última cabezada. A todos ellos, incluso al bergantín, los había sobrevivido y había salido ileso de tantos apuros y de tan espantosos peligros. Mi única idea hubiera debido ser la gratitud, pero no podía contemplar aquel sitio sin sentir lástima por aquellos hombres y un escalofrío al pensar en los miedos pasados. Todas estas cosas iba yo pensando cuando, de repente, el señor Rankellior lanzó una exclamación, se llevó las manos a los bolsillos y se echó a reír.

—¡Diantre! —exclamó—. ¡Esto sí que es divertido! ¡Después de todo lo que os he contado, me he dejado olvidados los anteojos!

Entonces me expliqué la intención de la anécdota que me había estado contando. Comprendí que, si se había dejado en casa los anteojos, lo había hecho a propósito, para poder aprovechar la ayuda de Alan sin cometer la indiscreción de reconocerle. Y efectivamente, aquello estaba bien pensado, porque así (suponiendo que las cosas fueran mal), ¿cómo podría Rankellior prestar juramento sobre la identidad de mi amigo, ni, por tanto, declarar en mi contra? Por otra parte, ¿cómo era posible que hubiese tardado tanto tiempo en echar en falta sus anteojos, habiendo hablado y reconocido a las personas que nos salieron al paso cuando cruzábamos la ciudad? A mí me cabían muy pocas dudas de que viera bastante bien.

En cuanto hubimos dejado atrás la posada (donde reconocí al posadero que estaba fumando su pipa a la puerta, y me asombré de que no hubiera envejecido), el señor Rankellior cambió el orden de marcha, quedándose detrás con Torrance y dejándome a mí delante, a modo de guía. Subí por el monte silbando de vez en cuando mi tonada gaélica, y al fin tuve la inmensa alegría de oír otros silbidos que me contestaban, y de ver alzarse a Alan entre unas matas. Estaba algo desanimado, porque había pasado todo un día solo, acechando los alrededores, y únicamente había hecho una frugal comida en una taberna cerca de Dundas. Pero le bastó con reconocer mi ropa para empezar a animarse, y cuando le hube contado lo adelantados que iban nuestros asuntos y la parte que yo esperaba que él desempeñase en ellos, se convirtió en otro hombre.

—Has tenido una magnífica idea —dijo—. Me atrevo a decir que no podrías encontrar ningún hombre mejor para llevar a cabo el caso que Alan Breck. No es cosa (tenlo muy presente) que pueda hacer cualquiera, sino que precisa de un caballero perspicaz. Pero tengo la sensación de que tu abogado estará impaciente por verme —dijo Alan. Entonces llamé por señas al señor Rankellior, el cual se acercó solo y fue presentado a mi amigo el señor Thomson.

—Me alegro mucho de conocerle, señor Thomson —dijo—; pero he olvidado los anteojos, y aquí nuestro amigo el señor Balfour —añadió dándome una palmada en el hombro— podrá deciros que sin anteojos estoy poco menos que ciego; de manera que no debéis extrañaros si mañana paso a vuestro lado y no os saludo.

Esto lo dijo creyendo complacer a Alan; pero cosas más insignificantes que está son capaces de vulnerar la vanidad de un hombre de las Highlands.

—Bien, señor —dijo con altivez—, pero eso no tiene la menor importancia, puesto que sólo nos reunimos aquí para que se haga justicia al señor Balfour, y por lo que alcanzo a entender, aparte de eso, no creo que tengamos mucho en común. Pero acepto vuestra excusa, que me parece muy apropiada.

—Eso es más de lo que yo podía esperar, señor Thomson —dijo Rankellior con entusiasmo—. Y ahora, dado que los dos somos los actores principales de esta empresa, creo que debemos llegar a un acuerdo, a cuyo fin os propongo que me deis el brazo, porque con la oscuridad y la falta de mis anteojos no veo muy bien el camino. En cuanto a vos, señor Balfour, hallaréis en Torrance un agradable conversador. Permitidme únicamente que os recuerde que es innecesario que sepa más detalles de vuestras aventuras y de las de..., ¡ejem!..., el señor Thomson.

Así pues, y según lo acordado, ellos dos fueron delante hablando muy amigablemente, en tanto que Torrance y yo cerrábamos la marcha.

Ya era noche cerrada cuando tuvimos a la vista la casa de Shaws. Hacía un buen rato que habían dado las diez; estaba oscuro y templado el ambiente, con un agradable y rumoroso viento del sudoeste, que amortiguaba el sonido de nuestros pasos, y cuando estuvimos cerca de la casa no vimos luz alguna en todo el edificio. Todo hacía suponer que mi tío se había acostado ya, lo cual era sinceramente lo que más convenía a nuestros planes. A unas cincuenta yardas de distancia concretamos en voz baja los últimos detalles, y entonces el abogado, Torrance y yo fuimos sigilosamente a escondernos en una esquina de la casa, mientras que Alan se adelantaba abiertamente hacia la puerta y llamaba.

XXIX. Entro en mi reino

Alan se pasó un buen rato descargando golpes en la puerta, pero sus llamadas sólo consiguieron despertar los ecos de la casa y de la vecindad. Sin embargo, por fin pude oír el ruido de una ventana que se abría poco a poco, y deduje que mi tío había salido a su observatorio. Con la luz que había vería a Alan como una negra sombra en los peldaños de la puerta, y puesto que los tres testigos se hallaban fuera del alcance de su vista, es de suponer que no había nada que pudiera alarmar a un hombre honrado en su propia casa. A pesar de todo, estuvo un tiempo examinando en silencio al visitante, y cuando se decidió a hablar, su voz acusaba un temblor de inquietud.

—¿Qué es lo que pasa? —dijo—. Éstas no son horas para visitar a las personas decentes, y yo no tengo tratos con trasnochadores. ¿Qué os trae por aquí? Os advierto que tengo un trabuco.

—¿Sois el señor Balfour? —replicó Alan dando un paso atrás e intentando ver entre las tinieblas—. Tened cuidado con el trabuco, que esos peligrosos artilugios suelen reventar.

—¿Qué os trae por aquí? ¿Y quién sois? —preguntó mi tío con rabia.

—No tengo ninguna gana de gritar mi nombre a los cuatro vientos —dijo Alan—; pero lo que me trae por aquí es historia aparte que compete más a vuestros asuntos que a los míos, y si os hace mejor, puedo ponerle música y cantárosla.

—¿Y qué historia es ésa? —preguntó mi tío.

—David —dijo Alan.

—¿Cómo habéis dicho? —exclamó mi tío con un notable cambio de voz.

—¿Tendré, pues, que daros el apellido también? —dijo Alan.

Hubo una pausa, y luego:

—Estoy pensando que lo mejor será dejaros entrar —dijo mi tío vacilando.

—Tal vez sea lo mejor —dijo Alan—; pero la cuestión es si querré yo entrar. Os diré mejor lo que se me está ocurriendo, y lo que se me está ocurriendo es que aquí, en este escalón, es donde debemos hablar de este asunto, y habrá de ser aquí o en ninguna otra parte, pues habéis de saber que soy tan testarudo como vos y además caballero de mejor familia.

Este cambio de tono desconcertó a Ebenezer; se quedó unos momentos digiriendo lo que sus oídos habían escuchado, y luego dijo:

—Bien, bien; que suceda lo que tenga que suceder.

Y cerró la ventana.

Pero se tomó mucho tiempo para bajar la escalera y todavía más para quitar los cerrojos, arrepintiéndose, me figuro, a cada paso que daba, a cada cerrojo y a cada barra que quitaba. Pero al fin oímos el chirrido de los goznes y pudimos ver cómo mi tío se asomaba cauteloso a la puerta, y puesto que Alan había retrocedido uno o dos pasos, se sentaba en el escalón superior apuntando con su trabuco.

—Ahora —dijo— no olvidéis que tengo un trabuco y que si dais un solo paso os mato.

—Vuestras palabras son muy corteses, verdaderamente —dijo Alan.

—No lo serán —replicó mi tío—, pero tampoco son maneras de presentarse las vuestras, y me veo obligado a estar prevenido. Y ahora que empezamos a entendernos, podéis exponer vuestro asunto.

—Pues bien; vos, que sois persona tan perspicaz —dijo Alan—, seguramente os habréis dado cuenta de que soy un caballero highlander. Mi nombre no hace al caso, pero el país de mis amigos está no muy lejos de la isla de Mull, de la cual habréis oído hablar. Parece ser que por aquellos lugares se perdió un barco y, al día siguiente, un caballero de mi familia, que estaba buscando por la playa maderos del naufragio para su hogar, encontró a un muchacho que estaba medio ahogado. Le reanimó y luego él y otros caballeros le llevaron hasta un castillo en ruinas, donde ha estado viviendo hasta el día de hoy, ocasionando muchos gastos a mis amigos. Mis amigos son un poco montaraces y no tan amantes de las leyes como otros que conozco, y al saber que el muchacho procedía de buena familia y era sobrino carnal vuestro, señor Balfour, me rogaron que me entrevistase con vos para hablar del asunto. Y puedo aseguraros que, si no llegamos a un acuerdo sobre determinadas cuestiones, es muy poco probable que volváis a ver a vuestro sobrino, porque mis amigos —añadió Alan con sencillez— no andan muy bien de dinero. Mi tío se aclaró la garganta y dijo:

—Eso a mí no me importa. Bien mirado, David no era un buen muchacho y, por tanto, no tengo por qué intervenir en ese asunto.

—Vamos, vamos —dijo Alan—, ya veo que pretendéis fingir indiferencia para, de esa manera, reducir el precio del rescate.

—No —repuso mi tío—; lo que digo es la pura verdad. No tengo el más mínimo interés por el muchacho, y no pagaré ningún rescate. Podéis hacer con el chico lo que más os plazca, porque a mí me trae sin cuidado.

—No sigáis, señor mío —dijo Alan—. La sangre es más espesa que el agua, ¡qué diablos! Vos no podéis abandonar al hijo de vuestro hermano, porque sería una vergüenza, y si lo hicieseis y llegara a saberse, perderíais mucha popularidad en vuestra comarca, o mucho me engaño.

—Precisamente no soy muy popular en ella —replicó Ebenezer—, y tampoco sé cómo podría saberse nada. Por mí no van a enterarse, desde luego, ni por vos, ni por vuestros amigos. De manera que podemos ahorrarnos la conversación, caballerito.

—En ese caso, será el propio David quien lo cuente —dijo Alan.

—¿Cómo? —dijo mi tío repentinamente.

—Pues de esta manera —contestó Alan—: mis amigos retendrán a vuestro sobrino mientras exista alguna probabilidad de sacar algo por él; pero si no consiguen nada con eso, creo firmemente que le dejarán libre para que se vaya adonde mejor le parezca.

—Pero eso a mí tampoco me importa —dijo mi tío—. No quiero nada con él.

—Eso estaba pensando yo —repuso Alan.

—¿Y por qué?

—Porque, señor Balfour —respondió Alan—, por todo lo que he oído, aquí no hay más que dos fórmulas: si queréis a David, pagaréis para que regrese, y si tenéis buenas razones para no quererle, pagaréis para que nos quedemos con él. Como parece que lo primero no es lo que queréis, pues será lo segundo; y me alegra saberlo, porque ello supondrá que nos llevaremos algunos chelines mis amigos y yo.

—No comprendo bien lo que queréis decir —repuso mi tío.

—¿No? —dijo Alan—. Entonces prestad atención: vos no queréis que vuelva el muchacho. Pues bien, decidme qué queréis que hagamos con él y cuánto nos pagaréis. Mi tío no dio respuesta alguna, pero se removió inquieto en su asiento.

—Vamos, señor mío —exclamó Alan—. Debo deciros que soy un caballero, llevo nombre de rey, y no he venido hasta vuestra puerta para mendigar. O me dais una respuesta inmediata y cortés, o por mi vida que os meto tres palmos de acero en las entrañas.

—¡Bueno, hombre! —exclamó mi tío poniéndose en pie de un brinco—. Concededme un minuto. No os pongáis así. Precisamente soy un hombre franco y no un maestro de baile. Estoy procurando contestaros con toda la cortesía de que moralmente soy capaz. Y en cuanto a la violencia de vuestras palabras, está fuera de tono. ¿Las entrañas, decís? ¿Y no haría yo uso de mi trabuco? —añadió gruñendo.

—La pólvora y vuestras viejas manos nada podrán contra el reluciente acero en manos de Alan —dijo el otro—. Antes de que vuestro tembloroso dedo pueda encontrar el gatillo, la empuñadura de mi espada habrá penetrado en vuestro pecho.

—¡Bueno, hombre! ¿Quién lo niega? —dijo mi tío—. Haced lo que queráis, que yo no opondré resistencia. No haré nada para contrariaros. Decidme lo que queréis, y veréis cómo llegamos a un acuerdo.

—En verdad, señor —dijo Alan—, que yo no pido otra cosa que hacer un trato limpio. En dos palabras: ¿queréis que maten al muchacho o que le dejen vivo?

—¡Señor! —exclamó Ebenezer—. ¡Señor! ¡Ése no es modo de hablar!

—¿Vivo o muerto? —insistió Alan.

—¡Oh! ¡Vivo, vivo! —gimoteó mi tío—. Que no haya derramamiento de sangre, por favor.

—Bien —repuso Alan—, como queráis; pero eso será más caro.

—¿Más caro? —exclamó Ebenezer—. ¿Seríais capaz de mancharos las manos con un crimen?

—¡Bah! —dijo Alan—, ¿qué supone un crimen? Y matarle sería más fácil, más rápido y más seguro. Conservar al muchacho será muy embarazoso, y resultará un mal negocio.

—Sin embargo, quiero que viva —insistió mi tío—. Jamás he hecho nada moralmente reprochable, y no voy a empezar ahora sólo por complacer a un montaraz escocés de las Highlands.

—Sois demasiado escrupuloso —replicó burlón Alan.

—Soy hombre de principios —dijo Ebenezer simplemente—, y si tengo que pagar, pagaré. Y además, olvidáis que ese muchacho es hijo de mi hermano.

—Bueno, bueno —dijo Alan—. Ahora hablemos del precio. No me resulta fácil fijarlo. Primero quisiera saber algunas cosillas. Quisiera saber, por ejemplo, cuánto pagasteis a Hoseason por primer asunto.

—¡Hoseason! —exclamó mi tío sorprendido—. ¿Por qué?

—Por secuestrar a David —dijo Alan.

—¡Eso es una mentira, una cochina mentira! —exclamó mi tío—. Jamás fue secuestrado. ¡Miente descaradamente quien os haya dicho tal cosa! ¿Secuestrado? ¡Jamás fue secuestrado!

—No es culpa mía ni de vos —dijo Alan—, ni siquiera de Hoseason, si es que es hombre del que pueda uno fiarse.

—¿Qué queréis decir? —dijo Ebenezer—. ¿Os lo ha dicho Hoseason?

—Si así no hubiera sido, viejo enano, ¿cómo lo sabría yo? —exclamó Alan—. Hoseason y yo somos socios, vamos a partir las ganancias; de manera que ya comprenderéis de qué os sirve mentir. Y debo deciros con franqueza que hicisteis una tontería metiendo tan íntimamente a un hombre como ese marino en vuestros asuntos privados. Pero ya no tiene remedio, y tendréis que arreglároslas como podáis. Lo que ahora importa es esto: ¿cuánto pagasteis?

—¿Os lo ha dicho él? —preguntó mi tío.

—Eso me concierne a mí solo —dijo Alan.

—Bueno —repuso mi tío—, no me importa lo que haya podido decir, habrá mentido, y por Dios que la verdad es que le di veinte libras. Pero quiero ser absolutamente sincero con vos: él pretendía vender al muchacho en las Carolinas para obtener más dinero, pero no de mi bolsillo.

—Muchas gracias, señor Thomson. Con esto tenemos más que suficiente —dijo el abogado saliendo de su escondite, y a continuación añadió con mucha cortesía—: Buenas noches, señor Balfour.

—Buenas noches, tío Ebenezer —dije yo.

—Hace una noche estupenda, señor Balfour —añadió Torrance.

Mi tío no dijo una palabra, ni buena ni mala, sino que se quedó sentado en el escalón de la puerta, mirándonos fijamente como si se hubiera convertido en estatua. Alan le quitó el trabuco; y el abogado, cogiéndole del brazo, lo levantó bruscamente de su asiento y lo llevó a la cocina, adonde le seguimos todos, y le hizo sentarse en una silla, junto al hogar, en el que la lumbre se había apagado y sólo ardía una vela.

Allí nos quedamos mirándole, exultantes por nuestro éxito, pero también algo apenados al verle tan avergonzado.

—Vamos, vamos, señor Ebenezer —dijo el abogado—, no os desaniméis, pues os prometo que nos entenderemos fácilmente.

Mientras tanto, dadnos la llave de la bodega, que Torrance sacará una de esas botellas de vino de vuestro padre para celebrar el acontecimiento –y volviéndose hacia mí y cogiéndome de la mano, añadió–: señor Balfour, os deseo que disfrutéis con alegría vuestra fortuna, que me parece muy merecida –y después se dirigió a Alan con una pizca de sorna–: Os felicito, señor Thomson; habéis llevado el asunto con gran habilidad; pero hay una cuestión que no tengo clara. ¿Vuestro nombre es James, Charles o George acaso?

–¿Y por qué ha de ser uno de esos tres, señor? –respondió Alan levantándose bruscamente como quien sospecha una ofensa.

–Lo digo únicamente, señor, porque os oí mencionar un nombre de rey –repuso el señor Rankellior–, y como nunca ha existido un rey que se llame Thomson, o por lo menos su fama no ha llegado hasta mí, he pensado que os referíais al nombre de pila. Éste era precisamente el golpe que más podía doler a Alan, y debo confesar que le afectó mucho. No quiso responder ni una palabra, sino que se fue al extremo más alejado de la cocina y se sentó resentido. Hasta que no me acerqué a él y le di la mano y las gracias por haber sido el artífice de mi éxito, no empezó a sonreírse un poco y conseguí convencerle para que fuera a reunirse con nosotros.

Para entonces ya habían encendido lumbre y descorchado una botella de vino. De la cesta de Torrance salió una buena cena, a la que nos lanzamos de buena gana el propio Torrance, Alan y yo, en tanto que el abogado y mi tío pasaron a la habitación contigua para discutir. Estuvieron allí encerrados cerca de una hora, al final de la cual llegaron a un acuerdo, que mi tío y yo ratificamos formalmente estrechándonos las manos. Según las condiciones del acuerdo, mi tío quedaba confirmado como dueño de la casa y las tierras, se obligaba a pagar los honorarios a Rankellior por su intervención, y a entregarme a mí dos tercios limpios de las rentas anuales de Shaws.

De esta manera el mendigo de la balada había vuelto a su casa, y cuando me eché aquella noche encima de los arcones de la cocina, era un hombre acomodado y disfrutaba de un apellido en la comarca. Alan, Torrance y Rankellior durmieron a pierna suelta en sus duras camas; pero yo, que había dormido al raso, sobre fango y piedras, durante tantos días y tantas noches, y a menudo con el estómago vacío y con miedo a morir, este feliz cambio en mi vida me abatió más que ninguna de mis desgracias anteriores, y permanecí tumbado hasta el amanecer contemplando las sombras de la lumbre en el techo y haciendo planes para el futuro.

XXX. Adiós

Por lo que a mí respecta, ya había arribado a puerto; pero aún quedaba por resolver la situación de Alan, a quien tanto debía, y además pesaba sobre mí una grave acusación en el asunto del asesinato y mis relaciones con James de Glen. De ambas cuestiones hablé y me desahogué con Rankellior, a las seis de la mañana siguiente, mientras nos paseábamos arriba y abajo frente a la casa de Shaws, sin más paisaje que los campos y los bosques que habían pertenecido a mis antepasados y que ahora eran de mi propiedad. Aun cuando estaba hablando de tan graves problemas, mi mirada se complacía en recorrer el panorama y mi corazón se henchía de orgullo.

Para el abogado no existían dudas acerca de mis obligaciones para con mi amigo. Debía ayudarle a salir del país a toda costa; pero el caso de James lo veía de manera distinta.

—El señor Thomson —dijo— es una cosa y el pariente del señor Thomson es otra completamente diferente. Yo conozco poco lo sucedido, pero deduzco que un gran noble (a quien llamaremos, si os parece el D. de A.) tiene cierta relación con el asunto, e incluso se supone que lo considera con cierta animadversión. El D. de A. es indudablemente todo un noble; pero, señor Balfour, timeo qui nocuere déos. Si intervenís para frustrar su venganza, recordad que hay una manera de evitar vuestro testimonio, y consiste en llevaros al banquillo de los acusados. Una vez allí, os hallaréis en el mismo aprieto que el pariente del señor Thomson. Vos objetaréis que sois inocente; de acuerdo, pero también lo es él. Y comparecer ante un jurado de las Highlands por un hecho ocurrido en dicha región y con un juez del mismo territorio en el estrado, será una breve transición al cadalso.

Como yo me había planteado estos razonamientos de antemano, sin encontrar buena respuesta para ellos, hablé de la cuestión con toda franqueza.

—En ese caso, señor, me ahorcarían, ¿no es eso?

—Mi querido muchacho —exclamó el abogado—, en nombre de Dios, haced lo que creáis justo. Es una necedad que a mis años os esté aconsejando que elijáis lo seguro y lo vergonzoso; retiro lo dicho y os pido perdón. Id y cumplid con vuestro deber; que os ahorquen, si así debe ser, como a un caballero. En el mundo existen peores cosas que ser ahorcado.

—No muchas, señor —dije sonriendo.

—Sí, señor —exclamó—, hay muchas. Sin ir más lejos, vuestro tío estaría diez veces mejor colgando decentemente de una horca.

Después entramos en la casa (muy entusiasmado aún el abogado, por lo que interpreté que mi postura le había agradado bastante) y escribió para mí dos cartas, que fue comentando mientras las redactaba.

—Ésta —dijo— es para mis banqueros de la British Linen Company, abriendo un crédito a vuestro nombre. Consultadle al señor Thomson, que sabrá cómo hacerlo, y vos, con este crédito, procuradle los medios. Confío en que seréis buen administrador de vuestro dinero; pero, en el caso de un amigo como el señor Thomson, yo sería incluso derrochador. En cuanto a su pariente, nada más apropiado que visitar al Advocate, contarle la historia y ofrecerle pruebas; si las acepta o no, es cosa aparte, y corresponderá al D. de A. Ahora bien, para que acudáis al Lord Advocate con una buena recomendación, os entrego aquí una carta para un tocayo vuestro, el culto señor Balfour de Pilrig, hombre a quien tengo en alta estima. Producirá mejor efecto que os presente alguien de vuestro mismo apellido, y el terrateniente de Pilrig está muy considerado en la Facultad y mantiene buenas relaciones con el Lord Advocate Grant. Si yo estuviera en vuestro lugar, no le molestaría con detalles, y pienso que no es necesario que hagáis referencia al señor Thomson, ¿entendéis? Seguid en todo al terrateniente, que es un buen modelo, y cuando tratéis con el Advocate sed discreto, y que en todos estos asuntos os guíe el Señor, amigo David.

Dicho esto se despidió, dirigiéndose con Torrance hasta el transbordador, en tanto que Alan y yo nos encaminamos a la ciudad de Edimburgo. Cuando íbamos por el sendero junto al vallado de la finca todavía sin terminar, nos volvimos para contemplar la casa de mis padres. Allá se alzaba desnuda, grande y sin humo, como si estuviera deshabitada; sólo en una de las ventanas superiores se veía la punta de un gorro de dormir moviéndose arriba y abajo, adelante y atrás, como la cabeza de un conejo a la entrada de su madriguera. No había sido bien recibido al llegar, ni bien tratado el tiempo que duró mi estancia allí; pero al menos se me miraba ahora que me marchaba.

Alan y yo proseguimos lentamente nuestro camino, pues teníamos pocos ánimos para andar y conversar. La idea de nuestra pronta separación era el principal pensamiento que nos ocupaba, y el recuerdo de los días pasados nos abrumaba. Como es natural, hablamos de lo que debíamos hacer, y la decisión fue que Alan aguardase en el condado, cambiando de lugar, pero acudiendo una vez al día a un punto convenido donde yo pudiera comunicarme con él, bien personalmente o por medio de algún mensajero. Mientras tanto, yo buscaría un abogado, que era un Stewart de Appin y, por tanto, hombre de absoluta confianza, el cual se encargaría de encontrar un barco para Alan y de disponer las cosas para que embarcase sin peligro. En cuanto hubimos concretado aquel asunto, nos quedamos mudos, y aunque intenté bromear con Alan por lo del nombre de Thomson, y él conmigo a propósito de mis ropas nuevas y de mi hacienda, ya podréis figuraros que teníamos el ánimo más dispuesto al llanto que a la risa.

Por fin llegamos al desvío sobre la colina de Corstorphine, y cuando estuvimos cerca del lugar que llaman «Descansa y sé agradecido», y divisamos abajo los pantanos de Corstorphine, la ciudad y el castillo en el cerro, los dos nos detuvimos, porque comprendimos sin necesidad de palabras que habíamos llegado al punto en que nuestros caminos se separaban. Aquí me repitió una vez más lo que habíamos convenido: las señas del abogado, la hora en que diariamente me vería con Alan y las señales que debía hacer quien fuera a buscarle. Entonces le di todo el dinero que llevaba encima (una o dos guineas, que me había entregado Rankellior), para que no se muriese de hambre, y luego nos quedamos unos momentos contemplando en silencio la ciudad de Edimburgo.

—Bueno, adiós —dijo Alan, y extendió la mano izquierda.

—Adiós —contesté apretándola tímidamente, y marché colina abajo.

Ninguno de los dos se atrevió a mirar al otro a la cara, ni mientras estuvo al alcance de mi vista me volví para ver al amigo que dejaba. Y, en mi camino a la ciudad, me sentí tan perdido y abandonado, que me dieron ganas de sentarme en la cuneta y llorar y gritar como un niño.

Era cerca del mediodía cuando pasé por la West Kirk y el Grassmarket y entré en las calles de la capital. La enorme altura de los edificios, que tenían de diez a quince pisos; los estrechos pasajes abovedados, que vomitaban constantemente transeúntes; las mercancías de los comerciantes en los escaparates; la algarabía y el movimiento interminables; los malos olores y los elegantes vestidos y un centenar de detalles que no acabaría de nombrar me sumían en una especie de estupor y de sorpresa y me dejaba llevar por la gente de un lado para otro; y a pesar de todo, en lo único que pensaba era en Alan y en el «Descansa y sé agradecido»; y todo el tiempo (aunque penséis que no debía haberme ocupado más que en deleitarme con tantas cosas interesantes y nuevas para mí) sentía en mi interior una angustia parecida al remordimiento por alguna mala acción cometida.

La mano de la Providencia me arrastró a la deriva hasta las mismas puertas del Banco de la British Linen Company.

**

9 789373 680569

Printed at Repro India Ltd.